王美雪 著

他从雪中来

HE CAME FROM THE SNOW

四川文艺出版社

图书在版编目（CIP）数据

他从雪中来 / 王美雪著 . -- 成都：四川文艺出版社，2017.6
ISBN 978-7-5411-4696-1

Ⅰ.①他… Ⅱ.①王… Ⅲ.①言情小说—中国—当代 Ⅳ.① I247.5

中国版本图书馆 CIP 数据核字 (2017) 第 135298 号

TA CONG XUEZHONG LAI
他从雪中来
王美雪　著

责任编辑	彭　炜
封面设计	叶　茂
内文设计	史小燕
责任校对	蓝　海
责任印制	喻　辉

出版发行	四川文艺出版社（成都市槐树街 2 号）
网　　址	www.scwys.com
电　　话	028-86259287（发行部）　028-86259303（编辑部）
传　　真	028-86259306
邮购地址	成都市槐树街 2 号四川文艺出版社邮购部　610031
排　　版	四川最近文化传播有限公司
印　　刷	成都勤德印务有限公司
成品尺寸	145mm×210mm　1/32
印　　张	10.25　　　　　字　数　230 千
版　　次	2017 年 9 月第一版　印　次　2017 年 9 月第一次印刷
书　　号	ISBN 978-7-5411-4696-1
定　　价	39.00 元

版权所有·侵权必究。如有质量问题，请与出版社联系更换。028-86259301

CONTENTS
目录

Chapter 1
提早到来的冬天
这个世界上大部分的人最终都没有和自己真正喜欢的人在一起,我们败给现实,嫁给婚姻。对于真正爱情的渴求,随着时光流逝,变成年少时青春里的回忆。
· 001 ·

Chapter 2
冰山来客
他的眼神那么真诚,倒叫她有点不好意思,但凡女人都喜欢听男人夸自己漂亮,更何况是被帅哥夸,她不禁窃喜。但白子玉紧接着的话,就让她窃喜不起来了……
· 027 ·

Chapter 3
第一场雪
烟花前面,是白子玉那张比烟花还要璀璨的脸,他眼里流光溢彩,好像上帝把整个世界最美的风景浓缩在一起,放进了这双眼睛里。
· 057 ·

Chapter 4
迟来的花期
白子玉的神情也认真起来:"我害得你结不成婚,也没关系吗?"
她想了想:"那还是有关系的,你得赔偿。"
· 129 ·

Chapter 5
失恋是一场病毒性感冒

失恋就像一场隆重的感冒,人到了某个阶段都会大病一场,这场大病会让你很难受,但当感冒痊愈了,体内毒素排清了,你也就重新复活了。

Chapter 6
真 相

成千上万的动物聚集在一起,从高处看犹如一盘整齐的棋局,蔚为壮观,而这些平时互为天敌的动物此刻又甚有纪律安安静静凝视着同一个方向,似在屏息等待着什么。

Chapter 7.
最好的时光

"只可惜,我没能在我最好的时光遇上你。"
"和我在一起的时候,才是你最好的时光。"

Chapter 8
末日之前

"你一穷二白,身无长物,也只能以身相许了。"
"谁说我身无长物?"他眼里露出危险的信号,一个翻身就把她压在身下。

Chapter 9.
他从雪中来

她好像记得有个人和她说过:"这个城市不下雪,每一片落下的雪花,都是我给你的礼物,都是我在对你说,我爱你。"

Chapter 1
提早到来的冬天

　　这个世界上大部分的人最终都没有和自己真正喜欢的人在一起,我们败给现实,嫁给婚姻。对于真正爱情的渴求,随着时光流逝,变成年少时青春里的回忆。

> 2016年9月15日~2016年9月16日
> 天气：平地起风，温度骤降
> 宜：返程归家
> 忌：提早认命

1

袁初雪又做噩梦了。

她梦见那年冬天和同伴走失在昆仑山上，她走了一天一夜，越走越荒僻，风雪越来越大，已经完全偏离了原来的山道，脚下的积雪越来越厚，茫茫雪原望不到边际，不知身处何方。她又冷又饿，又累又困，举步维艰，体力不支终于倒下，眼皮也越来越重，只觉得自己再也走不出去了。

初雪心想，难道她和爸爸的命运一样，注定要死在这K2峰下？

不知过了多久，一缕阳光从雪地反射在她脸上，她用残存的意志挣扎着睁开眼睛，见一个男子的身影由远及近，一身白衣，飘然而至，竟似御风而来，转眼到了面前。

她想，自己一定是快死了，才会出现幻觉，这就是回光返照吧。

男子向她俯下身来，来不及看清他的长相，袁初雪彻底陷入昏迷。

"袁姐，袁姐，你要不要吃饭？"

一头冷汗的袁初雪被身边的助理小钱摇醒，空姐笑容可掬站在旁边问："请问您要鸡肉饭还是牛肉面？"

她什么胃口也无地说："给我一份水果。"

袁初雪裹了裹毯子，却再也睡不着，这次要不是原定摄影师临时有急事来不了，身为杂志主编的发小冯菁软磨硬泡，求她看在这么多年友谊的面子上江湖救急，顶包完成这次年度最美景点的拍摄，她怎么也不会再来这里。

乔戈里峰，国际称K2，以其公认的最高攀登难度及最高攀登死亡率，被登山界誉为"地狱之巅"。

她的父亲在她十四岁的时候，在登顶乔戈里的过程中遇到雪崩，再也没有回来。

三年前，她随一群登山爱好者来到喀什地区的昆仑山脉，想看看父亲离开的地方，却被突来的暴风雪吹散了队伍，差点冻死在K2峰下。被人发现送到医院的时候，本已没有生命迹象的她却突然奇迹般复苏。

虽然捡回一条小命，但从此K2就像一个她心头的诅咒，她经常做噩梦，梦见自己被大雪吞噬，葬身"地狱之巅"，还有梦里那反复出现的神秘白衣男子。

要不是冯菁反复承诺拍摄只在山脚下，绝不上山，保证安全，而且可怜巴巴地表示状况出得这么临时真不知上哪找人去，这种十万火急的关头也只有闺蜜才靠得住，这次年度景点是她新开发的公益版块，她和老总打过包票，第一期一定不能掉链子，不然她这资历十年的媒体人老脸往哪搁？身为多年死党难道她就忍心见死不救？袁初雪经不住老友死缠烂打的央求，才答应了下来。幸好为期半月的拍摄最终无惊无险顺利完成。

她看着飞机外的夜空云雾缭绕，突然想起什么，问小钱："那座冰山的胶卷在你那儿吧？"

"什么冰山？"小钱"哧溜哧溜"吃着牛肉面。

"就是昨天我们拍昆仑山时，主峰旁那座孤零零的雪山，白得跟透明一样。"

"主峰旁哪还有别的山。"

"本来没有，下午起风把云吹散之后露出来的，我还专门拿胶卷机拍了，特别高特别美。"

"最高的不就是乔戈里峰吗，你是不是产生了幻觉啊袁姐？"

"懒得和你说，还好我拍了照，回去直接给你看证据。"

袁初雪懒得再和他辩，戴上眼罩继续补眠。

2

飞机降落云城已经是夜里七点，袁初雪领着团队走出到达厅，远远就看见一个高大的身影在朝她挥手。

他叫丁琛，是袁初雪的男朋友，今天穿了件剪裁得体的卡其色风衣，更衬得整个人风度翩翩。

小钱特别识相，朝团队里别的人使眼色，大家本来约好要一起消夜的，这会儿纷纷都说有事要先撤，作鸟兽散。袁初雪苦笑，这个小钱，工作的时候不够机灵，这种事情反应倒是比谁都快。

丁琛接过女友的行李，牵起她的手往停车场走："你都瘦了，累坏了吧？"

"瞧你说的，哪有那么夸张，只不过刚到的时候有点高原反应，睡不好，后来就适应了，刚才在飞机上一路睡过来的。"

丁琛心疼她："那种活儿以后就别接了，跑那么老远去受罪。"

"干摄影可不就得扛着机器到处跑吗，而且冯菁那里的人都很照顾我。"

"你毕竟是个女人家，就应该舒舒服服在家待着，出去赚钱是男人的事。"

丁琛不止一次跟她提过，希望她婚后当全职太太，或者找一份相对清闲的工作：一来摄影师的职业性质需要到处跑，无法很好地兼顾家庭；二来他的收入足够养活她，不用老婆这么辛苦。

虽然完全出于善意，但他不能理解袁初雪对摄影的依赖，她那么没有安全感的一个人，对于父亲的怀念就只能靠遗留下来的一些照片，自那时起她就喜欢上摄影，用瞬间定格生命无常，是她证明自己和这世界产生过关系的证据。丁琛不是不站在她的角度想，而是有时候两个人的思维根本不在一个维度。

一到室外，袁初雪就打了个寒战，明明是九月的天，竟像已经入冬那么冷，她只穿了一件单薄的牛仔外套，风一吹打了个喷嚏："怎么这么冷！"

丁琛脱下自己的风衣给她披上："晚上突然急剧降温，从二十六度一下子降到十度，天气预报说明天可能还会再持续降温，这鬼天气，才九月份就有寒流，真是邪了门了。"

两人走进停车场，丁琛那辆黑色雷克萨斯就停在不远处，袁初雪很自然地把手从他掌中抽出。

车子开上高架,她发现不是开往自己家的路:"这是要去哪?"

"去我家。"

"去你家干吗?"她察觉自己失言,补上一句,"我的意思是我还带着行李,要不下次?"

"我就去给你做顿消夜,我猜你一定还没吃晚饭。"

"你怎么知道我没吃晚饭?"

他笑:"你那么挑剔,每次带你吃饭,哪个菜做得稍欠火候,你尝一筷就放下,飞机餐你能吃得惯?"

她也笑:"说得我那么难伺候。"

"你从小嘴就刁,不过难不倒我,别忘了我是做什么的。"

丁琛是星级酒店的主厨,袁初雪她妈去吃了一次,就爱上他做的红丝绒蛋糕,之后每次来云城都去光顾,一来二去就和丁琛熟络起来,这才发现他竟然是女儿的小学兼初中同学。

丁琛小学的时候就喜欢袁初雪,那时候他刚从外地转学来,在操场上见到一个女同学笑起来眉眼弯弯,特别像家乡秋天的新月,而他那个时候那么想家。两人不在同一个班,袁初雪是领操员,他只能在做早操的时候凝望台上的女孩,小时候不懂什么是爱,只觉这每日短短几分钟是他一天中最快乐的时光,所以他小学从来不迟到,有时候刮风下雨早操取消还会闷闷不乐。后来两人升了同一所初中,丁琛就开始追她,可惜袁初雪对他无意,再加上学校反对早恋风气,丁琛的初恋就此胎死腹中。初中毕业后他还给她寄过信,可她搬了家换了号码,两个人就再没联系上。

丁琛心里对袁初雪是念念不忘的,毕竟是自己这辈子第一个喜欢上的姑娘。以前念书时的很多东西都丢了,唯独一样他一直好好保存着的,就是小学时候袁初雪给同班同学写的同学录,他用一盒刘德华的卡带再加一包大白兔奶糖换来的。上面写着她的星座、爱好、最喜欢的颜色、喜欢的明星等等。愿望一栏,她写着:遇到自己喜欢的人,永远永远不分开。

一别十余年,没想到竟然这么重遇了。

在袁妈妈的撮合下,两位大龄单身男女展开重逢后的第一次正式约会,地点在高档西餐厅,出于礼貌丁琛穿得西装革履,而袁初雪刚拍完片穿着大白T恤铅笔裤就来了,还拖着个大大的摄影箱,相当随性,反倒让丁琛觉得有点不好意思。两个人聊起以前念书的趣事,聊到兴起时一起笑得前仰后合,她笑起来双眼还是和小时候一样,像天上弯弯的月亮。也许是出于职业观察,丁琛发现她的吃相很好,明明是味道一般的菜,吃在她嘴里却像是珍馐美味,丁琛就在想,有一天她要是吃到自己做的菜是什么样子呢?

对丁琛而言,这个人失而复得,来之不易,能够携手人生第一次爱上的女孩,也许是很多男人对于青春的梦吧。

现在的丁琛三十而立,拥有不俗的品位,体贴温柔的性格,体面的工作,不出意外的话今年升任行政总厨,经济上不能算巨富但也是高薪阶层,外形不能算英俊但也高大整齐,还会做好吃的红丝绒,和当年长着青春痘的愣头青确实不可同日而语。袁妈妈对他特别满意,一心认定他是未来女婿。

这样一个好好先生,按理说,袁初雪真没什么好挑剔的,她快三十了,按现在的社会准则来说:标准剩女,越剩越不值钱,在这个时间点重遇喜欢了她那么多年的故人,任谁都会觉得冥冥中是上天的旨意，应该抓紧嫁了，故人成良人。

但在她内心深处，很遥远很遥远的地方，有一个小小的声音，在反抗，她极力企图不去理会，却没法忽略——它弱小，却真实地存在着。

在车子驶上第二个岔口的时候，她说："我不饿，有点困，想回家睡觉。"

"你刚才说你在飞机上睡饱了。"

她愣了一下，说："两地海拔落差，可能是醉氧，容易嗜睡。"

丁琛没说话，她几乎都以为他生气了，大约静了一分钟，他说："饭菜我都准备好了，吃完就送你回家，要不了多长时间。"

丁琛也不等她答应，就替她做了决定。见他态度坚决，袁初雪也不好再说什么。

一路上，丁琛问她这次出差旅途中的经历，以及和她分享自己最近工作上的趣事，她都打起精神默默聆听，尽量有问必答。

丁琛住在市中心的公寓，小区里有很大一块草坪，在寸草寸金的CBD弄这么大范围的绿化带，也算奢侈。丁琛说要去干洗店拿衣服，让袁初雪先在这儿等他。

公寓里有不少人养狗，草坪上经常有狗狗跑来跑去，袁初雪自己也养了一只阿拉斯加，男孩，六个月大，叫肉肉，不过丁琛对狗毛过敏，所以每次出差都只能放在闺蜜冯菁家。

一条大金毛兴冲冲地跑到她面前，它嘴里叼了朵红玫瑰，袁初雪觉得有意思，蹲下来和它玩，金毛使劲把嘴拱向她，好像想把玫瑰送给她。她拿了玫瑰，金毛又衔着她的衣服，似要把她引到别的地方去,她一时玩心大起,跟着它走。

金毛领她到园区内的一条长廊,长廊顶部藤蔓缠绕,两侧种满鲜花绿植,白天非常美,但没开灯的夜晚却黑乎乎的看不到头,有点阴森恐怖。她正打算回去,突然眼前一亮,只见整条长廊缀满了金色小灯,地上、墙上全摆满了粉色蔷薇,像是一条由星星和花编织而成的梦幻隧道。

英文老歌《Loving you》的优美旋律响起,她跟着金毛往里走,长廊两侧挂满了她从小到大的照片,刚出生的、学走路的、幼儿园的、小学的、中学的、大学的、毕业后的,然后就出现了小学和初中的集体毕业照,两个小人被荧光笔圈起来,虽然站得很远,但仿佛已定了他们将来的缘分。长廊尽头的地面上摆着用玫瑰花瓣铺成的巨大心形,旁边围着一圈蜡烛,上面挂着她和丁琛的巨幅合影。照片中丁琛从后抱她,两个人在海边相偎相依,那是去年夏天在三亚,他们刚确定交往。

丁琛捧着巨型红玫瑰出场,他已换上整套笔挺西装,单膝跪地,深情地说:"你是我这辈子喜欢的第一个姑娘,也将是最后一个,以后你的回忆我都想参与,你的日日夜夜我都不想再缺席,我想用尽这一辈子去爱你。"

台词很肉麻,但演讲者情真意切,无论什么话,只要讲的人自己相信,就有了分量。

袁初雪不是不感动的,小时候曾经无数次幻想过长大后被心爱的男孩求婚的情景,浪漫的、朴实的、刺激的、温馨的,憧憬了太久,到这一天真正来临的时候,她反而懵了,脑中一片空白。

她看着面前这个男人,说不清自己到底爱不爱他,她素来奉行爱情至上,眼里不容沙子,正因如此,单身太久,久到开始承受旁人的指责和眼色,久到好像嫁不出去是一种罪,而丁琛正好是她沉溺之前的最后一根稻草,在她最需要的时候出现。有人说最适合结婚的人,恰恰不能是最爱的人。因为你会患得患失,你会因为把心系在别人身上而难免落空,世俗婚姻需要的,是可以一起过日子的伴侣,柴米油盐终会打败风花雪月,爱得太深太纯粹反而容易出问题,平淡如水才能白头到老。

从这个层面来讲,丁琛倒是适合结婚的完美对象。可是为什么她完全没有心跳的感觉?

此刻,几乎男女双方所有的同事朋友都站在长廊外看着他们,适才刚刚别过的小钱对她挤眉弄眼,一副"我早知道了,怎么样我戏好吧!"的表情。这些人的眼神里有艳羡、有期待、有窃喜、有雀跃。但她最在意的,是站在中间的那个女人,她的妈妈,妈妈的眼神里,是慈爱和欣慰。

她看到妈妈,心意坚定了下来。

她从小的愿望就是能和心爱的人携手余生,可是爱情是什么呢?它真实存在吗?她为了等待爱情,等待到自己孤孤单单在世上过了这么多年,不知道还要等待多少年,或许她还能等,可是她妈妈不能等了。

丁琛从口袋中拿出求婚戒指,Tiffany 的经典六爪钻戒:"今天是我三十岁的生日,我的生日愿望,就是你,袁初雪,嫁给我吧。"

她有点内疚,自己竟然连男朋友的生日都忘了。

周遭聚集的人越来越多,小区里散步的人群也挤过来看热闹,所有人都在起哄,"答应他、答应他",比当事人还心急。丁琛的表情非常紧张,就像在面对此生最重要的一次判决,成则生,否则死。

袁初雪深吸一口气,像是在给自己打气,她伸出手,做出了对于女人来说一辈子最重要的抉择——"我答应你。"

丁琛把戒指套在她左手中指上,两人拥吻。人们欢呼,拍照留念,高兴得好像要结婚的是他们。透过熙攘的人群,袁初雪依稀看到妈妈眼里有泪光。

浩浩荡荡的求婚仪式结束后,众人缠着这对准新人去喝酒,丁琛以袁初雪刚出差回来为由替她挡掉,众人还是不依,他只得舍命陪君子,自己请大伙先去喝一顿,等过几天准新娘休息好了再战一局。

3

袁初雪开车送妈妈去火车站,袁妈妈住在云城附近的一个小地方——阳县,两地之间距离车程大约一小时,袁初雪好几次劝她搬来和自己住,也好有个照应,袁妈妈不肯。自从袁爸爸死后,她就坚持守在他们一起住过的老家,好像丈夫随时会回来看一看。

袁妈妈今天明显为了参加求婚仪式打扮过,穿着黑色毛衣,下搭红色大丽花图案的长裙,还抹了本季最流行的姨妈色口红。虽然女儿都那么大了,袁妈妈的性格还跟少女时候一样温柔,从来不发脾气,也喜欢漂亮的衣服首饰,她很年轻就嫁给初雪她爸,老夫少妻,自然成为被宠溺的那个,所以即便年轻丧夫,辛辛苦苦一手拉扯大两个孩子,性格也没有一般寡妇的哀怨,唯独前段时间知道自己患病着实消沉了一阵,但自从女儿和丁琛好了之后,又回复了生机,巴望着赶紧当外婆。

袁妈买了末班动车票回阳县,袁初雪让她今晚留下来,干脆待几天再走,妈妈说明天上午约了麻将局,说什么也要回去,初雪心里明白,妈妈其实是怕她在的话会影响小两口独处。

她问妈妈:"今晚怎么不见初晖?"

袁初晖是袁初雪的弟弟,今年上高三,在学校寄宿。

"他说下周有考试,周末约了同学自习。"

袁家这两姐弟是男女性格互换,有趣得很,姐姐强悍,弟弟柔弱,所以从小都是姐姐保护弟弟,替他打架出头,幸好初晖性子虽软,人乖巧,功课又好,比姐姐上学那会儿听话多了,向来不怎么需要家长操心。

袁初雪把车内的温度调高:"明天我去学校给他送些厚的衣服被子,今天突然降温,别冻着了。"

"对,这孩子只会念书,生活上完全没有自理能力,天天顾着看书,那么小年纪都看成了千度近视。"袁妈妈不操心儿子不用功,倒是操心他太用功,"这天气也是,说变就变,还好刚才一下火车小丁就带我去商场买了外套。"

提到丁琛,袁妈妈口气柔和下来:"小丁这人不错,你们打算什么时候把婚结了?"

初雪潜意识逃避这个问题:"哎呀,刚刚才求婚,哪有那么快定婚期啊,再说吧。"

"反正你们开心就好。"袁妈妈笑眯眯的。

妈妈走之前把这次带来的一堆土特产给女儿,什么腊肉啊香干啊酱鸭啊，都是她从小就爱吃的。她目送妈妈走进月台，虽然妈妈腰板还挺得很直，头发也染成时髦的棕红色，但还是难掩老态，一步三回头让女儿别送了赶紧回去。她突然想到小时候妈妈送她去外地上中学，包裹里鼓鼓囊囊全是她爱吃的东西，她每一回头妈妈都在，还笑着冲她挥手，但眼里晶莹闪烁，分明有泪光。现在角色颠倒了，成了女儿送母亲。妈妈年轻时候多漂亮，但再美的美人也会被时光和生活消磨殆尽，尤其是她还一个人带大两个孩子。

袁初雪突然就有想哭的冲动。

初雪拖着疲惫的身躯回到家已经是夜里十二点，她在老城区租了一间带地下室的两居，贪这里清静而且够大，地下室被她改装成冲洗照片的暗房，方便工作。

晚上没好好吃饭，她给自己煮了一碗泡面，用脚把飘窗上堆积得乱七八糟的杂物踢到一边，才勉强放得下屁股。

她喝一口热辣辣的面汤，长吁一口气：果然还是自己一个人舒服啊！不用强装笑脸，不用没话找话，不用装斯文，真轻松。

才不过九月，窗外的草地竟已微微结了薄霜，今年的寒冷来得比往年都快。

小的时候，袁初雪和所有女孩一样，都做过王子公主的美梦，幻想长大之后遇到心爱的男孩，那么幸运他也正好喜欢自己，两个人吵吵闹闹、恩恩爱爱，就这样一辈子。

可并不是每个人都那么幸运可以邂逅爱情。

她也不是没有谈过恋爱，第一次是和大学学长，毕业时学长说要出国深造，异地恋拖累彼此，不如分手，可后来她才知道，陪他出国的，是另外一个姑娘。工作后也谈过两次不长不短的恋爱，每一次恋爱，每一次失望，等了那么多年，等到都快三十，还是没有等到那个他。或许那个人根本就不存在，或许他会来，但是什么时候呢？她已经不能再等了。

半年前她妈去做体检的时候，查出患有胃癌，中期，虽然肿瘤在检测出来后立马安排手术切除，但癌细胞无法杜绝，得定期做化疗。妈妈哭，怕万一自己等不到女儿结婚生子，她死都不安乐。从那个时候起，袁初雪就决定了，明年无论如何都要把自己嫁出去，哪怕只是为了尽孝。正巧那个时候，她重遇了丁琛。

至于爱情，那是她一个很遥远的梦，可是梦也只能到此为止了。

其实仔细想想，这样也没有什么不好的，这个世界上大部分的人最终都没有和自己真正喜欢的人在一起，我们败给现实，嫁给婚姻。对于真正爱情的渴求，随着时光流逝，变成年少时青春里的回忆。只有少数幸运儿，最终和爱情喜结连理。或许自己这辈子注定和爱情无缘了，那么只要妈妈开心就好，嫁一个稳重可托付的男人，做一个泯然众人的平凡妇人，婚后一起孝敬母亲，也算求仁得仁。

袁初雪吃完泡面拿起正在充电的手机，刚才手机没电，重新开机之后发现竟有十几条未读信息，全是冯菁的，时间最近的是一条微信语音，按下收听键，冯菁尖利的吼叫几乎刺穿耳膜：

"袁初雪你被求婚了？你要结婚了？连你都要结婚了！刚才蹲马桶的时候刷了个朋友圈才发现竟然错过这么劲爆的新闻！而在你被男人求婚的时候我却苦逼呵呵地在杂志社加班！我现在非常不高兴！非常不爽！我决定去买醉！这么重要的事情身为你最好朋友的我却要从朋友圈得知！我给你打电话你竟然还关机！你还给我关

机！你明天最好老实给我交代清楚！"

袁初雪揉揉耳朵，这姐们儿是出了名的暴脾气，明天光是对付她想必就得花一番唇舌。

剩下的全是恭喜她的微信，还有一条未读微信是丁琛的，问她睡了吗？她回复：准备睡了，晚安。想了想，又加了个爱心的图案。然后把手机调成静音，蒙头就睡。

4

翌日，气温降到八摄氏度，大街上、社交网络上、电视报纸上，人人都在议论这场奇异的寒流，冷空气来历不明，像是突然而至，连气象专家也从未见过这种现象，称是百年不遇的气象奇观。

袁初雪已经把冬天的羊绒大衣翻出来穿上了，她上午去学校给初晖送棉被，初晖不在，手机也没人接，她就把被子衣物等交给了同寝室的同学，顺道在学校门口吃了个饭，下午如约去"冰雪缘"见冯菁。

"冰雪缘"是她俩高中校门口的冰店，以前念书时，初雪和冯菁放学后喜欢去那里吃冰聊天做功课，毕业工作之后这里也是两人的一个据点，她们的"老地方"。后来冰店老板要回老家，打算把店盘出去，两个人那时候都赚了点钱，有些积蓄，又对这个店有感情，就接手买了下来。

路过商场的时候，某大牌橱窗展示着秋冬季新款男装，橱窗中的模特一身白毛衣白布裤，光脚站在丝绒地毯上，禁欲又高雅，初雪忍不住多看了几眼。相对丁琛那种一丝不苟的穿衣风格，她其实更喜欢男孩做这种简洁的装扮。

她一进"冰雪缘"，就见冯菁和肉肉在吵架，一人一狗各据一边，冯菁拉着狗绳想把它拽过来，肉肉脖子撑得直直的整个身子往后仰，一脸抗拒不肯过去，嘴里还汪汪叫以示抗议。半岁的男阿拉斯加个头已经挺大，冯菁穿着短裙蹲在地上拽不动它，样子特别狼狈，她对狗怒喝："你给我过来！"

肉肉抗议："汪！"

"你还敢顶嘴！"

初雪哭笑不得："冯菁你够了，你竟然跟狗吵架。"

冯菁面目狰狞："你等着，先收拾完它一会儿就轮到你，你也不是什么好东西！一大一小两只白眼狼！"

肉肉突然撒力跑向初雪，冯菁失去重心跌倒在地，初雪抱起肉肉："这个怪阿姨有没有虐待你？"

冯菁投诉："它虐待我还差不多！我这条 Chanel 的裙子被它咬脱线了，今天穿出门才发现，好几万呐！打死它都不嫌多！"

冯菁指着桃粉色洋装连衣裙的裙摆，那里果然破了一个口，但初雪的注意力却在她那光溜溜的腿上："寒流来袭还光腿穿短裙，你不冷吗？"

冯菁摆出一个风骚的 pose："时髦人不知道什么叫冷。"

"我看你是发骚，病了别喊我来照顾你。"

"别扯开话题，第一件事，你接受丁琛求婚了？"

初雪点点头："你从哪知道的？"

"小钱的朋友圈，怎么，我不问你你还不打算让我知道了？"

"这个小钱，事无巨细都往朋友圈发，巴不得把每天吃几顿饭都发上去，以后要有什么秘密千万不能让他知道。"

"袁初雪！这不是重点！"冯菁一屁股坐在沙发卡座上，"现在的重点是你的求婚仪式连小钱都去参加了，而我，身为你多年来最好的死党、闺蜜，竟然完全蒙在鼓里，你是要造反吗？"

她挨着冯菁坐下："我也是昨晚才知道的，之前谁都没走漏风声，瞒得可严实了，我当时都懵了，手机又没电，没法通知你。"

虽然冯菁和丁琛一个是闺蜜一个是男朋友，两个都是初雪至亲的人，也曾是同一个中学的校友，但两人关系一直都一般，要不是因为初雪，这两人可能这辈子都不会成为朋友。

冯菁的表情转为和缓："好吧，原谅你了，我之前几天为了赶案子一直加班到通宵，就算通知我了我可能也没时间去。"她扶着初雪的肩，难得的一脸认真，"从昨晚到现在你可能已经听过无数次了，不过还是要再恭喜你一次，袁初雪，你终于嫁得出了。"

"谢谢。"待嫁新娘的表情淡淡的。

"怎么，你看起来并没有很开心嘛。"

"说不上什么感觉，现在一想到要嫁人，我脑子里还是一片空白。"

冯菁盯着她："喂，你想清楚了吗？"

"什么意思？"

"你是不是真的喜欢一个人，你自己不知道吗？我和你做了这么多年姐妹，你的脾气我太了解了，虽然对有些人来说，婚姻和爱情是两回事，但你是这种人吗？"

初雪叹口气，说到感情问题，冯菁确实可以说是最了解她的人。

她和冯菁算是发小,两人中学的时候是同班同学,后来考上同一个大学,不过在不同系,一个学摄影,一个念传媒。在初雪刚刚从言情小说入手开始理解爱情的年龄,冯菁已经交上校外的男朋友。这姐们从中学起男伴就换个不停,各种类型各种年龄都有,和初雪等待真爱的心态不同,她的爱情理念就是:抱着环游世界的心态谈恋爱,势要把世上的好风景全看光,在一棵树上吊死那简直是傻叉!她到现在三十了依然单身,也没有要成家的打算,继续游戏人间,潇洒到完全罔顾任何世俗看法——火树银花一女子。

两个女孩性格一冷一热,气质一个清冷一个火辣,看似南辕北辙,却能互补,这么多年来见证了彼此的成长,见证了对方一路在感情上摸爬滚打,可以说是比家人还要了解自己的存在。所以在袁初雪的感情问题上,冯菁确实是比任何人都更有发言权。

冯菁往咖啡里加奶精搅拌:"别怪我没提醒你,要为了自己结婚,不要为了任何人结婚,父母把我们生出来辛辛苦苦拉扯大,我们一路过关斩将活到现在,还把自己收拾得这么讲究,不是为了来将就任何人的。"

初雪就用崇拜的眼神看着她:"冯菁,有时候我真的特别羡慕你,真的。"

"因为我美?"

"不是。"

"滚。"

"你从小就是那种知道自己要什么,而且不管别人怎么看就要去办的人,永远最忠于自己,你无论到了什么年龄,永远斗志昂扬,永远活力四射,在这一点上,你真的太有勇气了。"

冯菁剜她一眼："我怎么觉得你在拐着弯说，我无论到了什么年龄都是个傻叉。"

"你硬要这么理解我也不反对。"

冯菁拿叉子戳她，她挡格，两个三十岁的女人跟高中生似的玩着幼稚的游戏。其实很多人到了一定年纪都有未泯的童心，只不过人们会故意伪装，只为了怕听到别人说"哎哟，都这么大岁数了怎么还跟小孩子似的"，仿佛"跟小孩子似的"是多么羞耻的事情。

初雪正色对冯菁阐述自己关于结婚的看法："我没你这么勇敢，女人到了一定年纪就会知道，有些人哪怕你不是真的爱，却是你人生到此为止的最佳选择，如果放弃，以后可能就再也没有机会了，丁琛就是那个人。"

"所以你要为了到此为止的最佳选择，放弃可能遇到的至爱吗？"

初雪苦笑："可能遇到，那就有可能遇不到，冯菁，你这辈子有过最爱的人吗？"

冯菁眼中好像有一丝淡淡的幽怨："有过。"

"谁？从实招来！"初雪捏着她的手，男朋友多到车载的冯菁，可从来没听她说起爱上过任何人。

冯菁扳起手指认真数了数，嬉皮笑脸地说："爱过的人很多，最爱的当然只有我自己啦。"

初雪切了一声，随即略感悲哀地说："你说我惨不惨，活到这把年纪，竟然没有真正爱过一个人，越在意的东西就越难得到……"她化遗憾为悲愤，"去'尼玛'的爱情！你冷落老娘这么多年，老娘结婚去了！不陪你玩了！"

冯菁安慰她说:"别灰心,也许很快就出现呢。"

初雪拍拍冯菁肩膀:"你每年都这么孜孜不倦地鼓励我,真是我的心灵按摩棒,大姨妈时的暖鸡汤。"

冯菁就一脸不爽:"我堂堂一个时尚女精英,被你营造得跟啰里吧嗦的老太婆似的,不跟你废话了,第二件事!"

"还有第二件事?"

"你的狗把我的香奈儿毁了,怎么办?"

初雪上下打量她的裙子:"你这裙子本来就不好看,咬破了正好,再买新的。"

"你找打吗?"

在初雪怀里的肉肉冲着冯菁汪汪大叫,像是在护主。

冯菁骂它:"有什么样的主子就有什么样的狗,忘恩负义的白眼狼,狗你赶紧拿走!以后我再也不管了!"

初雪故作无辜状:"那以后你临时出什么么蛾子找我拍片我也不管喽。"

"得了便宜还卖乖,你要气死我啊。"

初雪给冯菁舀了一碗草莓冰激凌:"好啦!消消气,回头你生日的时候我送你一条新的裙子,这种粉色太俗气,不配气质高贵的你。"

冯菁看着咋咋呼呼,其实是顺毛驴,一哄就好:"其实我也觉得不太配我,别人送的。"

"谁啊,这么大手笔。"

冯菁眯眼一笑:"新认识的一个客户,人傻钱多。"冯菁是吊梢眼,这么贼兮兮一笑更像偷了腥的狐狸。

初雪替那个冤大头默哀:"阿弥陀佛,冯大主编真是公器私用,现在连客户都不放过。"

"我必须深刻地纠正你,什么叫作不放过,这叫一个愿打一个愿挨,再说了,我才是女的好吗,你怎么就不担心担心我,你怎么就不怕我被别人骗被别人欺负?有你这样的闺蜜吗?"

"得了吧,谁能欺负你啊,你不把人生吞就不错了。"

冯菁哼一声,吃冰激凌不理她。

初雪问:"冰店还没找到人接手吗?"

"人走得这么急,我临时上哪找替补去?再说我每天这么忙,哪有这个美国时间?正好现在你回来了,你赶紧抽空找找人。"

初雪和冯菁是冰店的老板,但两个人各有各忙,都只能偶尔来一下店里,再加上店面也不大,一直都雇了一个小姑娘当店长,早前姑娘家里有事,临时就把工作辞了,这下冰店无人打理,关了将近一个月。

冯菁补了补口红,理了理一头大波浪卷发:"我得先撤了啊,约了客户。"

"去吧骚货,穿那么少,小心别着凉。"

"晚上有个时尚趴,一水儿大模鲜肉,别说我不想着你,来吗?"

初雪摇摇头,冯菁讽刺她:"噢,差点忘了,你现在是准人妻。"

冯菁走后,初雪坐在卡座上吃她剩下的草莓冰激凌。肉肉在旁边眼馋地流着口水,初雪把最后一口喂给它,小家伙乐得直舔嘴。

她把肉肉绑在店门口的柜台边,把店里简单收拾了一下,在门口张贴招聘店主的传单。正值放学时分,街上都是熙熙攘攘穿着校服的学生，初雪想起弟弟初晖，拨通了他的电话，竟然关机了。

肉肉在里面不停叫嚷企图挣脱，绳子被它拽松，店门没关，直接冲了出去！

"肉肉！站住！"她赶紧追过去。

肉肉不管不顾冲进人群，初雪在后面一路追赶，狗狗跑得快又灵巧，她还穿着高跟鞋，怎么追都追不上。前面就是铁道口，火车轰鸣声由远及近传来，肉肉冲了进去，列车飞速驶进站！

已经来不及了！初雪尖叫一声，捂着眼睛不敢看。

在列车快将撞上肉肉的瞬间，一个身影光速冲出！

列车呼啸而过，初雪慢慢把眼睛睁开。

隔着铁道，肉肉完好无损在一个高挑男子怀里，男子一身白衣，脸上的神情比衣服的颜色还要干净，阳光照射下，挺拔清俊，仿如冰雪铸就。

男子抱着肉肉越过铁道，走向初雪。

她回过神来，忙不迭道谢："你救了我的狗，太谢谢你了，你刚才就么冲出去，吓死我了。"

男子抬头看了她一眼，神情淡漠，一丝笑意也无，瞳孔竟然是泛着光的灰色，仿佛要直看到人心里。

初雪被这样的眼神微微震慑，对视了一会儿察觉自己失仪，忙伸手抱肉肉以掩饰尴尬："肉肉你没事吧，多亏这个哥哥救了你，看你以后还敢不敢乱往外跑。"她想接过肉肉，男子却没有要给她的意思，她的手僵在半空。

"它住哪儿？我送它回家。"男子吐字如珠，声音和他的脸一样清冷，仿如玉石坠地。

初雪还没从刚才的危急中缓过来，话说得颠三倒四："它和我住，我今天才把它从朋友家接回来，但我现在还不准备回家……呃我的意思是我得先带它回一趟店里，它刚才就是从店里跑出来的。"

她说了那么多，男子只是淡淡两个字："带路。"

初雪觉得自讨没趣，就不再说话。

男子抱着肉肉走在前面，他很高，肩宽腿长，初雪一米七的个子穿着高跟鞋还比他矮半截，他大踏步在前面走，她要快步走才能跟上。这么冷的天他只穿轻薄的白色毛衣，白色布裤，还有一双脏兮兮的匡威白布鞋，布鞋大小明显不合适，他踩着鞋帮走，半截脚脖子露在外面。衣服倒是很干净合身，款式虽然简单但做工考究，细看觉得眼熟，初雪想起是刚才在商场橱窗看到的本季新款，能买得起那么贵的衣服，却穿着不合脚的旧鞋子？真是个怪人。

初雪看着他的侧脸，鼻高唇薄，眉眼修长，目测二十四五岁的样子，皮肤很白，一个大老爷们护理得比姑娘还白嫩，真想问问他用哪款保养品。

初雪正出神，男子突然停下来看着她，她有点紧张："干吗？"

"走哪边？"

前面是分岔口，左右两条路，人家当然得停下问她啦。初雪讪讪，往左边走去。

回到冰店，男子把肉肉从怀里放下，肉肉在他脚边徘徊不去，用头蹭他，还不停哈气摇尾巴，一副不要脸的讨好状。

初雪递给他一杯热茶："小心烫，肉肉好喜欢你，我还从来没见过它这样，可能是因为你救了它。"

男子接过茶："这和我救不救它没关系。"

初雪心想这男的也太自大了吧，虽然长得是挺帅，也英勇救了狗，但也不至于这么自恋。

男子蹲下来摸肉肉的头："你以后不要老把它关在家里。"

"你怎么知道我老把它关家？"

"阿拉斯加是向往自由的狗，它们喜欢在雪地上飞驰，这里虽然没有雪原，但你有空也要多带它亲近大自然，它会自己跑出去，一定是你平时不怎么让它出门玩。"

初雪提出质疑："阿拉斯加不是雪橇狗吗，雪橇狗特长拉车，是专门为人类服务的，它应该很喜欢跟人类待在一起啊。"

"谁跟你说阿拉斯加是用来拉车的？"

"阿拉斯加分属工作犬，书上都这么写。"

男子的语气有点不满："那是人类后天强行把可驯服的物种变为己用，按照特长分门别类为自己服务，狗又不会说话，你怎么知道它心里怎么想的？"

初雪语塞，这个男的真是目中无人，才多大年纪呀，也不尊重一下姐姐，给点颜色就蹬鼻子上眼，碍于他救了肉肉，也不好多说什么。

肉肉呢，对男子亲昵得不行，不停舔他的手，还站起来亲他脖子，甚至比和初雪在一起的时候还要亲热许多，正牌主人就杵在旁边，它看都不看一眼。

初雪心里暗骂：冯菁说得没错，真是个没良心的小白眼狼，都快分不清谁是主子了！

男子喝一口茶，环顾四周，"冰雪缘"店面很小，大概十来平方米，颜色以白色和粉蓝为主，干净清雅，还有一些很少女的摆设，

一看就是女孩开的店,很适合女学生歇脚。二楼有个小阁间,用来堆放货物,现在闲置着。

初雪心想,这个男的救了肉肉,还把它送了回来,应该是等着要实际的感谢呢,不然干吗杵着不走。

她从钱包里拿出五张毛爷爷:"先生,感谢你救了我的狗,钱不多,寥表敬意,请笑纳。"

男子连看都不看一眼,而是盯着玻璃门上贴的招聘启事,顺手把手中的茶杯塞给初雪,走了出去。初雪觉得奇怪,刚才倒给他的茶明明是滚烫的,现在已经变得冰凉,虽然天气冷,但也不至于这么快降温。

肉肉屁颠屁颠地跟在男子后面,初雪只得也跟了出去,向他解释:"我们店里在招人,之前的店长走了。"

男子伸手撕下传单,初雪诧异:"你干吗?"

"你不是想谢我吗?那就聘用我吧,我在找工作。"

男子向她伸出手,眼神温润如玉:"我叫白子玉,白色的白,夫子的子,宝玉的玉。"

Chapter 2 冰山来客

白子玉看着袁初雪,脱口而出——

"她没你好看。"

他的眼神那么真诚,倒叫她有点不好意思,但凡女人都喜欢听男人夸自己漂亮,更何况是被帅哥夸,她不禁窃喜。

但白子玉紧接着的话,就让她窃喜不起来了——

"但是她比你年轻。"

2016年9月17日~2016年9月24日
天气：寒流来袭
宜：结交新友
忌：色令智昏

1

云城的气温还在持续下降，往年这种天气，"冰雪缘"是没有客人的，得改卖热饮才能勉强维持生意，但今天店门口却排起长龙，而且清一色都是小姑娘。

答案就在白子玉那张俊俏的脸上。

冯菁一边用勺子戳着冰激凌，一边上下打量耐心为客人服务的白子玉。他穿着粉色小碎花的围裙，询问顾客口味、舀冰激凌、收钱、感谢光顾，一整串平凡无奇的动作在他做来却如演奏家指挥交响乐般流畅优雅，连带那恶俗的碎花围裙，都穿出了高雅的时尚感。

冯菁用脚踢了踢坐在对面用电脑修片的袁初雪："喂，这个小帅哥你从哪儿淘来的？"

"什么淘来的，他自己来应聘的，我昨天下午大概教了他一下，他上手很快，对于工钱又不讨价还价，所以就用他啦，你不是着急让我找人吗。"

冯菁相当愤慨："这种顶级货色来当服务员？简直暴殄天物！

他为什么要来当服务员啊！干吗这么想不开作践自己呢？天啊！"

初雪推推眼镜，一脸鄙视："你用得着那么激动吗？花痴病又犯啦？他长得是好看没错，但可能就是个绣花枕头，只有一张脸，什么都不会，当然只能当服务员啦，好看又不能当饭吃。"

冯菁拿下初雪的眼镜："你这就叫有眼无珠，你长眼睛干吗用的，我今天就给你上一课。"

初雪是近视，她今天没戴隐形眼镜，黑框镜一摘，眼前突然模糊："你干吗，把眼镜还我。"她抢回眼镜戴上。

冯菁一脸严肃："美貌是直接生产力，不然你以为我干吗每天打扮得那么漂亮？我闲的呀？要不是因为我时髦好看，杂志社那些重要的交际派对能年年都派我去？"

初雪不以为然："那是因为你们时尚圈浮夸虚荣。"

冯菁继续说服她："远了不说，就说近的，接近零度的天气冰店竟然客似云来，你以为那些小姑娘脑子都坏掉啦，你试试换小钱去当服务员，肯定早就打烊了。"

小钱就坐在旁边，闻言虎躯一震，哀怨抗议："冯姐你能不能考虑一下我的感受？"

小钱戴个四方眼镜，小鼻子小眼睛，白胖白胖，其实挺可爱，对于冯菁的羞辱心有不服。

冯菁完全不理，继续说："我们每天的营业额就这样被他的颜值拉起来了，这就是实实在在的经济效益，看他第一天干活那麻利劲，肯定不是白痴，就算是，这样极品的绣花枕头，一堆空闺寂寞的富婆等着包养好吗？他当然能靠那张脸当饭吃啦！袁初雪，你这是天上掉下个宝贝砸你面前你都不知道。"

初雪翻了个白眼："我看是你想包养他吧。"

小钱附和："就是就是。"

冯菁呵斥小钱："你闭嘴！好好修你的片。"她凑近初雪，压低声音问她："你跟我说句实话，你跟这个小帅哥，没什么吧？"

"能有什么，昨天才认识的。"

冯菁用贼兮兮的眼神看她："你对他就一点兴趣都没有？"

"神经病！"

冯菁松了一口气："那就好。"

初雪突然警惕起来："你要干吗？"

"既然你对他没有兴趣，不影响我们姐妹情谊，那么你不上我上了，肥水不流外人田。"

"喂，冯菁，你别在我店里乱来啊，好不容易找了个合适的店长，一会儿别把人吓跑了。"

冯菁一脸懒得跟你说的表情："你搞搞清楚，这也是我店里好吗，服务员谁不能当啊，连小钱都能当，但这种极品鲜肉上哪儿找？"

小钱又哀怨地看了冯菁一眼："你真的一点都不考虑我的感受吗？"

冯菁皱眉："大人说话小孩子别乱插嘴，你们现在的90后怎么那么喜欢顶嘴呢。"

小钱抗议："我已经二十二了，不是小孩子。"

"老娘比你差不多大十岁呢，你在我面前就是个小屁孩。"

冯菁和小钱在一旁叽里呱啦斗嘴，初雪揉揉额头，走去给自己接杯水。

店里的生意确实从来没这么好过,"冰雪缘"位于学院区,周遭学生居多,那些女学生穿着校服裹着外套,大冷天不惜为了一碗冰排队,看着白子玉的眼神兴奋娇羞,不时交头接耳,有些还拿出手机偷偷拍照。

要是换了十年前,自己指不定也会为这种外形出色的男孩心动,但那是独属于年轻人的激情,年纪越大背上的包袱越重,受约束的条件越多,哪能光谈感觉呢?

初雪正出着神,白子玉有感应似的回头看了她一眼,她一分神,饮水机的热水洒在手上,她被烫到,手一松,杯里的热水撒了一身。

冯菁拿着纸巾过来帮她擦拭:"怎么这么不小心。"

初雪嘴里说着没事,一边偷偷往门口瞄了一眼。白子玉专心致志对付着女客人,似乎完全没留意到她。

午休时间过后,学生们都去上课了,店里清闲些,白子玉在擦拭桌椅,冯菁瞅着空钻了过去,一屁股坐在他对面:"小白你是哪里人啊?"

冯菁一手撑着桌面一手撩着头发,声音都放绵软了,那个发嗲的样子,看得袁初雪直起鸡皮疙瘩。

白子玉连眼皮都没抬一下,说:"你让一让,挡到桌子了。"

小钱没忍住"噗"一声笑了出来,冯菁飞去一个眼刀。

但姜还是老的辣,身经百战的冯菁马上重新调整姿态:"看你的样子不像本地人,来多久啦?"

"没多久。"

白子玉擦完这张桌子换另一张擦，冯菁立马跟了过去："那你在这认识的人肯定不多吧，晚上姐姐在酒吧有个'趴体'，可以认识很多新朋友，要不要一起来？"

"我不会喝酒。"

冯菁喜笑颜开："不会喝酒好啊，不会喝酒你就少喝点吗。"

看着冯菁那饿虎扑羊就差没流口水的样子，初雪和小钱的白眼都要翻到天上去了。

白子玉依然拒绝："我不习惯和不熟的人一起玩。"

冯菁立马纠正："谁说都是不熟的人，你袁姐姐还有小钱都会去。"

小钱突然被叫到，一脸茫然。

初雪瞪着冯菁对她做手势，意思：谁和你说我要去？不去！

冯菁对初雪使眼色：你不去试试看，绝交！

白子玉擦完最后一张椅子，答应了下来："好吧，我去。"

2

在冯菁软磨硬泡加上武力要挟之下，初雪和小钱不得不就范，陪她来酒吧充当助攻，冯菁一早给两人分配好了任务，就是——不停地给白子玉灌酒，反正他酒量不行，只要差不多灌醉了，二位助攻就可以速速退下，然后冯菁就可以为所欲为。

计划如此简单粗暴而完美，但事实往往不在计划内。

四个人屁股都没坐热，冯菁就按照设计好的台本劝白子玉喝酒，另外两人也跟着瞎起哄,说这是招待新朋友的规矩,第一次喝酒必须有人喝大。

偌大的包厢只有他们四人,白子玉质疑:"不是说有很多朋友吗?人呢?"

冯菁赔笑:"他们一会儿就来,咱们先玩。"

白子玉看着桌上的骰盅,好奇地问:"这是什么?"

冯菁一看就知道他没怎么出来玩过,真是天助我也:"这叫骰盅,可好玩了,我教你,但是输了要罚酒噢。"

冯菁非常卖弄地向白子玉展示游戏规则,白子玉一脸似懂非懂的样子,冯菁也不管他听没听明白,就拉着他开始玩。

连一旁的小钱都看不下去了,小声说:"太凶残了,小白你要扛住啊!"

但事实证明小钱错了——白子玉一直在赢,冯菁一直在输。

一开始冯菁觉得是小白新人手壮,运气好,反正自己海量,输几把就当让他了。但连输十几把之后觉得不对劲,开始认真玩,竟然也玩不过他。这下冯菁铆上了,她可是老江湖,竟然败给一个毛头小子,颜面何存!现在已经不是拿不拿下小鲜肉的事,而是上升到她个人的面子问题!

冯菁不服输,两人换着游戏玩,从骰子到猜拳,从桥牌到猜牙签,从比大小到最简单的猜丁壳,冯菁竟然一次都没有赢过!

酒桌上摆满空酒瓶,全是冯菁一个人喝的,她醉眼迷离,说话连舌头都大了,这么喝法,任是酒量再好也顶不住。

初雪和小钱在旁边看得心惊肉跳,小钱目瞪口呆地说:"太凶残了,冯菁扛不住了。"

初雪想的却是另外一件事，这些游戏白子玉全部不会，但一教之下竟然比行家还厉害，以他这样的智商，为何要屈尊当一个服务员？

眼看冯菁快不行了，却还在逞强，初雪上去拉住她："别喝了，再喝就吐了。"

冯菁一把甩开初雪："开什么玩笑，我什么人啊？人称夜店小公主，我会喝醉？小白，你这个人有点意思，来，我们继续——"

"哐当"一声，话没说完人就倒下了。

初雪和小钱合力把烂醉如泥的冯菁扛上车，冯菁的宝马Z4跑车只能坐两个人，初雪让小钱先送冯菁回去。

送走两人之后，初雪扭头发现白子玉已经不见了，走了也不说一声，真是个奇怪的人。

初雪今天没开车，她家也不远，就慢慢散步回去。

路过商场橱窗的时候，见原本那穿着白衣白裤的男装模特已被扒得精光，在精美的背景和配饰衬托下，十分寒酸，一般名牌店的橱窗，都有专业的橱窗设计师管理，就算旧款下架了，也会立即换上新的，像这样让模特"裸着"出现，真是失职。她想到白子玉那身一模一样的衣服，按他的薪水来说肯定买不起这么贵的衣服，如果他这么有钱也不用来冰店打工了，该不会他那身衣服是从这偷的吧？初雪想想都觉得自己好笑，这种名店都有监控，他要是偷衣服早就被抓进去了，他那身肯定是某宝的高仿，只不过人帅气质佳，才能以假乱真。

晚上寒风萧瑟，比白天还冷，她一边走一边把手放进大衣兜里。

地上有被路灯照出的人影,拉得长长的,有两条,而且越来越近。

初雪有点害怕,越走越快,后面的身影不依不饶紧紧跟随,她拐到一个人比较多的地方,猛地回头,见是白子玉。

初雪疑惑:"你不是走了吗?"

"右手伸出来。"

虽然不知道他要干嘛,她还是依言伸出手,那上面有白天被开水烫过的痕迹,红红的一片。

白子玉拉过她的手,他的手指冰凉,初雪下意识缩手,反而被紧紧握住:"别动。"

他拿出一管未开封的药膏,拆开帮她涂在手上。原来他刚才是去买烫伤膏,白天那一幕他竟然记得那么清楚,初雪还以为他压根没有留意到。

白子玉把药膏抹在她手上,触感凉凉的,他的手比药膏还凉,手指纤长雪白,捧着初雪的手仔仔细细涂抹,就像生怕弄坏一件珍贵的瓷器。

昏黄的路灯下,他专心致志低着头,睫毛倒映在眼下,映得眼神暗暗的,像一个深不见底的神秘幽洞,仿佛看久了就会把人吸进去。

灰色的瞳孔向她对焦:"还疼吗?"

"好多了,谢谢。"她有一刹那的走神,意识到手还被他握着,忙抽出来。

"晚上回去抹一次,明早再抹一次,差不多就该好了,药房医生是这么说的。"白子玉把药膏塞进她包里。

初雪心里一暖，随即想到白子玉每个月工资才几千，又是初来乍到的年轻小伙，身上肯定不富裕，掏出钱包坚持把药钱给他："药膏多少钱，我还你。"

"不用了。"

"那怎么能行呢？我是老板娘你是员工，我怎么能占你的便宜？"

"那你就是瞧不起我。"

"这是两码事，小朋友别嘴硬。"

初雪强行把一张"毛爷爷"塞进他衣兜里，白子玉也不再推辞。

"这才乖嘛，不早了我回家啦，你也早点回去休息吧！"

初雪和他道别，转身离开，走了几步，发现地上的人影依然是两条，她转头看向他，白子玉说："我送你回家。"

"没关系，我家就在附近。"

"那正好，耽误不了我多少时间。"明明是好意，从他嘴里说出来怎么就有一丝变味。

见白子玉完全没有要停步的意思，初雪也只得由得他去。

两个人并肩走在林荫路上，树影斑驳，提前入冬后人们提早回家，这段小路除了他俩，一个旁人也无。

她想到刚才冯菁咬牙切齿的模样，忍俊不禁："你竟然把冯菁这种老江湖放倒了，她明天起来一定恨得牙痒痒的。"

白子玉向她分析战术："其实那些游戏都很简单，比如骰子，冯菁就喜欢吹牛，喊她没有的，而且特别理直气壮，一般人就被她唬到了，其实就是在虚张声势，一戳就爆。后来她发现我不吃这套，改说实话，但眼神没那么犀利了，你能从她表情里看出她说的是真话还是假话。"

"你第一次玩就能发现规律,这么厉害?"

白子玉用一本正经的表情自我肯定:"我的学习能力很强。"

他这种毫不谦虚的态度激发了初雪的挑衅心:"姐姐来试试你。"

初雪想起以前念书时老和冯菁玩的你问我答游戏,玩心顿起:"从现在起我问的每一个问题你都要回答,如果答错了我可以问你一个问题,你一定要如实回答,反之你可以向我提问。"

她想了想,双手负在身后,提出第一个问题:"手机在我的左手还是右手?"

"左手。"白子玉答得毫不犹豫。

初雪果真是左手捏着手机,她耍了个诈,把手机换到右手:"错!"

白子玉的眼睛里隐约有笑意,像是看穿了她,初雪强掩心虚,按照输赢规则问他问题:"我来问你,你有女朋友吗?"这题是替冯菁问的。

"没有。"

虽然有点意外像他这种颜值竟然是单身,不过只要他没主儿,冯菁近水楼台,机会总比别人多一点。

初雪继续提问:"我刚才在酒吧吃了什么?"

这种事连她自己都记不清了,更何况白子玉一直在对付冯菁,怎么可能留意到她?

"一碗牛肉面,一份拍黄瓜,一个起司蛋糕,一杯苹果汁,还有几粒花生米。"

他说得一字不差,初雪愣了一下,这厮是记忆器吗?随即开始耍赖:"这题不算,我自己都忘了。"

白子玉逼近一步,眼里有一丝戏谑:"老板娘就是这么耍赖的?"

初雪强词夺理:"谁能证明你说的是对的?很有可能就是瞎掰的,不算,重来。"

她想了想,说:"我里面的衣服是什么颜色?"

她今天居家打扮,穿个宽松卫衣,披一件睡衣风外套,顶着个大素颜就出来了,其实她特别懒,不像冯菁每天早起花一两个小时打扮自己,自己宁可把这些时间用来看书和睡觉,初雪觉得这题白子玉肯定答不上来,不料——

"你里面什么都没穿。"

她彻底石化了,她今天确实犯懒,睡醒直接套上卫衣就出门了。

白子玉好玩地观察她的表情:"我答对了吗?"

"你是怎么知道的?"

他盯着她的胸部:"目测。"

袁初雪身段高挑瘦削,肤白腿长,唯一的罩门就是胸前不伟大,所以即便不穿内衣也没什么负担。

她用大衣裹紧胸前,大骂:"流氓!"

白子玉完全不介意被骂,提醒她:"愿赌服输。"

"你问!"

"你有男朋友吗?"

初雪心想,问的问题和我一模一样,毫无含金量:"我有未婚夫。"

白子玉点点头,继续说:"轮到我出题了,我是哪里人?"

看他皮肤白皙,身量又高,初雪第一反应就想到北方:"东北?"

"错。"

"那是哪里?"

"西北。"

西北日晒时间长,紫外线强烈,比较容易晒黑,白子玉却是皮肤白皙,实在很难把二者联想在一起,唯有他那神秘的灰色瞳孔,昭示着他并非汉族。

初雪输得心服口服:"你问吧。"

"你爱你的未婚夫吗?"

她觉得有点别扭,即将要结婚的男女当然互相相爱,这是一般人普遍的认知,所以会这么问,在敏感的她看来本身就带点不怀好意。更令她生气的是,她竟然答不出来。

"废话!"她语气略冲。

"废话是爱还是不爱?"他竟然不放过。

"关你什么事?"

"这只是一个游戏。"白子玉平静的表情提醒了初雪,何必为一个游戏这么认真。

"不玩了,不好玩。"

"一开始也是你说要玩的。"这个白子玉,真是得理不饶人。

"我玩不过你行了吧,游戏达人。"

他耸耸肩,算是接受了这个说法。袁初雪发现他这个人虽然难缠又较真,嘴巴也厉害,但只要你一服软,他就欣然接受,其实也没有那么难搞。

"你为什么一个人大老远跑来这儿啊?"初雪好奇,就算年轻人要闯荡打拼也应该是去北上广那种大城市。

"为了一个人。"白子玉的表情非常认真,"一个女人,我在找她。"

"是你爱的人吗?"

"她拿走了我最重要的东西,我得取回来。"

月光下他的侧脸像世上最完美的雕塑,明明是二十几岁的相貌,却有着让人猜不透年龄的眼神。现在美容科技日臻发达,越来越难从外表上鉴别一个人的年龄,但眼神是不会骗人的,初雪拍过很多年轻人,他们的眼神要么青春无畏,要么忧郁内敛;要么张扬,要么青涩,可有一个共通点,就是充满对未来世界的好奇,这样的眼神是独属于青春的。

但白子玉的眼神,像对一切都不在乎,又像分明很情深,又明亮又沧桑,又疏离又洞悉一切,这样的眼神,像二十几,像三十几,也像四十几,像穿透了岁月,无关乎时间。

初雪回家后洗完澡,用毛巾擦着头发走进地下暗房,杂志社委托她拍的片子已经交给冯菁,剩下的是她自己用胶卷机在昆仑山拍摄的照片。现在越来越流行用数码机,方便快捷,不易出错,她却坚持用这种古老的方式记录时间,虽然过程烦琐,但这种虔诚的仪式感,仿佛是对回忆的一种致敬。

相纸在显影液中浸泡一段时间,已经成型,初雪想起那日在飞机上和小钱的争执是为那座令她惊艳的神秘冰山,它高耸入云,烟雾缭绕,初雪有一大半的底片都用来拍它,可小钱坚持说没见过这座山。

显影的相纸上,只有昆仑山主峰,哪里来什么比主峰还高的白色冰山?

可她当时看得清清楚楚，难道是海市蜃楼？

外面传来响动，初雪出去一看，原来是肉肉把她的包拱到了地上，还把烫伤膏翻了出来，在舔，这倒提醒了她抹药。

她想起白子玉的脸。

"为了一个人，一个女人。"

"她拿走了我最重要的东西，我得取回来。"

年纪轻轻的，离乡背井，为了找到一个女人。

袁初雪越来越觉得摸不透这个人。

3

第二天一大早，初雪就被小钱的电话吵醒，他哭哭啼啼说今天的拍摄不能去了，因为他被冯菁打成半残了！

昨晚小钱把烂醉的冯菁抱回家，她吐得到处都是，连小钱的衣服都被她吐得一塌糊涂，小钱只得把衣服脱下来洗了，又强忍恶心收拾呕吐物，结果冯菁半夜醒来见小钱衣衫不整，以为他趁自己喝醉耍流氓，不由分说抢起烟灰缸就是一顿"暴cei"！小钱光荣挂彩，凌晨由冯菁扶着去挂急诊，一只眼睛一片瘀青，看东西都模糊了。

看着小钱发过来的照片，被打得跟熊猫似的惨不忍睹，确实无法开工，初雪只得嘱咐他好好休息，并打电话恐吓冯菁让她好好照顾小钱，要是他毁了容或是落个什么病根，下半辈子就讹上她了！

被这两个祖宗这么一闹，初雪一点睡意也无，今天答应广告商拍摄服装目录，但这么临时上哪找助手去？

她一骨碌起身，麻利穿戴好出门。

今天的气温低过昨日，才不到十月已经接近零度，这在隶属南方的云城简直就是奇闻。

路过商场的时候，初雪看见名牌橱窗里被扒光的男模已按照秋冬上新换上了墨绿色针织衫和破洞牛仔裤，但大街上的人们已经穿上了羽绒服。

今天是周末，学生放假，"冰雪缘"只上半天班，老远就看见几个学生妹在跟白子玉买冰激凌，天寒地冻的一大早就能招徕到生意，莫非真像冯菁说的，长得好看能当饭吃？

她走进店里坐下，白子玉招待完客人竟然出去了，见到老板娘连招呼都不打一声，初雪正要生气，不一会儿，他拿着豆浆饭团回来，放在她面前。

初雪疑惑："给我的？"

白子玉点点头："我猜你应该还没吃早饭。"

这个人，又古怪又难捉摸，但有的时候又很贴心，初雪打趣他道："你是在拍老板娘马屁吗？"

"你要这么理解我也不反对。"

"多少钱？"

"你不会又要把钱还我吧？"

"当然，总不能白吃你的。"

"不用了，我是用你昨天给我的钱买的，而且既然要讨好老板娘又怎么能收钱呢？"

初雪确实饿了，也不再跟他客气，拿起饭团就吃："你下午有事吗？"

"没事。"

"那跟我跑个腿呗。"

"好。"

"你都没问是什么事就答应?"

"老板娘的要求怎么能拒绝呢?我在拍你马屁。"

初雪被他一本正经的脸逗乐了:"孺子可教。"

拍摄地点在近郊的一个艺术园区,这次的模特是网红 Miko,由于胸前伟大长相甜美擅长自拍,深受宅男欢迎,在平面界也颇混得开。

初雪带着白子玉早到一小时布置现场,架灯、架机器,这次服装主题是"少女的冬季",棚里的布置都以简洁清新的风格为主。白子玉上手非常快,有些步骤甚至旁观一下就能触类旁通,干活麻利,废话也没有小钱多,用起来比多年的助理都顺手,初雪简直连炒掉小钱的心都有了。

"小白,你以前是不是学过摄影?"她好奇,原本只是让他来干些体力活,但他现在已经掌握了棚拍的基本知识。

"没有。"

"那你怎么可能这么快就把光圈、变焦、快门、调光这些技巧都掌握?"

白子玉看她一眼,那种表情好像嫌她多此一问:"我说过,我的学习能力很强。"

这个男人,真是自大得理所当然,看在他活好话少的分上,也只能忍了。

拍摄原定下午两点开始，都两点半了Miko还未到，场地只租到六点，要拍六个造型，还有中间换装的工夫，时间本来就很紧，这样下去会完不成任务的，初雪忍不住催促厂商负责人，那边说Miko已经在路上。又等了一会儿，初雪百无聊赖，干脆把白子玉差去买咖啡。

Miko到的时候已经是下午三点多，她穿着亮片包身短裙，踩着高跟，脸上明显还化了淡妆，一入内就摘下墨镜直奔负责人。"对不起啊！许总，我昨晚太紧张所以没睡好，脸肿了，怕影响拍摄，一直在用冰敷，然后路上又堵，所以迟到了一下下，你别生气噢！模特如果脸肿，拍出来的照片效果就不好了，会影响你们品牌形象的，你一定能理解。"

Miko嗲声嗲气，一口酥得要死的台湾腔，听得初雪直起鸡皮疙瘩，她记得昨晚上网看过Miko资料，明明是山东人啊。

身为直男的负责人却相当受落，盯着Miko的事业线嘴角不自禁往上扬："理解理解，非常理解，身为模特就要注重个人形象，你这叫专业。"

Miko继续发功："哎呀许总，你就不要笑话人家啦，脸还是好肿，刚才早上起来我就想，完了，这么胖，怎么拍啊，害得人家连早餐都不敢吃。"

初雪忍不住小声咕哝："这都下午三点多了，起得可真够早的。"

Miko显然是听到了，瞄了初雪一眼，问："这位是？"

负责人忙介绍道："这是袁初雪，今天的摄影师。"

"袁姐姐，今天就请多多指教啦。"Miko微笑着伸出手，十个长长的指甲涂了鲜红的蔻丹。

初雪刚才搬过机器,手上有灰,在牛仔裤上揩了两下,正欲和她握手,Miko 却转向别处:"化妆老师,我们开始吧,抓紧时间。"

袁初雪的手僵在半空,这小丫头,摆明是故意给她难堪。像这种初尝走红滋味的年轻小模特,最是不知天高地厚,捧高踩低,非要摔了跤吃了亏才会收起张扬凌厉,这种人初雪见多了,也懒得和她计较。

Miko 化完第一个妆,正在做头发,白子玉回来了,手里拿着摩卡和甜甜圈,递给初雪。Miko 一见他,眼睛发亮:"袁姐姐,我也想喝咖啡。"

初雪正想把自己那杯给她,被白子玉一把拦下:"这是我买给你的。"

他说得理所当然,在初雪听来话里却有那么一丝宠溺,但她马上自我开解,这咖啡本来就是自己出钱让他去买的,小白那种耿直的作风,该是谁的当然给谁,换了任何人都一样。

白子玉迷人的灰色瞳孔看着她,带着一丝不容拒绝。这样的眼神,任哪个女孩恐怕都会多想吧。

Miko 开始对白子玉发嗲功:"小哥哥,我今天还没吃饭呢,好饿,你就不能把咖啡让给我吗?"

白子玉专心致志啃着自己的甜甜圈,根本懒得看她一眼:"你想喝可以自己去买,饿的话休息区有盒饭。"

Miko 身为宅男女神,多少男孩对她趋之若鹜,但白子玉这番话却完全不给她半点面子,周围好几个工作人员见她吃瘪都捂着嘴偷笑,Miko 面色讪讪有点下不来台,只好把气撒在发型师身上:

"这个珍珠发夹土死了!和我的气质根本不搭!换掉!"

倒霉的发型师只得给她拆了重做。

正式开始拍摄已经是四点,比原定时间晚了将近两小时,初雪为了赶进度动作自然利索很多,Miko也还算配合地完成了两套造型。换装时,Miko背后的拉链没拉好,白子玉就在更衣室旁换灯,她支开给她整理衣服的助手,凑到白子玉跟前:"小哥哥,人家拉链松了,你帮我一下呗。"

Miko转过身,露出一整个玉背,白皙的肌肤秀色可餐。

她也不是没见过帅哥,干她们这行,好看的男孩多了去,但一个助理长成白子玉这样,真是帅得有点过分,不勾搭一下简直暴殄天物。

白子玉看着Miko的裸背,Miko心中暗自得意,她自恃美貌,斩男从无失手,又故意在他面前暴露,任是再假正经的男人恐怕也把持不住吧,不等拍摄完成应该就拿到这小帅哥的电话了。

不料——

"老板娘,过来搭把手。"白子玉轻描淡写,就把这一亲芳泽的机会卸给了初雪。

"不用了!"不等初雪过来,Miko就麻利地自己拉好拉链,但心里却气得牙痒痒的。

初雪觉得好笑,趁着Miko补妆的当口,凑近问白子玉,低声说:"她明显对你有意思,美女投怀送抱,你就一点都不动心?"

白子玉看着袁初雪,脱口而出——

"她没你好看。"

他的眼神那么真诚,倒叫她有点不好意思,但凡女人都喜欢听男人夸自己漂亮,更何况是被帅哥夸,她不禁窃喜。

但白子玉紧接着的话,就让她窃喜不起来了——

"但是她比你年轻。"

兜头一盆冷水,初雪迅速从娇羞状切换回秉公无私脸:"看来你很闲啊,有工夫调戏老板娘。"

"是你先问我话的。"

"少废话!再去给我拿两块反光板!"

五点半的时候已经完成五套造型拍摄,负责人见一切顺利,还剩半小时,肯定来得及,就先行离去。金主一走,Miko就不老实了。

最后一身造型是白色斗篷,主题是"圣诞夜",配合雪花纷纷从天而降的意境,拍到一半Miko说太累了要休息,也不管现场贴了禁烟标签,点了一根烟就抽起来,在场也没人敢说。

初雪和白子玉正在收拾地上作为雪花的棉絮以便再度使用,Miko却随意把烟灰弹落,有几次甚至故意弹在初雪跟前,初雪忍不住出言指责:"Miko小姐,那边有吸烟区,你要抽烟可以去那儿。"

Miko自上而下斜睨初雪,眼神中透着轻蔑,说:"你管得也太宽了吧,你只是一个摄影师,拍好你的照片就行了,我爱在哪儿抽烟你管得着吗。"

初雪强忍怒气,继续心平气和跟她说理:"这里一地棉絮,碰到烟灰很容易着的,你想抽烟也不是不可以,但起码拿个烟缸接一下。小白,拿一个烟缸过来。"

Miko 喝止:"不必,你拿来我也不会用的。"她俯身把烟喷在初雪脸上,"我就要在这里抽烟,而且就要把烟灰弹地上,你不是喜欢顾全大局吗,你可以蹲下来慢慢收拾啊。"

初雪被熏得眼睛生疼,不住咳嗽,Miko 一脸"没错我就是个'婊砸',但你就是干不掉我"的得意表情,要多嚣张有多嚣张。突然,她脸上的笑容僵住了——白子玉拿过她的烟头直接扔在地上踩灭了。

Miko 一脸难以置信,她在嫩模界也算鼎鼎有名,恃宠生娇,遇到迟到耍性子什么的只要对商家说几句好话就摆平了,何曾有人敢这样对她?

Miko 气得声音都发抖:"你干吗?"

"我老板娘说得还不够明白吗?这里不让抽烟。"白子玉还是那副云淡风轻的表情,好像做的是一件再自然不过的事。

"你一个小助理,你知道你在对谁说话吗?简直不可理喻!信不信我一句话就能让你滚蛋!"

"不可理喻的人好像是你,而且你说的话跟我有什么关系?能让我滚蛋的只有我老板娘。"

Miko 在言辞上完全落于下风,她平素人缘太差,影棚里的工作人员都等着看笑话,也没人帮她解围。她看向初雪,初雪摆摆手做出一脸无奈的样子,意思我也拿小白没辙。被宠惯的她哪咽得下这口气?眼见自己被孤立,成为众矢之的,她当然明白这些人怕的是什么。

Miko 扬头看着白子玉说:"请你向我道歉,立刻,马上——否则我就不拍了。"后半句是对着初雪说的。

这确实是撒手锏，对模特来讲按工时收钱，大不了收少点酬金，况且六身造型确实都拍了，只是素材不齐，出来效果不好可是摄影师的责任。

道歉嘛太没骨气，不道歉嘛任务完不成，初雪正在脑筋急转弯试图想一个两全的方案，白子玉抢先替她回答了——

"我不会道歉的，你走吧。"

旁边有人忍不住"噗"一声笑了出来。

这下简直是直接打脸，不走反而下不来台。

初雪扶额，就知道耿直如白子玉根本不会给她思考的时间，忙走到 Miko 面前说好话补救。"你别生气啊，我助理年轻不懂事，我替他道歉行吗？"

Miko 更生气了："敢情你俩在唱双簧吗？一个白脸一个黑脸，好话歹话都让你们说尽了，把我当猴耍呢？起开！"

Miko 用力推搡初雪，初雪一个没站稳往后跌倒，她下意识闭眼，已经做好了仰面摔一跤的准备，但迎接她的却不是冷冰冰硬邦邦的地板，而是一个柔软却有力的怀抱。

初雪睁开眼，白子玉那张英俊的脸近在咫尺。

她能看清他的睫毛，能从他灰色的瞳孔里看见自己的倒影。

他身上有好闻的雪松香味，又凛冽又温柔。

他的手还环在她腰上，没有要松开的意思，白子玉看上去很瘦，胸膛却结实，躺在他怀里竟然很舒服。

她想起以前看过心理学的书，说异性之间对视三秒，就代表互相对彼此有意思……他们现在，好像已经不止三秒了吧。

她迅速抽离，一骨碌起身，脸上有点泛红。反观白子玉好整以暇，正抚平被她压皱的衣服。

Miko 眼睛滴溜溜转，看看初雪，又看看白子玉，她念书不多，学问上的事情自然不懂，但很小就出来混社会，男女之间的事比谁都门清，看到他们这样，自然往那个方向想，面露嘲讽地说："怪不得袁姐不让小白帮我弄拉链，原来是打算留着自己用啊，都说模特圈乱，我看摄影圈更乱。"

初雪觉得莫名其妙："你胡说什么呢？"

"我是不是胡说你们自己心里清楚。"

初雪还想解释些什么，却被白子玉打断了："我和我老板娘什么关系用不着你管，可是你怎么还不走？"

他这回答看似不接 Miko 的茬，在旁人听来却更暧昧，再加上他极易惹人误会的外形，真是让人不想歪都不行，初雪简直无语。

Miko 又气又囧，跺脚离去，临走前扔下一句话："袁初雪我记住你了，不要让我再看见你！"

看着她气冲冲快步远去的背影，袁初雪自语道："大姐，惹你的罪魁祸首好像是小白，干吗算我头上？"

"你是我老板娘，我做的事情当然算你头上。"

白子玉说得理所应当，想想他刚捅的篓子，初雪气不打一处来："凭什么？我是你老板娘，又不是你奶妈子，还得负责替你擦屁股不成？"

白子玉点点头，一脸人畜无害岁月静好的模样，初雪连连感叹："祸水！你就是个祸水！男人中的绿茶婊！"

拍摄过后，工作人员陆续撤离，现场只剩他们二人，白子玉在收拾机器，初雪在检查今天拍的照片。

相片中的Miko浓妆艳抹，芭比娃娃般的金色鬈发，夸张的美瞳，搔首弄姿的动作和硬装出来的娇羞表情，明明是清纯的少女系服装，穿在她身上却总有一股刻意的卖弄。

初雪简直不懂这种没气质的模特为什么会红。

难道真像白子玉说的——因为她年轻？

但现在更令她头疼的是最后那身造型只拍了一张，难道要拿这张蹩脚的照片硬凑？

"他们落了东西。"白子玉拿过角落的一袋衣物，厂商的工作人员忘记取走了。那件白色斗篷就搁在最上方，兔毛的，摸上去非常柔软。

白子玉突然把斗篷披在初雪肩上。

"你干吗？"

他仔细端详了一会儿，很认真地下判断道："你穿比她穿好看多了。"

又来了，这小子又开始一本正经地油嘴滑舌，但她这次不会上当了，于是说："可是人家比我年轻啊。"

"女人真记仇。"

"你才多大，别搞得好像很了解女人似的。"初雪把斗篷塞给白子玉，"明天记得去帮我还掉。"

白子玉怀抱着雪白斗篷，看着初雪弄照片，安安静静不说话的样子，竟然有几分乖巧，像等待给女友在寒夜里披上外套的少年。

电光火石间，袁初雪来了灵感。

她把白子玉推到白布景前，开始重新测光并说："你站那儿别动。"

"你该不会是要拍我吧?"

"不然我让你站过去干吗?"

"我又不是模特,而且我是个男的,这是女装。"

"白子玉先生,我请问你,女人为什么总喜欢买新衣服?"

"我又不是女的,我怎么知道。"

初雪清清嗓子,准备给小白上一课,她说:"试想一下,一个女孩子早上起床,在衣橱间挑选今天要穿的衣服,你不知道这一天会发生什么,你有可能在转角遇见心仪的他,有可能得到一份新工作的面试 offer,有可能在聚会中认识一群新朋友……每一天都是新的,都是未知的,把自己打扮得漂漂亮亮,好像好事发生在你身上的概率就会更大一点。"

白子玉听得很认真地问:"所以买衣服是为了获得好运?"

"所以买新衣服,相当于投资一份对美好的希望,你把对自己的期待,穿在了身上。"

白子玉还是有点不明所以,继续问:"女人真奇怪,就算你说得有道理,但这和拍我有什么关系?"

"你不是学习能力很强吗,怎么想不通呢?比起自己买衣服给自己穿,女人其实更希望这件衣服是由心爱的男孩亲手为她披上,再名贵的礼服,都比不上爱人为自己准备的斗篷——毕竟,所有非生活必需的购物欲,无非是出于对爱的渴求。"

白子玉若有所思地说:"所以我就是你眼中心爱的男孩?"

初雪一边拍照一边解释:"现在除了你我也没别的选择,而且,你的外形……"

"我的外形怎样?"白子玉往前走了一步。

"还可以,应该是符合一般女孩审美的吧。"她口不对心。

"那符合老板娘的审美吗?"

他的问题问得有点暧昧,但初雪仔细一想,有时候小钱也会这样对自己撒娇,年轻男孩或许都想在姐姐这里找点存在感吧,不要因为人家长得比较惹人遐想,就真的想多了。

袁初雪把他推回布景板前:"我不喜欢年纪比我小的。"

白子玉点点头,似乎表示遗憾。

一般模特拍硬照前都要上妆,就连男模至少也得修整肤色,但白子玉的裸脸在镜头下根本一点瑕疵也无,这种天生的好底子,比起靠数层化妆品堆砌出来的模特不知强多少倍,初雪本来还想拿自己的化妆品给他化个底妆,这下倒是连化妆时间都省了。只是他一身白衣服穿久了有点脏,加上刚才初雪被Miko推倒的时候他垫了底,蹭到地上,正面看还行,背面看白衣服已经变成灰衣服。

初雪帮他拍背后的灰,一边拍一边忍不住吐槽:"你这身衣服就没换过,真当自己白马王子呢,看你脏得,不过现在高仿做得还真像啊,这假货和我在橱窗里看到的一模一样。"

白子玉扁扁嘴,大概像他这个年纪的男孩都会在意女性批评自己外表,更何况像他这样的应该从小就以自己的姿色为傲的人。

为了打破沉闷,也为了帮模特找到状态,初雪找了些话题来聊:"想象一下,手里这个斗篷是要送给你心爱的姑娘的,像你这个年纪的男孩,肯定喜欢青春靓丽的小姑娘吧。"

"我不喜欢年纪比我小的。"白子玉回答得斩钉截铁。

御姐控?熟女杀手?看不出小白口味挺重啊。

初雪想到小白说过他来云城，是为了一个女人，于是便问："那你要找的那个女人，也是年纪比你大的姐姐吗？"

初雪换好相机镜头，一抬头却发现白子玉不知什么时候已站到她面前。

白子玉很高，初雪要仰头才能和他对视，他嘴角微勾，扯出一个完美的弧度，突然地说："对，她年纪和你差不多，长得和你很像。"

灯光下，他这张脸配上怀里抱着的白毛斗篷，令人想起聊斋里夜会书生的白狐，只不过这是一只公狐狸。

初雪愣了一会儿，然后在心里默念：你这个绿茶婊。

Chapter 3 第一场雪

烟花前面,是白子玉那张比烟花还要璀璨的脸,他眼里流光溢彩,好像上帝把整个世界最美的风景浓缩在一起,放进了这双眼睛里。

她心里有什么东西像这烟花一样"嘭"一下绽放。

> 2016年9月25日~2016年10月1日
> 天气：时晴时雨，酝酿第一场雪开
> 宜：旧地重游
> 忌：心猿意马

1

"真的？小白喜欢姐姐？"冯菁听着初雪的情报，喜色都要从眼角溢出来了，"这小子果然有品位，十八二十的小姑娘有什么好的，啥都不懂，哪比姐姐知情识趣，像我们这种三十而立的轻熟女，无论生理和心理都处于最巅峰时期，有钱有品位会打扮，进得了厨房出得了厅堂上得了炕，简直是女人中的精华。"

小钱一口干姜水差点没噎着："见过不要脸的，没见过这么夸自己的。"

冯菁用胳膊肘顶小钱，刚好碰到他的伤处，小钱叫饶："姐，我错了！"

冯菁最近来"冰雪缘"来得特别勤，简直是司马昭之心，傻子都看得出来。

白子玉正在店门口制冰，颀长玉立，仿如冰店活招牌。放冰进机器、加奶加料、盛进容器，这几个简单的动作平平无奇，但在美貌的人做来，却平添一股风情。

他上周一直穿着的那身白衣白裤,不知道是不是被袁初雪念叨了,今天换了崭新的墨绿针织衫和破洞牛仔裤,又青春又时髦。初雪看那身衣服觉得眼熟,想起这不就是名牌橱窗里模特穿的那身?看来小白平时酷归酷,毕竟还是年轻人,喜欢追潮流,买不起名牌,穿穿高仿也好。不过那身衣服穿在白子玉身上还真是好看,他肩宽腿长,加上傲人的身高,简直比橱窗里的模特演绎得还精彩。

冯菁就差没流哈喇子了。

"你说,小白这么说是不是在暗示我来着?"冯菁一脸兴奋问初雪。

小钱抢先一步回答:"我觉得你想多了。"

冯菁面露凶相,看着小钱一字一顿地说:"你要是再多说一个字,我让你把这桌子吃下去。"

小钱低头乖乖修片,他脸上还带着拜冯菁所赐的熊猫眼,心有余悸。

冯菁再度期盼地看着初雪,得到的答案却令她失望。

"以小白耿直的个性,干不出话里有话这种事,我也觉得你想多了。"

小钱想笑,被冯菁一个眼刀给憋回去了。

"你倒是快帮我想想辙呀!"冯菁求助外援。

这下倒让袁初雪纳闷了:"号称情场鬼见愁的冯大主编,媒体圈的情圣,上至大叔下至正太通通斩于马下,要是连你都搞不定,我就更没办法了。"

冯菁一下蔫了,纠结了一会儿才不好意思地招供:"该使的招我都使了,聚会不去、电影不看、演唱会不听,想套出他平时有什么爱好，喜欢吃什么，喜欢去什么地方，爱打哪款游戏，打算投其所好吧，他想了半天说了俩字，没有！我以为他不喜欢女人主动，就半推半就地把主动权让给他，你猜怎么着？如石沉大海！就没这茬了！这小子软硬不吃，根本约都约不出去！"

初雪又好笑又惊讶："你什么时候在我眼皮子底下行动的？我怎么不知道？"

冯菁撇撇嘴："开玩笑，我什么效率啊，这种事情当然是郎有情妾有意神不知鬼不觉就办了，两个人眉来眼去半偷摸半公开的才有意思，要是连你都惊动了，那我还混个屁。"

"哎哟，就你厉害，这么厉害怎么连一个小屁孩儿都搞不定。"初雪故意气她。

冯菁痛定思痛："我总结了，这真的不是我的问题，丫就是一朵奇葩！我看他的年纪应该大学毕业没多久，涉世未深，像我这样单刀直入可能对他来说太直接了，就想着先加上微信，在电话里聊，等熟络了也打消他防备了再开展下一步实际行动。他在云城也没什么熟人，一个有魅力的大姐姐这么关心他，正常人很难不动感情。"

初雪看着冯菁那没节操的样子，忍俊不禁："还花时间陪聊，还知心大姐姐，还温暖人家异乡生活，啧啧，你这回可真够下血本的，不过这种方法对年轻男孩挺管用的，然后呢？"

冯菁一脸不可思议："然后，他就把冰店的号码给了我——你敢相信吗？他竟然没有手机！"

初雪这才想起，自她认识白子玉以来，竟没留过他电话。第一次是他刚来云城，还没办这里的卡，后来她有事都直接来店里找他，两人也从未留过联系方式。

如果有一天这个人悄悄离开了,她将会是无法再找到他。

小钱再也忍不住了,"扑哧"一声笑出来:"小白,我果然没有看错你,干得漂亮!"

冯菁一个一阳指弹在小钱眼旁的瘀青上,出手快狠准,他嗷嗷叫疼。小钱的叫声惊动白子玉,他往这边看过来,冯菁忙假装关心小钱伤势,挤出慈爱的表情,看得小钱毛骨悚然。

白子玉眼光一离开,冯菁就凑过脸去小声要挟初雪:"我不管!你得想办法给我制造机会,人是你带回来的,你得负责。"

初雪完全不吃她这套:"冯菁,你觉得你这种撒泼耍赖的行为,对我管用吗?"

冯菁双手合十:"帮帮忙嘛,金兰姐妹,老同学一场,你忍心见我这么见之不忘、思之如狂吗?"

初雪一脸鄙夷:"什么思之如狂,才认识多久,能有多了解,我看你就是见色起意。"

"肤浅的爱也是爱啊。"冯菁噘着嘴、眨巴着眼睛扮小可怜状。初雪叹了一口气,真是败给这个花痴娘们儿了。

袁初雪的性格吃软不吃硬,冯菁要是拿她职场上强硬泼辣的那套手腕来对付她,那是万万行不通的,但只要装起可怜,一哭二闹三上吊,她就束手无策乖乖就擒了。所以向来在杂志圈以雷厉风行著称的冯菁只在她一人面前服软,不是因为怕她,而是因为服软这招对付她快速有效。

初雪看着白子玉忙碌的背影,想起那天拍完照,他半开玩笑地问她要报酬,好歹也第一次出卖了自己的肖像权,她就答应请他吃饭。

初雪戳着红茶中的柠檬说:"小白帮我做模特,我答应今晚请他吃饭来着。"

冯菁立马领会,笑逐颜开:"不劳您破费,小白的饭包在我身上,一定让他吃好喝好,宾至如归。"

"但我怎么和他开口呢?说你想请他吃饭,我想省钱,所以换人了?"

"你只管和他约好,到点了你就说临时有急事,又不愿意放他鸽子,所以让我这个最值得信赖的朋友代为招待。我呢,为人比较仗义,见不得朋友有困难,就乐于助人挺身而出了。"

初雪无奈地说:"冯菁,如果每个人都靠一技之长混江湖,那你就是靠不要脸为生。"

她一本正经地点头:"谢谢你的赞美。"

"我也只能帮你到这了。"初雪叹气,"小白,老板娘对不住你,只怪我交友不慎。"

冯菁撩撩头发,风情万种:"我不会让你失望的,宝贝儿。"

小钱悲壮地望着白子玉的背影:"小白,袁姐又把你给卖了!你要扛住啊!"

初雪手机响了,是丁琛的微信:"酒店很快要评今年的职称了,晚上我请领导和同事吃饭,你能一起来吗?"

丁琛之前一直在为评职称的事忙碌,想成为一个一流的厨师,光靠单打独斗是不够的,得靠整个团队的配合才能使一个有规模的厨房运作起来,尤其是在这种大酒店,从技术层面走向行政层面是必然的。他今晚请客吃饭,必然是在为评估行政总厨铺路,初雪身为女主人,自然不能不去。

她回复:"好。"

丁琛随即发来时间:"六点半,我来接你。"

初雪想,真是天意,今晚这个鸽子看来横竖都得放了。

学生们熙熙攘攘的放学潮过后,"冰雪缘"一天的生意基本也就结束,可以打烊了。白子玉正在擦桌子准备收铺,初雪踌躇了一会儿,还是走过去和他说明原委。

"小白。"

白子玉转头看她,他舀了一碗今天卖剩的冰激凌正在吃,榛子口味,一滴白色的奶油沾在他唇角,像个小孩子。他嗜吃甜食,尤其是冰激凌,店里的冰品每日新鲜用料,不会留到明天,有剩下的他就会统统吃光,这是他的工作福利。他现在似乎心情不错,虽然面色平静,但眼神很温柔。看着他这样,初雪反而有点说不出口了。

"我晚上,'内个'、'内个'……"

"你是不是想说你晚上不能和我吃饭了?"

被他猜到。也是,小白这么伶俐的人,这点动静怎么瞒得过他。

"晚上临时有点急事必须得去,不过我已经交代冯菁,她会替我招待好你。"

丁琛的车停在门外,他从窗口探出头向初雪挥手。

白子玉明白了:"是约了你未婚夫吧?"

她只得承认:"是,不好意思,他做东请客,我不去不太合适。"

白子玉点点头:"未婚夫当然比我重要。"他这话听起来怪怪的,但又说不上来哪里有问题。

初雪穿上外套:"我得走了,你们吃开心。"

冯菁冲她眨眨眼，初雪不知为何有点心虚，快步出门上了丁琛的车。丁琛捏一捏她的手："怎么这么凉？"

"可能刚吃完冰激凌吧。"

"天气那么冷，没事别老往外跑，冰店人手不够可以再请。你和冯菁也真是的，都是工作那么多年的人了，还老在以前念书的地方聚，跟小姑娘似的。"他最后一句话说得看似责备实则宠溺，初雪保留下来的一些习惯，让他想起以前念书时，那时候心心念念追不到的姑娘，现在成了自己未婚妻，心里不是没有骄傲的。

大概所有男人，都希望心爱的女人在自己面前还像小姑娘一样吧，你对一个人完全信任，才能释放你的童真。

吃饭的地点定在"醉仙楼"——一家高档江浙菜餐厅，醉鸡和响油鳝糊做得相当有水准。丁琛订了一个大包间，路上晚高峰堵车，他和初雪到的时候同事都已经入座了，大家起哄要他们罚酒，哪有做东的主人要客人等的道理。

丁琛以开车为借口，喝了一点红酒，同事们不满意，主菜上来后，又要两人喝交杯酒，并且一直追问婚期。丁琛是升任行政总厨的第一备选，又美人在怀，加之这种场合，少不得被闹腾，初雪来之前就做好了心理准备，幸好她从小酒量就不错，虽不贪杯，但轻易也不容易醉。

席间红酒、黄酒、白酒、啤酒，换了几轮，丁琛一边跟人聊事一边各种张罗和应酬场面。初雪其实不喜欢这种场合，就静静在旁边陪笑，听他们说话，偶尔也讲几句俏皮话，大部分时候都在喝酒。

酒掺着喝特别容易醉，好几个同事说话已经大舌头了。初雪虽然不善交际，话不多，但喝酒倒是爽快，来者不拒，也替丁琛挡掉

不少酒。在座的见她这么豪气,纷纷叫嚣着嫂子海量,女中豪杰。

丁琛一开始想拦着,但初雪执意替他喝,男同事们纷纷羡慕嫉妒恨"哎哟,还没过门就心疼起老公来了","老婆这么护着,以后我们想欺负丁琛可就难了"。

丁琛嘴上骂他们,心里别提有多美,难得被未婚妻这么护一回,惹来旁人艳羡,再说她就算真喝多了有自己在场也没事,也就由得她去。

酒过三巡,大家都有点微醺,初雪脸上因酒意而红彤彤的,像个苹果,眼神也波光潋滟起来,闪着盈盈的光泽,原本扎着的发髻也松了,几缕碎发散在雪白的后颈上,带着一些肆意的慵懒。

丁琛很少见到她这个样子,以前在学校的时候她是清秀静雅的初恋女神,重遇后她是温婉的女朋友、梦寐以求的准新娘,两个人也不是没有亲密过,但她永远那么得体,美则美矣,总觉得无形间有着什么阻隔,像玻璃罩里的鲜花,只见其形,想要触摸、想要闻香,却不得要领。

可现在坐在身边的未婚妻,却可爱得那么真切,看着她晕红的脸颊,第一次觉得她是一个在自己生命中活色生香的人儿。想到这里,丁琛趁大家不在意俯过身去,在初雪头发上轻轻一吻。初雪微微一怔,随即回复自然,但这一亲昵举动自然没逃过现场八卦人士的耳目,纷纷起哄要看他们玩亲亲。

这些星级酒店的厨师平日里对着客人斯斯文文,一旦玩起来却很放得开,其中一部分都是从国外学厨归来,沾染了洋化的习气,本来酒过三巡,该聊该玩的都差不多了,这么一来又有新节目。

大伙把初雪和丁琛往中间挤,叫嚷着要他们嘴对嘴喂酒。丁琛嘴里啐骂，但面上的表情却是克制不住地偷着乐。初雪一直低着头不说话，丁琛也觉得大家是不是玩得太过火，怕她恼了，解围说："刚才不是喝过交杯酒了吗？你们有完没完？"

一个同事说："交杯酒太小儿科了！你俩反正早晚都是一家人，有什么好害羞的。"

另一个跟着起哄："就是就是！交杯酒太敷衍了！你和嫂子今晚不好好表演一下大家伙可不会买单，你俩休想走！"

丁琛推脱："你们这些家伙太猥琐了，想出这种损招。"

和丁琛关系最好的赵旭走到座椅后面搭着他和初雪的肩膀，一边一个："老丁，这回我也帮不了你，你又是加官在即又是抱得美人归，民怨沸腾啊，我看你俩就从了吧。"

丁琛捶他胸膛："关键时刻煽风点火，你可真够哥们儿。"

赵旭揉揉被打疼的地方："真舍得下狠手啊你，要不这样，给你们第二个选择，把桌面上剩下的酒全干了，嘴对嘴喂酒就免了，别说我们不仗义。"

这第二个选择根本就是死胡同，桌面上白酒洋酒黄酒香槟，五六种酒，这些残酒加起来没有四瓶也有三瓶，喝完肯定挂。

明知道这是故意为难，丁琛正想继续跟他们讨价还价，却见初雪默默拿起酒瓶，把所有残酒倒进醒酒器中。

然后她仰头开始灌酒。

这个举动把在场所有人都震住了，大家本来只是想闹一下他们，亲一口也就算了，没打算真的为难，这么一弄场面就僵了。丁琛的面色更是难看，他有点下不来台。

丁琛拦下初雪，她已经干掉大半瓶，丁琛说："剩下的我喝。"

她喝得太急,一个没忍住想吐,冲出去找厕所。

她跌跌撞撞地跑到外面,看到厕所标志推门就进,抱着个马桶就开始吐,吐得那叫一个天昏地暗,简直把胆汁都要吐出来了。她身体不适,但吐的时候心里却舒坦,仿佛把憋着的难受一股脑喷泻而出。

她一直尝试着扮演好未婚妻的角色,她愿意去试,她从小就是资优生,哪怕不喜欢的科目,为了不让老师失望,也能考个好成绩。她相信世界上的事情只要认真去做,就可以做好,她可以靠自己一丝不苟的认真经营,给家人一个世俗所认为的幸福家庭。

但是,她错了。

她觉得好累,挤出笑容、在人前扮演恩爱、应付完全不感兴趣的场合、催眠自己过得很幸福,她把这一切当成一份功课一样对待,用以前小时候参加考试的心态,严阵以待。

但是她忽略了一个最重要的关键点。

你不喜欢的知识,可以强迫自己学好,你不喜欢的人,却无法强迫自己爱上。

感情,是最最不能勉强的。你可以骗别人,但你骗不了自己。

袁初雪吐得眼泪都出来了,才觉得好受一点,她走到洗手台洗脸,从镜子中看到一张熟悉的脸。

"小白?"

镜中人剑眉星目、长身玉立,不是白子玉是谁?

初雪没来得及问他怎么会在这里出现,因为她反应过来的是另外一件事:"小白你怎么进了女厕?赶紧出去!"

白子玉好整以暇看着她说:"大姐,这里是男厕。"

他话音刚落，隔壁马桶响起冲厕声，然后一个清洁工大叔一边拉裤链一边走出来。初雪不知所措，白子玉眼明手快，一把把她塞进一格厕所里。

大叔一边洗手一边觉得奇怪："怎么好像听见刚才有女人的声音？"

白子玉很淡定地胡说八道："是我在自言自语。"

大叔的表情很无语，大概觉得这小伙子脑子有点问题，赶紧擦干手，躲神经病似的跑了。

白子玉拉开厕所门对初雪说："出来吧。"却见她抱着马桶又开始吐，无奈之下，他只得自己也进去，带上门，照顾吐得七荤八素的女酒鬼。

袁初雪抱着马桶吐得很忘情，白子玉把她的长发撩到脑后以免弄脏，他的手很冷，修长的手指蹭到她脖子后面的时候，她觉得又痒又凉，打了个哆嗦，才想起问："你怎么在这？"

"这里是餐馆，你说呢？"

"你们也在这里吃饭？"

"你能来我就不能来吗？"

这可赶巧了，那么冯菁也在喽。

"冯菁呢？你别把她一个人扔外面啊，赶紧去陪她。"

白子玉扶她起来说："你先顾好自己再说吧。"

"我没事。"她"事"字说了一半，一口喷在他身上。

那混着红酒和半消化的响油鳝糊的暗红糊状物，一瞬间就喷洒在当季流行的绿色针织衣料上，那叫一个酸爽，还在往下流淌。

白子玉石化了。

初雪胡乱扯了一把纸巾,一边傻笑一边稀里糊涂地往他身上擦:"弄脏了一点,不好意思啊。"

她擦得乱七八糟的,在他身上乱摸,反而把呕吐物的范围越擦越大。小白忍无可忍,一把按住她的手,捧起她的脸,细心地替她擦去嘴边的污秽物。

漂亮的灰色瞳孔里没有恼怒,也没有嫌弃,只有温柔,是她醉得太厉害吗?她好像在那双眼睛里看到了深情,看到那种只有对着自己最心爱的姑娘才会流露的眼神。

厕所很小,两个人几乎是身贴着身,袁初雪有点迷乱,不知道是不是酒精的原因,她的心跳得很快。

灰色瞳孔离她越来越近,好像一个很美的梦,在邀请她进入……

突然厕所门被猛地推开!刚才的清洁大叔去而复返,拿着扫帚,一脸鄙夷地看着里面这二位。他们的姿势也确实惹人误会,女的一脸潮红醉眼迷离,男的捧着女孩的脸几乎要把她扣进怀里。

大叔叹口气:"现在的年轻人太会玩了,竟然喜欢钻厕所,钻厕所也就算了,还骗人,真是世风日下。"

"大叔不是你看到的这样……"初雪还想解释,被白子玉架了出去,这种当口,明显会越描越黑。

两人出了厕所,却见冯菁和丁琛候在门口。男女厕挨着,想必丁琛是来等初雪的,却没想到她从男厕出来。

冯菁看到他俩,眼珠子快要掉出来了,问:"小白,你上个厕所,怎么还大变活人呢?"

白子玉瞄了丁琛一眼:"她喝多了,进错男厕。"

丁琛想从他手中接过初雪:"谢谢你照顾我未婚妻。"

但白子玉却没有要松手的意思,丁琛没把人捞过来,有点尴尬,看着白子玉。两个男人目光对峙,气氛有点僵。

冯菁出来打圆场:"你们还不认识吧,这是小白,我们的新店长,小白这是丁琛,初雪的未婚夫。"

白子玉松手,初雪随即倒在丁琛怀里。

冯菁拍拍初雪的脸蛋,心疼地说:"你怎么喝成这样了?哎哟,还吐了,丁琛你怎么搞的,让她喝这么多?"

丁琛颔首抱歉:"是我没照顾好,给你们添麻烦了。"

"她这个样子你不能让她再喝了,赶紧送回家。"

丁琛答应:"好。"

冯菁拉着白子玉往回走:"我看你去了厕所那么久都不回来,就过来找你,菜都上齐了再不吃就凉了。"

白子玉冷不丁来一句:"让自己未来的老婆醉成那样,这不是一个未婚夫该做的事吧。"

丁琛看着白子玉,两个男人眼中都略带敌意。

都说女人在感情的事上最敏感,其实真正喜欢一个人的时候,男人也一样敏感,尤其是——遇到任何疑似情敌的时候。

袁初雪本来说自己叫辆车回去就可以了,丁琛喝了酒不宜驾车,又有那么一大帮子同事要招待,但他坚持自己打车送她。

回去的路上初雪摇下车窗,胃里的东西都吐干净了,再加上冷风这么一吹,整个人清醒不少。她觉得刚才的事自己做得是有点欠缺,毕竟丁琛那么多同事在,场面上有失礼数,便向他道歉:"刚才对不起,我不应该就这样跑掉的。"

"该说对不起的是我,不应该让你喝那么多,让自己未来的老婆醉成那样,这不是未婚夫该做的事。"丁琛后半句着重重复了白子玉的话,他面色平静,可初雪总觉得他好像酝酿着什么。

等红灯的时候她看见以前小时候喜欢去的云城游乐场,那是这个小城的第一代游乐场,现在已经快废弃了,被更新更大更豪华的游乐场取而代之,曾经的门庭若市,现在的冷冷凄凄。他们一家四口唯一一张全家福就是在这里照的,妈妈牵着她,爸爸抱着刚满周岁的初晖,那个时候多开心,团团圆圆、齐齐整整。这是爸爸第一次也是唯一一次为初晖过生日,第二年他就永远留在了K2峰。

这里埋葬了他们这代人童年时多少美好的回忆,可是一个时代过去了,该落幕的总要落幕。唯有摩天轮的一角仍露在林荫外,像是昭示着它曾经的辉煌。初雪对着空中的摩天轮伸出手。

丁琛余光瞄到,笑:"想坐摩天轮啦?"

"那是我小时候最喜欢去的地方,你小时候也去过吧?"

"小时候只有这一个游乐场,没有选择,现在选择多了,你要是想去游乐场玩,周末我带你去新城区,那里刚开了一个新的,又大又漂亮。"

初雪苦笑,她哪里是想去游乐场啊。他们同学这么多年,仔细想想,其实共同回忆不多,不了解也正常。

红灯转绿灯,车子毫不留情地开动,初雪的手离摩天轮越来越远,终于消失在车后。好像在说美好的事物你再留恋,也还是要过去的。

平时丁琛送她回家,一般和她聊两句稍事逗留后就走,但今天他坐在客厅的沙发上看手机,没有要离开的意思。

袁初雪头疼得很，给他泡了一杯解酒茶，自顾自地去洗澡了。等她裹着浴袍从浴室出来，见丁琛从客厅沙发移到了卧室沙发，而且把外套脱了，露出里面的浅蓝色衬衣，正在闭眼小憩。

他的眉眼舒展、嘴角微抿，一张脸棱角分明，虽不及白子玉的俊美，却有成熟男子独有的那份儒雅稳重。以前偷摸在课桌里给她塞情书的单薄少年，已出落成一表人才的翩翩君子。

初雪给他盖了一张毯子，正要走的时候却被一把拽了回来，整个人跌在丁琛怀里，他声音沉沉地说："别走。"

她挣扎着起身，却被他反手压在身下。两个人贴得那么近，他口中的气息喷在她脸上，混杂着古龙水和酒精的味道，他的眼神和平时的清朗不太一样，暗暗的，像埋藏某种压抑已久的欲望，终于在这一刻蓄势待发。

她的发梢还是湿漉漉的，滴着水，身上有好闻的栀子花沐浴露的香味，脸被浴室的水汽一蒸，白里透红，泛着光彩，整个人就像一朵芬芳洁白的栀子花。

他的声音带着迷醉的喑哑："我之后都要忙职称评估的事，可能见面的机会会变少。"

她当然明白他的意思，歪过头不说话，她这种看起来欲拒还迎的姿态更让人难以招架。丁琛情难自禁，吻了上去。

他的吻从温柔到霸道，从试探到肆虐，从轻到重，带着侵略的气息，逐寸逐寸攻城略地，从脸蛋到脖颈再到胸口。

两人交往到现在，也不是没有过肌肤相亲，但只寥寥几次，她也在心里说服过自己，这是未来将要和他同床共枕的男子。可是今天，也许是喝了酒，也许是刚才饭局上的不愉快，她没有准备好。

她推开意乱情迷的他:"我今天不想。"

丁琛的眼神已蒙上情欲的氤氲:"你不用想,交给我就行。"

不顾她的反对,丁琛的动作越来越放肆,她尝试推开他,却被钳制得更牢固。

"你喝醉了丁琛!"

"我没醉,我在对我未来的妻子履行正当义务。"

纠缠中初雪的浴袍松了,露出胸口一片雪白的肌肤,更是点燃了丁琛最原始的欲望。初雪开始叫嚷并剧烈挣扎,但哪里能撼动身上的男人分毫?

丁琛突然发出一声惨叫,动作也停住了,肉肉趴在沙发下两个前爪匍匐,龇牙咧嘴地对丁琛做出攻击的样子。原来肉肉听见主人的呼救冲了进来,直接在丁琛小腿上给了一口。

初雪趁机推开丁琛,裹紧浴袍跑了出去,丁琛想追,肉肉面露凶相对他狂吠,他只得坐下。一人一狗对峙半晌,丁琛无奈仰天发出一声苦笑。

2

袁初雪出了门一路跑,等她回过神才发现自己只穿了一件浴袍,手机钥匙什么都没带。她不敢回家,担心丁琛还没走,倒不是怕他还会硬来,而是不知道该怎么面对他。

她走到路边电话亭给冯菁打电话求助,冯菁手机关机。"冰雪缘"离她家就两个路口,她决定先去那里等。幸好夜已深,街上没什么人，不然她穿成这样肯定会被当成神经病。

经过商店橱窗的时候袁初雪发现模特前两天才换上的那身墨绿针织衫和破洞牛仔裤，也就是和白子玉一样的那身，又不见了，橱窗里的男模又是可怜兮兮的裸着。按理说这种不体面的事情不应该短时间内连续发生在这种大牌身上，太蹊跷，不过她已经冷得簌簌发抖，管不了那么多。

初雪在"冰雪缘"门口的铁桶下面找到备用钥匙，开门进去。钥匙本来是放在冯菁那的，但她已经弄丢两把，初雪又经常要出差，干脆放了一把备用钥匙在门口。

店里没开暖气，温度跟外面差不多，初雪搓着手去楼梯口把暖气打开，她光腿趿着拖鞋走了一路，冷得不行，打算用店里电话再打给冯菁试试。这个时候楼上传来响动，她一开始以为是老鼠，没太在意，但声响越来越大，而且越来越向她靠近。

难道是遭了贼？现在逃跑已经来不及了，初雪随手抡起电话候在楼梯口，脚步声近在耳边，正准备砸下去的时候，灯亮了。

初雪和白子玉面面相觑。

"小白？怎么又是你？"

白子玉拿过初雪手里的电话，放回原处："这话应该我问你吧。"

这个男人太奇怪了，总在自己最狼狈的时候出现，不过……他现在好像也没好到哪儿去。

白子玉穿着那条破洞仔裤，上身只披着一条毛巾，发梢还在滴水，好像是……刚洗完澡。

她试探性地问："你不会是住在这儿吧？"

白子玉不回答,等于默认。

她惊讶地说:"你一直就住在店里?"

"阁楼是空的,而且也方便上班,这样就不用找房子啦。"

袁初雪目瞪口呆,这个小白,真是有够抠门的,为了省房租,竟然这种招都想得出来。不过二楼确实闲置着,这样也确实更方便照顾生意,他说的倒也没错。

白子玉瞪着她裸露的小腿问:"老板娘晚上都喜欢穿成这样出来遛弯吗?"

她承认自己现在的样子确实很可疑,但总不能说是和未婚夫起了争执跑出来,有家不能回吧。家丑不外扬,她决定死撑:"对啊,吃太饱出来散散步嘛,顺便来店里看看。"

白子玉很敷衍地"噢"了一声,转身上楼,那表情好像在说"你以为我会信吗"。

初雪又打了几次电话给冯菁,还是关机,楼下又冷,无计可施之下只得先跟着上楼。小阁楼没有窗户,只在屋顶开了一个天窗,白月光如流水般倾泻而下,屋里的灯坏了很久,白子玉点了几根蜡烛照明,月光交杂烛光,倒有那么几分温柔雅致。

他此刻正站在天窗下背对着初雪擦身,初雪这时才发现小白看着瘦,身材竟然这么好,肌肉匀称,线条流畅,宽肩细腰,又有少年人的挺拔,又有成熟男子的精壮,只是皮肤白到有点病态,月光照射下,更是白得仿如透明一般,倒让人联想起常年不见天日的吸血鬼贵族。

"你看够了吗?"白子玉好像背后长了眼睛,知道初雪一直在打量他的身段,她移开眼假装观察四周。

小小的阁楼被打扫得很干净，他的衣服整齐地叠放在一张椅子上，地上铺着小床垫，上面有被子枕头，都是白色的，旁边脸盆里的热水还在呼呼往外冒着热气。除此以外，再无别的物件，白子玉的东西竟然这么少。

昏暗的空间里有细微星光闪过，光源来自墙上，是一个水银色的小物件，月色下闪着莹莹微光，用红色绳子穿着，挂在墙勾上。初雪拿起来看，那是一个指甲盖大小的水晶球链坠，里面有一朵银色的雪花，星光就是从雪花里折射出来的。链坠小巧精致，还用红绳穿着，一看就是女孩的东西，应该戴了挺久的，红绳都有点磨旧了。

初雪觉得这个项链有点眼熟，正回思在哪儿见过，却被白子玉一把抢过去。他把项链戴回脖子上，套上外衣："别乱碰男人的东西。"

她不服气地回道："你也太小气了，看一眼都不行，这哪是待客之道啊。"

"是你自己来的，我没邀请你。"

她被他一句话呛得无言以对，开始耍无赖："这是我的店，我爱来就来，你管得着吗？"

白子玉眼中带着戏谑："有没有人告诉过你，随便闯进男人的房间，是一件很危险的事。"

他步步逼近，初雪只得后退，阁楼本就小，她的脚跟撞到床垫，一屁股跌坐在床上。白子玉俯下身来，两手撑在她身侧，像圈禁猎物一样把她禁锢在双臂间。他身上有凛冽清冷的雪松香味，刚洗过的刘海随意垂在额前，灰色的瞳仁在月下光华中流动，好像一整片星尘都在他眼里。比之平日里乖顺寡言大男孩的样子，现在的他看起来好像不太一样,他的眼神慵懒神秘又……有点危险。

都说红颜祸水,其实男人太漂亮了也是一种祸害,初雪小时候听过水妖的传说,水妖大多美貌,常在半夜将面孔露出水面色诱船员,使他们落水溺毙从而吸食其精魄。如果白子玉去当水妖,一定是一名出色的男水妖,迷人心神,摄人魂魄。

好像听到了她心里的话一样,白子玉星目微眯,唇角上扬,表情变得邪魅,突然往她身上扑过来!

袁初雪闭上眼捂住浴袍大叫:"虽然你长得好看但也不能为所欲为啊!"

预想之中的"为所欲为"并没有发生,她身上一沉,睁开眼看,原来白子玉只不过给她盖了被子。

"你穿这么少会着凉的。"白子玉给她掖好被角,将她全身上下都包起来,"老板娘喜欢穿浴袍遛弯,真是奇怪的癖好。"

她被包得跟个蚕宝宝似的,听出他的语气里明显有讥讽,知道瞒不过,干脆坦白:"我跟丁琛吵架跑出来了。"

"你那个未婚夫?"

"嗯。"她点点头。

"两口子之间吵架很正常,床头打架床尾和。"

"你连个女朋友都没有,你知道什么。"

"电视剧里不都这么演嘛,男的和女的因为一些小事情吵架,越吵越不可开交,到后来都忘了是为什么争执,搞得差点分手,两个人都很痛苦,最后终于明白容忍和珍惜的道理,重归于好。还有书里写男人和女人来自不同的星球,在同一件事的理解上有很大差异,由此导致感情中种种问题的产生,男人喜欢聚焦式地看待问题,但女人的思考方式恰恰是发散式,很多情侣最终分开,都不是因为不再爱对方,而是经不起小事的消磨。"

白子玉侃侃而谈。认识他以来,他从未说过那么多话,袁初雪简直跌破眼镜:"你竟然爱看那种口水连续剧?还有那种所谓的两性宝典?"

他一脸认真:"纯当学习了。"

袁初雪觉得有趣,从被窝里伸出手指着他的脸:"你不会还没谈过恋爱吧?"

白子玉不说话,沉默就是承认。

初雪哈哈大笑:"看你平时摆的那副酷劲,以为是什么情场鬼见愁,原来是个雏儿。"

白子玉被她笑得有点不好意思:"我的学习能力很强,重要的不是数量,是质量。"

"你觉得冯菁怎么样?"这两人今天好歹共进晚餐了,初雪得帮冯菁探探口风。

白子玉回答得不置可否:"不怎么样。"

"什么叫不怎么样,她是你喜欢的御姐范儿啊,又有能力又热情,时髦会打扮,交游广阔见多识广,不是你这种姐姐控的最爱吗?"

"她是挺好的,那我就非得喜欢吗?"

"那你们晚上聊得可投缘?她就没对你有些什么表示?"以冯菁的尿性,绝对忍不了太久。

"没怎么样,就吃了个饭,然后她送我回来了。"

初雪觉得失望,难得给他们制造个机会,竟然什么也没发生。

"不过我明确告诉她了,她不是我喜欢的类型,劝她不要白费力气。"

袁初雪石化了,他都这么说了,冯菁难道还能霸王硬上弓?怪不得冯菁手机关机,估计被拒绝了够郁闷的,正躲在哪个酒馆里买醉呢。不过这小白也真是,人家姐姐刚把爪子磨利还没伸出去,他就抢在前面把话说死,一点不给人留面子,明天真得好好安慰安慰冯菁。

她靠在枕头上调整了一个舒服的姿势:"我看你也二十多岁了吧,就没有遇到过让你心动的女孩?"

白子玉也靠了上来,仔细想了想:"我不知道那算不算心动?"

"和姐姐说说,姐姐是过来人,帮你参谋参谋。"她开始摆大姐派头。

白子玉安静了几秒,说:"我只见过她一面,三年前。"

她追问:"然后呢?"

"她那时候奄奄一息,快死了。"

原来是个凄美的爱情故事,没想到小白的初恋这么伤感,初雪的语气也从八卦变得轻柔:"那她最后没事吧?"

"嗯。"白子玉看着天窗外的月亮,眼神好像飘到很远的远方。

"所以她就是你口中要找的女人?你来云城就是为了她?"

白子玉叹了口气,说:"可是就算找到了她,她恐怕也把我忘了吧。"

这种年龄的男孩,在感情上最容易泄气了,初雪决定当一回心灵导师:"你不要凡事都那么悲观嘛,你先找到人家,把话问清楚,别还没行动就给自己打退堂鼓。人家女孩万一也对你念念不忘,那就皆大欢喜,就算她把你忘了,你可以重新追回来啊,你那么年轻,怕什么？感情这种东西最怕就是多想，很多时候明明就是一点小问题，你心里东想西想，然后嘴上又不说，两个人之间就变味了。为什么很多情侣明明相爱，最后却变成怨偶，都是因为经不起小事的消磨。其实感情就应该很简单，只有两个选项：爱，或者不爱。"

袁初雪的眼神变得柔软起来："只要你心里对她有爱，就算隔着大山大海，你也会翻过山越过海，哪怕只是为了牵一牵她的手。所以喜欢一个人，一定要让她知道。"

"如果她拒绝我呢？"

初雪一副恨铁不成钢的表情："你是不是爷们儿？怎么畏首畏尾的呢？拒绝就拒绝，谈恋爱不是打仗，没有谁非得当常胜将军，如果她拒绝了你，你却因此死心，那就证明其实爱得也没多深，如果还是不死心，那就继续追嘛，反正脸也丢了，破锅破摔，有什么好怕的。"

白子玉怔怔看着她："那如果她已经有未婚夫了呢？"

初雪心中一动，心想这小白口味真重，不光喜欢姐姐，还喜欢有主的姐姐，总不能劝他夺人之妻，得往正道上引："其实喜欢一个人不一定要在一起的，如果她已经找到了她的另一半，你应该衷心祝福她，实在放不下她，可以换种方式继续守护。"

"怎么守护？"白子玉一脸虚心受教的样子。

"两个人产生了感情，然后恋爱，然后结婚，组建小家庭，生小孩传宗接代，顺利的话一代一代传承下去，这是爱情在世人眼里有且仅有的唯一最佳结局，但其实感情这东西应该是包罗万象。两情相悦是爱，一见钟情是爱，日久生情是爱，生死相许是爱，明知得不到却苦苦单恋是爱，为了对方好而忍痛放手是爱，暗恋是爱，柏拉图是爱,情深缘浅两地相思是爱,天人永隔思之如狂也是爱。别人说什么、怎么看并不重要,有的时候不一定要有结局的,没有结局也是一种结局,渔人饮水冷暖自知,你可以用任何形式去守护你的爱情,求仁得仁罢了。"

一口气听了这么多,白子玉似懂非懂,初雪一挥手:"算了,你个小屁孩和你说这么多也不懂,你就记住一个,既然你喜欢她,为她离乡别井那么远,不到最后一刻,就不要轻言放弃。等你再大一点你就会明白,能找到一个自己喜欢的人,是一件多不容易的事。"

初雪叹了口气,最后一句话,既是说给小白听的,也是说给自己听的。

人山人海,遇见一个对的人有多难?很多人都放弃了,做了爱情的逃兵,包括她自己。

空气中有那么一瞬间的静谧,安静到可以听见彼此呼吸的声音。她和白子玉并肩靠在床上,一个只着浴袍,一个刚洗完澡,这情形要多暧昧有多暧昧,但袁初雪此刻自怜身世,只觉得年轻如白子玉尚有可追寻的人,自己却无人可恋,缴械投降,把自己交付给婚姻,未来数十年在柴米油盐相夫教子中度过,青丝成白发,红颜弹指老,这难道也是一种求仁得仁吗?

她突然想起来,问小白:"你脖子上那条项链看样子戴了很久,是那个女孩的吗?"

白子玉反问:"干吗?"

"那条项链看起来很眼熟,总觉得在哪儿见过,能不能再让我看一眼?"

白子玉捂着胸口链坠的位置,坚绝地说:"不能。"

初雪捶打他:"真抠门!小气鬼!"

"我不是告诉过你,不要乱碰男人的东西。"

墙上的钟指向午夜十二点,白子玉起身披上外套下楼。

初雪:"你干吗去?"

"时间到了。"

莫非他真的是吸血鬼或人狼之类的,一到子时就要变身?

初雪跟下去看个究竟。

店面墙角顶部悬挂着电视机,方便客人一边进食一边观看,白子玉坐在卡座上,正聚精会神看着电视。

午夜剧场正在重播一部去年挺火的都市爱情剧,讲一对年龄颇为悬殊的姐弟恋,两个人相识于人生最低谷,男主角最后通过不懈努力再度赢得事业上的成功,女主角也受到激励而勇敢抛弃不爱自己的丈夫,展开生命的第二春。很老套的大团圆结局,但是却有市井的温情,大概人们都需要这种精神春药来暂时逃避现实苦闷的生活,管它是真是假呢?

袁初雪百无聊赖,干脆坐在白子玉身边,和他一起看起来。白子玉看得津津有味,但从小受到国产电视剧熏陶的初雪,看个开头就知道下一场会发生什么,听一句对白就能自动脑补下一句,看剧时最high的不是追剧情,而是揪出戏中种种破绽,于是成了追剧党人人痛恨的剧透鬼兼吐槽狗。

"你看着,这个男的现在这么横,不出三分钟准主动讨饶。

"哎哟!两个人这种角度摔倒,嘴巴怎么可能亲在一起嘛,这不符合人体工学。

"什么叫有句话不知道该不该说,最后不还什么都说了嘛,不然观众看啥。

"我跟你说，这个笑眯眯的女的肯定是坏人，暗地里那些挑拨离间的事都是她干的，男主角误会女主角了。"

白子玉面上不改色，握拳的两只手已经越拽越紧。

剧情演到男主角第一次主动亲吻女主角，两个人的嘴一点一点越凑越近，白子玉替剧中人紧张，身躯情不自禁往前挪。

这种关键时刻袁初雪又开始煞风景："这次不可能让他们亲到的，不可能那么快，编剧不会那么好心，一定不成功，不是电话响就是有人来……你看，果然是电话响。"

白子玉忍无可忍，转身把她摁在沙发靠背上："你就不能安静一会儿吗？"

白子玉居高临下，电视剧的光源从侧面映射在他脸上，俗语说月下不看女，灯下不看郎，晦暗光线下的小白，实在太像中国古典爱情戏曲里半夜来幽会的俊俏少年郎，会出现在每个少女的梦里。

背后的电视机里，编剧终于非常有良心地让男女主角顺利亲上了，而且亲得缠绵悱恻。看着这么暧昧的剧情，又和小白面贴面靠得这么近，初雪的脸微微有点发烧。

"你怎么不说话？"白子玉用手探探她的面颊，"还脸红了？"

初雪拍掉他的手，指指电视："亲上了。"

白子玉忙回头，可已经亲完了，他满怀懊恼地说："怎么就亲这么一会儿啊！"转头愤愤地看着初雪，"都怪你！打断别人追剧是一件很不礼貌的行为，你不知道吗？"

她吐吐舌："我尽量控制。"

看着虔心膜拜口水剧的小白，初雪越来越对这个男孩感到好奇：智商卓绝学任何东西都很快上手，感情上却似乎一张白纸，连电视剧里男女亲个嘴都跟第一次见似的那么稀罕，但又为了一个女人，准确说是为了一个只见过一面的年纪比他大的还有未婚夫的女人千里迢迢一个人跑来云城，却好像连人家的联络方式都没有。

这个小哥哥简直太奇葩了，不知道能让他牵肠挂肚的女人，到底是何方神圣呢？

3

袁初雪醒来的时候已经是上午九点，她躺在白子玉的小床垫上，身上盖着他的被子。她记得昨晚看着看着电视就睡着了，至于是怎么到床上的，完全想不起来。不远处的地板上铺着毯子，估计小白昨晚把床让给她，自己就睡在这。

凳子上叠放着整齐干净的白毛衣和白布裤，是白子玉准备好给她穿的，总不能让她大白天穿个浴袍出去。所以说这个小白不近人情的时候不近人情，但该细心的时候还是很细心。

她换好衣服，蹑手蹑脚走下楼，不想却迎面撞见小钱。

小钱张大嘴一脸震惊地看着她，见到她身上穿着白子玉的衣服，更是惊得下巴都要掉地上了："你，你你你……"

"我什么我，好好说话。"

"你把小白睡啦？"

"神经病吧，你！"初雪敲打小钱的头，"你脑袋里想的都是些什么龌龊事啊，猥琐！"

小钱揉揉头说:"那你干吗穿着他的衣服?还在这里过夜?"

"特殊情况,江湖救急,无须跟你解释,不过今天的事你谁也别说啊,免得多生是非。"

小钱点点头:"知道了。"不过他脸上的表情还是将信将疑。

"让你买的东西呢?"

小钱从书包里拿出一个全新的苹果6s银色手机,回答说:"给,都设置好了。"

白子玉正在柜台前为新一天的工作做准备,初雪走过去,把手机递给他,说:"你一个人在云城,总不好连个手机都没有,没能请你吃饭是我失约,这部手机就当老板娘送你的礼物,谢谢你给我当模特。"

白子玉接过手机,初雪接着说:"这样你联络家人什么的都方便点……"

"你号码多少?"

"呃?"

白子玉直接把手机塞给她:"自己输。"

她下意识地依言行事,小白拿到手机第一件事问她要号码,这她倒没反应过来。

小钱在旁边用不怀好意的眼神看着两人,那表情好像在说"你俩清白我才不信"。初雪也懒得跟他解释,输完号码之后拉着小钱陪她回家——该面对的总归要面对,不过得拉个人陪自己壮壮胆。

预料中面面相觑的场面并没有发生,丁琛已经离开,肉肉趴在毯子上睡觉。手机里有三十几条微信,还有几通未接来电,大部分都是工作上的。还有冯菁一大早发来的语音留言,大意是昨晚酩酊大醉之后痛定思痛，越好吃的肉越难到嘴，好久没遇到这么棘手的对手了，决心和小白杠上了，舍不得孩子套不着狼！不过她这次不会这么激进，会假意退却曲线救国，小白这种尤物，急不得，要慢慢调教……

袁初雪真是无言以对，这厮简直死皮赖脸不见棺材不掉泪，白子玉看着沉默温暾，其实比谁都冷静决绝，才不是她想象中那种初出茅庐好糊弄的愣头青呢，冯菁就等着再次吃闭门羹吧。

初雪打开丁琛的对话框，里面是他的致歉讯息，话不多，却诚恳："昨晚是我不对，没有考虑你的感受，我答应过不会强迫你做任何事的，但是我没做到，你能原谅我吗？"

丁琛的微信头像是初雪在草地上奔跑的背影，那还是夏天他们一起遛肉肉的时候拍的。

其实感情的事情哪有分对错？无非是谁爱谁更多一点，爱得更深的那个，步步错，凡事先低头，从一开始就注定处于下风，没办法，谁叫他在乎。

袁初雪放小钱回家，换回自己的衣服，准备带肉肉去散步。白子玉那身衣服上残留着淡淡的雪松香气，是他身上的味道。她本来想直接扔进洗衣机洗完还他的，但仔细一看标签产地和成分，却发现不是高仿，是正品名牌。初雪平时帮艺人模特拍照也不少，都会问品牌租借衣服，这种质感一上手就知道不是便宜货。

这个白子玉，不愿意花两三千租房，却愿意花上万块买名牌？这小子到底什么来路？初雪把他的衣服叠好放在洗衣篮里，打算和自己的丝质睡衣一起送干洗。

肉肉耷拉着脑袋无精打采的样子，好像不太愿意出门，好不容易把它拉到室外，它敷衍着尿了几滴，竟然是浑浊的血尿！

初雪第一次养狗毫无经验，吓得手足无措，肉肉瘫倒在草地上，她又抱不动，这时白子玉来电，初雪在电话里断断续续慌慌张张地把情况说明白。白子玉不到一刻钟就赶到，一把抱起肉肉就往最近的宠物医院跑。

兽医诊断为急性肾炎，原因是憋尿过多导致肾功能异常，正在给它注射葡萄糖以调节排尿。

看着肉肉躺在急诊箱里病恹恹的样子，初雪感到很心疼，回头却见白子玉正盯着她，眼神冰冷犹如秋风扫落叶。

"你一天给它上几次厕所？"

初雪有点心虚，声音弱弱地说："两次。"

"你给我老实回答。"

她只得老实坦白："有时候忘了就，就一次。"

白子玉深吸一口气似在压抑怒火："阿拉斯加是大型犬，正常的成年犬平均一天应该上两到三次厕所，有时候喝水多了甚至应该上四次——如果你照顾不好它干吗要养它？你这是在害它！"

白子玉从没用这么恶劣的语气对她说话，袁初雪忍不住反驳："你干吗这么凶啊！我之前不知道嘛。"

"我把你关起来，一天只让你上一次厕所，你试试？没有常识就不要养狗！"

白子玉的样子真的挺生气，初雪本来还想顶嘴，但她现在渐渐摸清楚小白的脾气，这哥们儿其实不好惹，又想到一会儿可能还要劳烦他把狗抱回去，而且他骂得确实也没错，就把到嘴边的话咽下去了。

他们第一次见面的时候，小白也曾因为初雪没看好狗差点发生意外而对她横眉怒视过，看来他还是个爱狗之人。

两个人等到下午，医生说幸好发现得及时，情况不算严重，已经把尿排出，可以领回家，但明后天还得按时来打针观察，又开了处方狗粮和药，叮嘱这几天必须对它多加观察，保证排尿正常。

白子玉一路抱着肉肉回家，初雪拎着大包小包的药屁颠屁颠地跟在后面。他手长腿长，步子又快，初雪跟得很狼狈，心里骂骂咧咧怨他一点也不迁就女性。

两人一狗回到家，初雪累得一屁股坐在沙发上，白子玉给肉肉换水换狗粮，又给它擦身，喂它吃药，小家伙倒也听话，乖乖配合。

他忙活完了，过来踢踢初雪的脚，问："有吃的么？"

两个人只中午在医院分食了一个面包，确实饿了，但初雪非常不满意小白的态度，自己怎么说也算老板，用脚踢自己当打招呼算怎么回事？

"小白同志，我首先对你再度英勇救狗的行为表示赞赏，但有没有人教过你，对待老板要有礼貌，尤其是当你有求于人的时候，起码得说个请字。"

白子玉一脸悠闲地说："噢，那要么你明天自己送它去医院？或者让你那个未婚夫先生代为效劳？"

真是直中要害，初雪正打算躲丁琛两天等尴尬淡化，而且丁琛对狗毛有点过敏，其实不太喜欢狗，让他照料肉肉实属下策。

就知道这小子不好惹，她只得愤愤地站起来说："等着！"

冰箱里还有一颗大白菜，初雪把白菜切片，和面条年糕鸡蛋煮在一起，又放了辣酱和糖盐调味，另外做了一碗紫菜虾皮汤，切了一小碟酱瓜。

等她端着饭出来,见白子玉正在看柜子上的照片。

那些都是她从小到大最珍贵的照片:第一次学走路;幼儿园穿着红裙子参加文娱表演;小学时候跟妈妈去春游,两个人坐在旋转木马上;初晖刚出生,已经是中学生的初雪穿着校服抱着弟弟站在自家花园里;穿着学士服的大学毕业照;再就是从中学起各个阶段和冯菁的合影……

有一张照片放在正中间,那是唯一一张一家四口的合影,在游乐场门口拍的,四个人笑得像花儿一样,真正的天伦之乐。

白子玉指着角落里的一张照片,照片中的小阿拉斯加在草地上嗅花:"这是肉肉小时候吗?"

"不是,那是以前我爸捡回来养的,也叫肉肉,后来我爸不在了,它就每天到处找,有一天走丢了,再也找不回来。"

所以她明明不会养狗,却养了一只一模一样的,也起名肉肉,不是为了图好玩,是为了缅怀以前那段美好的时光。

初雪问:"你有什么忌口吗?"

"没有。"他想问又有点不好意思,"你爸爸……怎么了?"

她倒是答得很平静:"我爸是个山痴,已经登顶了世界六大峰,打算在五十岁之前征服最后一座,乔戈里峰,也就是被登山界称为'地狱之巅'的K2峰,登顶过程中发生了山难,最终没能回来。"

征服雄伟冰川是极致的运动,不光是对毅力和体力的考验,也是一场赌博,登顶的快感纵然无可比拟,但过程中可能遇到的危险,稍有不慎,便是连命也丢掉的事。人跟山斗、跟天斗,登山者一旦决定踏上这条路,心里就做好了万一回不来的准备,输,也输得心服口服,毕竟这场人和自然之间的博弈,是你自己选的。

初雪往白子玉的碗里加葱花,自己那碗一点没加:"今年春节后我去郊区拍片,看到一条小奶狗蜷缩在垃圾堆里,冷得发抖,它和我们家以前走丢的那条狗真像啊,简直以为是肉肉又回来了,我就把它抱回家了。"她招呼白子玉,"快趁热吃。"

他接过筷子,说:"看不出来你还是个念旧的人。"

"所有平凡无奇的东西,只要有了回忆,就变得迷人起来。"

"为什么?"

"因为有故事啊。"

白子玉点点头,若有所思。

初雪往他碗里夹鸡蛋:"你有没有发现,那些照片有很多都是在同一个地方拍的,就是以前的云城游乐场,那是我小时候常去的地方,也是我在这个城市里除了家以外最喜欢的地方,可惜现在废弃了,很快要拆掉盖别的楼房,想去都没得去了。"

白子玉喝了一口汤:"既然这么好,干嘛要拆掉?"

"因为它已经过时啦,这个世界每天都在更新换代,花无百日红,就好像偶像明星,再红极一时,也有被新人取代的一天。"

他摇摇头,似乎很难理解地说:"这个世界真奇怪。"

初雪觉得好笑:"说得你好像不是这个世界的人似的。"

白子玉皱起了眉头,表情有点痛苦。

初雪紧张:"怎么了?"

"你的面,太咸了。"

本来呢,让白子玉帮忙照顾肉肉,初雪还觉得挺不好意思的,可几天下来,她深深地产生了危机感——肉肉已经完全不把她放在眼里,只对小白言听计从,好像白子玉才是它的正牌主人。

吃药的时候初雪一喊它,它直接躲到角落里装死,非得等白子玉来了才肯乖乖吃药;又不肯多喝水,但白子玉只要拿着碗喂它,就听话喝完;初雪一个人遛它,它尿完之后意思意思走几步就想回家,又不是柴犬,怎么这么懒?但只要小白在,简直可以徒步环城的节奏,它这哪里是犯懒,分明是想节约实力好在白子玉面前表现。

谁说狗不嫌家贫的?这年头连狗都这么势利眼,有奶便是娘,白子玉不就抱它去了几次医院,喂它吃了几次饭吗?它就"认贼作父"了?

她感觉主权遭到威胁,看着一旁正毫无节操努力往白子玉怀里钻的肉肉,踢它屁股一脚,骂道:"忘恩负义的白眼狼。"

肉肉抬头冲她叫了一声,以示抗议,白子玉摸摸它的头,说:"乖,别和她一般见识。"

小家伙立马乖巧地趴在他脚下摇尾乞怜,一脸谄媚。

初雪啧啧称奇:"小白你给狗下了降头吗?它怎么这么听你话?"

"弃暗投明,明智之举。"

她恨不得把白眼翻到后脑勺,这恬不知耻的一人一狗,相识没多久就亲得跟一家人似的,仿佛自己才是多余的存在。

这段时间丁琛忙着升职的事,初雪不用陪他,倒是白子玉几乎每天往初雪家跑。肉肉的病在他的悉心照料下好得差不多了,他有时候也会过来蹭个饭,帮忙干点活,观摩初雪如何在暗房洗照片什么的。

他最感兴趣的是她私藏的那些经典爱情影碟，从《乱世佳人》到《廊桥遗梦》，从《罗马假期》到《卡萨布兰卡》，从《情书》到《铁达尼号》，从《重庆森林》到《甜蜜蜜》，他全看了个遍。他看戏里的人生离死别、魂牵梦萦、半世纠葛，觉得既然这么辛苦就不要谈恋爱了。初雪就告诉他，等有一天你为一个女孩掉眼泪，你就明白了。

有时候初雪也会做些简餐，她一个人住，简单的料理多少会些，但白子玉嫌弃她的手艺，她就让小白自己做。白子玉似乎从没做过饭，只能照着她的样子学，做出来的饭菜竟然很好吃，之后只要他在，厨房重地就归他所有。白子玉的学习能力真不是盖的，任何菜式只要在网上简单看过做法，就能炮制出来，而且手艺一天比一天好，初雪在想不如把"冰雪缘"扩张成饭馆，小白掌厨，味道又好又能用色相招徕女顾客。以他的天分再这么发展下去，恐怕厨艺有一天会超过丁琛。

对于白子玉的频繁串门，初雪不觉得有什么问题，不过是朋友间的正常往来，但有一天丁琛抽空来看她的时候发现干洗店送回来的换洗衣物里有白子玉那套男装。

他的脸色非常难看。

初雪跟他解释，但他好像全然没听进去，只是默默抽烟生闷气，抽完烟一言不发就走了。也不能怪丁琛小气，这种情况，确实很难让人不在意。

这段小插曲的发生，让初雪开始反思这段时间是不是和小白走得太近，虽然清清白白，但瓜田李下，难免惹人非议，自己又是已经订婚的人，为免丁琛多想，还是和小白保持距离，多一事不如少一事。初雪打电话告诉小白肉肉的病已经好了，不用再麻烦他来回跑，白子玉只是淡淡应了一声就把电话挂了。

可能在小白眼里，她这种行为无异于卸磨杀驴，初雪想着什么时候有机会单独请他吃一顿饭，当是谢谢他照顾肉肉，可是上次答应请客最后不也放了鸽子，还把他卖给了冯菁，不知道他心里怎么想自己呢？

之后白子玉没有再来，肉肉明显提不起兴致，连饭量都变小了，不知道是不是受它影响，初雪的心情也有点惆怅。

4

九月下旬，袁初雪受美食杂志之邀拍摄隐藏在街头巷尾的隐秘美味餐厅，这天来到西城区采访一家老字号煎饺店，弟弟初晖就读的高中就在附近。

拍摄结束后，初雪打包一份煎饺，打算去看看初晖，现在是上课时间，这孩子一定在学校呢。一路走去发现这条街充斥着网吧和游戏厅，还有小咖啡馆和一些卖小饰品和衣服的店，供学生们消费。

几乎每个学校旁都有这样一条小街，鱼龙混杂，各个学校的学生出没，也有很多学生情侣会选择在这里约会恋爱。游戏厅里一般聚集的都是坏学生，好学生都在校园里上自习。

可是初雪在一家游戏厅门口发现了一个令她意想不到的熟悉身影。

她那印象中一直都是好好学生的弟弟，脸上带着与人斗殴挂的彩,正在靠窗的座位上奋力厮杀。他混迹在一群染了头发穿了耳洞不好好穿校服的小混混中间,居然没有违和感。

两姐弟隔着窗玻璃面面相觑。

初雪几乎是扯着初晖的耳朵回到"冰雪缘",再三质问之下好歹弄清了他脸上的伤是怎么回事。

学校内拉帮结派的事情素来屡见不鲜,校园暴力、收保护费等皆因此而起。几乎每个学校都有一个头目,是所有坏学生的领头大哥,所有好学生都惹不起的人物。

偏偏初晖就拍了老虎屁股。

隔壁高中有个头目叫高东东,人称东少,据说曾创下和各个高校头目单挑未败的战绩,因而奠定了他西城区一霸的地位。他有个女朋友叫韩梦瑶,是初晖他们学校的校花,大哥的女人谁敢动?这个袁初晖不知道是不了解行情还是读书读傻了,竟然几次被撞见和韩梦瑶一起泡奶茶店和网吧。东少震怒,找人揍了他一顿,警告他和韩梦瑶断绝往来,否则见一次打一次,让他在学校没法待。初晖也不知哪里借来的胆子,对东少的话浑然不理,被打了几次后,就躲起来不再去上课了。

这个弟弟从小没给自己惹过事,一惹就是这种女人债,居然是个情种。

初雪把煮熟的热鸡蛋用手帕包好,递给初晖:"真的不用去医院?"

初晖接过鸡蛋:"又没残废,去医院不让人笑话吗?"

"你也知道让人笑话?袁初晖你是越活越出息啦,对我和妈说在学校自习没空回家,其实是忙着打游戏处对象,处的还是别人的对象，你怎么这么有本事呢？"

初晖拿鸡蛋热敷脸颊上的瘀青，不理她，初雪更来气："你这么有能耐你就别逃啊，你去跟人单挑嘛，受了欺负最后还不是躲到你老姐这来。"

初晖怏怏地说："我又没叫你来。"

初雪抄起手边的纸巾盒直接扔过去："你以为我愿意管你啊！你现在连课都不去上了，你到底还记不记得你去学校是干嘛的？"

初晖自幼无父，初雪又比他大很多，向来都是由姐姐充当家长，学校联系人那栏填的也是初雪的联络方式。名义上说，初雪是初晖的姐姐，实际上，她又当姐姐又当爸爸，母亲宠溺初晖，恶人的嘴脸一直由她扮演。

白子玉从后厨端出两碗面，初雪直接把初晖那碗拦下："一碗就够了，别浪费粮食。"

毕竟是人家姐弟的家务事，小白也不方便多说什么，默默地把初雪碗里的葱全挑出来，他记得她不吃葱花。初雪偷瞄他一眼，心下一动，当着初晖的面又不好说什么。

两个人之间的气氛有点微妙，引来初晖侧目。

初雪没安静多久又开启训导模式："袁初晖我告诉你，趁现在妈妈还不知道你赶紧把这事给我了结了，要是让妈妈知道她得多伤心啊。"

初晖反问："怎么了结？"

"我虽然弄不懂你们现在这些孩子都怎么回事儿，明明还是学生却拉帮结派搞得跟黑社会似的，但就算是黑社会也得讲道义。他打你是他不对，但你撬人家女朋友在先，这就是你不对，所以你俩扯平了。你去找那个什么东少说清楚,以后跟他女朋友保持距离,井水不犯河水。"

初晖解释道:"韩梦瑶不是他女朋友。"

"你还顶嘴!不是女朋友人家会跟你急?不是他女朋友难道是你女朋友?"

"那是高东东他自己一厢情愿,韩梦瑶从来没承认过。"

初雪酸他:"我看是你一厢情愿吧。"

白子玉插话了:"事情还没搞清楚之前不要妄下结论。"

初雪白他一眼,正想叫他闭嘴别多管别人家的闲事,店里的电话却响了,他起身去接。

初晖对白子玉非常好奇,凑近问他姐:"这个小白,真的只是你的店员?"

"不然咧?"

初晖话里有话:"他连你不吃葱都知道,还主动帮你挑出来,现在的店员都对老板娘这么细心吗?"

初雪拿筷子敲他头:"你少八卦我的事情,先管好你自己!"

"高东东那群人不讲道理的!你让我去和他说理,还不如直接揍我一顿呢!"

"瞧你那点出息,还没去呢就先害怕了——告诉老师不行吗?"

初晖仿如听到天方夜谭,发出耻笑,说:"姐你也太 out 了吧,什么年代啊,如果老师有用的话高东东还敢那么横?告诉老师只会被打得更惨!而且江湖事江湖了,你要是告诉老师,那就真的别混了,所有人都会瞧不起你的。"

现在这些学生的世界袁初雪真心是难以理解,不过她只坚持一个原则——

"你必须去上课,你要是敢不去,高东东不揍你我揍你!"

袁初雪对弟弟虽然严厉,但到底还是心疼的,怕他再被欺负,就暗中跟着观察,发现这个初晖全然不把自己的话当回事,根本没去找高东东解决问题。更令她意外的是,这小子的生活和自己所知的相去甚远,她印象中的弟弟,应该是除了上课之外,就只会泡在图书馆,平时和同学聚聚餐、看看电影,偶尔打打球爬爬山,参加一些有益身心的体育活动,学习运动两不误,是一名充实又健康的模范学生。可真实的初晖,课余生活不是泡在网吧就是游戏厅,几乎没有要好的同学,出入形单影只,三餐极不定时,吃的不是方便面就是快餐汉堡,在校园里存在感极低,恍如幽灵一般,现在连课都不去上,更是乏人问津。

这哪里是积极向上的三好少年啊,分明是颓废孤僻的边缘学生。

初雪工作忙,妈妈身体又不好,初晖自初中起就在学校寄宿,因为成绩向来不错,所以她们就理所应当地觉得他在学校没什么问题,学习成绩向来是中国式家长衡量问题的唯一标准。上一次去学校看初晖是什么时候? 初雪竟然想不起来。

原来不知不觉间,她和弟弟的距离已经那么远。

没等她来得及补救姐弟代沟,高东东就找上门来了,他带着人在一条小巷堵住了刚从网吧出来的初晖。东少还带了一个妞,校服裙拉得老高,清纯的脸上化着和年龄不符的大浓妆。

现在的中学生不知道是不是国产偶像剧看多了,东少说出口的台词简直是霸道总裁标配,要不是担心弟弟安危,躲在拐角处的初雪差点笑出声来。

"袁初晖,听说你昨晚又给瑶瑶发微信了?你有几个胆子,我东少的妞你也敢碰?"

初晖的退路被堵死,前后遭遇围攻,他虽然很害怕,但嘴上还是倔强,瞄一眼东少身边的浓妆少女,小声嘀咕:"瑶瑶又不是你女朋友。"

东少把地上的易拉罐一脚踹到初晖身上:"你小子是活腻了吧,你去打听打听,西城区这一片,哪个不知道韩梦瑶是我马子。"

东少身边的女孩就是韩梦瑶,她不耐烦地看东少一眼:"我已经和你分手了。"

东少面上有点挂不住,把她拉过一边低声说:"不是已经和好了吗?"

韩梦瑶一点面子都不给:"那是你单方面要求的,我可没同意。"

"嘿,你什么意思?"

"是你自己纠缠不清,我爱和谁玩就和谁玩,你管得着吗?"

这下东少下不来台,当着那么多弟兄吼道:"那你带我来干吗?不是因为这兔崽子纠缠你,让我出面替你修理他吗?"

原来初晖的藏身地点是韩梦瑶泄露的,她借着商店橱窗的反光整理头发:"高东东,我就没见过分手这么不干脆的男人,拖泥带水要分不分的,搞得我现在都没人敢追。我今天就是想当着大伙面和你做个了断,袁初晖和你单挑,如果赢了,你以后就不能再纠缠我,不是有这规矩吗?你不是爱讲规矩吗?我今天就和你讲讲规矩。"

高中生谈个早恋还讲规矩?还单挑以胜负夺美人?看着这一帮人小鬼大的未成年古惑仔,初雪真是觉得既幼稚又可笑。

可是高东东明显气坏了,他一把扯过韩梦瑶的马尾:"'小婊砸'你真是给脸不要脸,现在连衷初晖这种废物都能勾搭,看我不撕烂你的脸!"

韩梦瑶吃痛,初晖欲上前搭救:"你放开瑶瑶!"

高东东扯得更用力:"想英雄救美?有本事来啊。"

小弟们一拥而上把初晖团团围住,看来东少今天是不打算守规矩了。

韩梦瑶趁高东东不注意踹他一脚:"喂!不是说好单挑吗?一群人打一个算啥英雄好汉?"

高东东学着她的语气说话:"那是你单方面要求的,我可没同意。"他拍拍韩梦瑶的脸,"在我东少这儿有你说话的份吗?就凭那个孬种,被打完就躲起来,你让我跟他单挑,我得多跌份儿?我随随便便一个小弟就能弄死他!"

初晖虽被围困,但见韩梦瑶被打脸,把手里吃了一半的鸡蛋灌饼朝东少扔去,也算是负隅顽抗。

这下彻底激怒高东东,他一抹粘在头发上的酱汁,表情恐惧狰狞地说:"你不知道我对甜面酱过敏吗?给我打!"

眼看弟弟就要挨揍,初雪正准备出去调停,一个身影抢在她前面冲了过去。来者身手之快之准,初雪还没来得及看清楚动作呢,他就把那些个地痞学生全撂倒了。

大侠拍拍手,拨拨刘海,动作潇洒至极,初雪惊呆了:"小白?"

"你说过下午要来,结果没出现,我收店之后就来找你啦。"

这个白子玉,总是神不知鬼不觉地出现,偏偏每次还都是在最及时的时候。

高东东的小弟们被白子玉的身手震慑，不敢再上前，初雪没想到白子玉学习能力强就算了，打架也这么厉害。

她上前扶起弟弟："你没事吧？"

"我没事，姐……"

不等他说完，初雪直接给他一记爆栗："小兔崽子现在连你姐的话也敢不听了？让你解决问题你解决了吗？让你去上课你去了吗？"

初晖捂着被打的头说："我差点被揍了你怎么还这样？"

"打死活该！技不如人还想逗英雄！"

"你就不能对你亲弟弟有点爱心吗？"

"我的爱心不要钱啊？还能来看你就不错了！"

这两姐弟完全当高东东透明，开始拌起嘴来，这对东少来说无疑是奇耻大辱，他忍无可忍，大吼一声："够了！"

所有人齐刷刷地看着他，东少清清嗓子，说："袁初晖，没想到你还带了帮手啊。"

初晖澄清说："这是我姐。"

"我不是说那位大姐，我是说这个哥哥。"

袁初雪嘴角一抖，看着白子玉："凭什么他喊我大姐，喊你哥哥？"

仿佛她问的是废话，白子玉都懒得解释："这种事情还用问吗？"

初雪望着初晖："我看起来真的比他老很多吗？"

"其实也没有很多啦，应该就大个七八岁吧。"这话刚一出口，又吃了他姐一记爆栗，初晖摸着再次受伤的同样部位，一脸委屈，

"干吗?"

"我只比他大六岁!"白子玉资料上写的是1993年生人,比1987年的初雪小六岁。

初晖觉得不解:"六岁和七八岁有什么分别啊。"

年龄对于女人,尤其是到了一定年纪的女人一直是个敏感话题,岂容你弄错个一两岁。

白子玉看不过,替初晖解围道:"哪有当姐姐的这样欺负弟弟,男孩子的头怎么能让你随便乱打?知道的是姐姐,不知道的还以为是后妈。"

初晖向白子玉靠拢:"还是小白哥明事理,人家比你小六岁,都比你懂事。"

这两个人倒是站在一边了,初雪正要发作,有人比她先发作了。

"你们有完没完!"东少发出咆哮,"你们任要唠家常回家唠去!把我当摆设呢?"

韩梦瑶应和:"可不吗?"

高东东捏着她下巴:"'小婊砸'别高兴得太早,你不是说要按规矩来吗?可以,我今天就陪你们玩玩。"他转头看着初晖说,"袁初晖!我东少今日和你单挑!如果我赢了,以后别再让我看见你,还是那句话,见一次打一次,听明白了吗?"

初晖噤若寒蝉,不敢应声,初雪也替弟弟捏一把冷汗,他这手无缚鸡之力的文弱宅男,怎么可能打得赢高中界的"街霸"?估计高东东也是觉得白子玉不好对付,所以提议单挑,让他没法插手。

白子玉反问:"那如果初晖赢了呢?"

这个问题高东东完全没想过,因为——初晖不可能赢得了他。

"那就随你们处置。"他夸下海口,反正他又不会输。

"好,如果初晖赢了,你不但不能再为难他和韩梦瑶,还要认他当大哥,对他唯命是从。"

高东东愣了一秒,放声大笑,他手下的小弟们也开始肆无忌惮地讥笑,仿佛白子玉说的是天方夜谭。

"这位小哥哥,我不知道你和袁初晖这小子是什么关系,但估计你不太了解他,你实在是太可爱了。"

白子玉的脸色却十分平静:"记住你答应的话,你要是敢反悔,我见你一次打你一次。"

高东东撸起袖子,上前迎战,初晖正在犹豫,被白子玉一把推了出去。白子玉把初晖送出去的时候,在他耳边说:"他右腿关节不大好,寻着机会攻他膝盖窝。"

初雪心想,弟弟能自保就不错了,还找机会攻击呢,讲笑吧?不过看白子玉一脸胸有成竹的样子,以他的个性,不像是开玩笑。

高东东扭扭脖子松松肩膀,简单热身,十个指节骨被他按得"咔咔"作响,一看就是作战经验丰富,很唬人的样子,还没开打气势上就赢了。

初晖哭丧着脸:"小白哥,我会不会被打死啊?"

被几个小弟拉住的韩梦瑶看不下去了,给初晖打气:"袁初晖!出息点!他就是个纸老虎!不用怕他!"

仿佛是为了印证韩梦瑶说的话纯属瞎掰,高东东第一拳就出了杀招,直奔初晖面门,速度之快力道之大,看来他是打算一招之内结束战斗。

初晖闭眼捂脸,只盼不要打毁容就好。

四围安静了一会儿,预想中的重击并未落下,初晖从指缝中瞧见高东东的拳头停滞在半空,他的表情极度尴尬以及难以置信,使劲用力,挥在空中的拳头却依然未撼动半分。

初晖一开始以为高东东又在搞什么名堂戏弄自己,大着胆子在他脸上弹了几下,发现他好像是真的不能动,尝试抵着他的额头把他慢慢往后推,竟然给他放倒了!

场上除白子玉外所有人都瞠目结舌,高东东恢复正常,迅猛爬起来一雪前耻,往前俯冲想给初晖来个回旋踢,却不知被什么东西绊倒,摔个狗吃屎。这下不光韩梦瑶,连他自己的小弟们都开始窃笑。初雪觉得疑惑,看小白一脸老神在在的样子,莫非他还耍了什么把戏不成?

高东东几次三番遭遇没来由的挫败,灰头土脸地爬起来,没了往日的威风,气急败坏地冲过去要跟初晖拼命。奇怪的事情又发生了,高东东的动作变得相当迟缓,俨如慢镜回放,这种速度别说初晖了,换个小学生都能把他撂倒,他的表情相当痛苦扭曲,仿佛在极力控制自己,手脚却不听使唤。

初晖想起小白刚才说他右脚膝盖不好,绕到后面,脚尖铆劲朝他膝盖窝踢去,高东东腿一软倒地,这下是真的爬不起来了,他一脸的难以置信,自己竟然真的输给了袁初晖。而失去了街霸头衔的东少,自然也没有小弟上来扶他,他一脸气愤地起身:"刚才到底发生了什么?怎么会这样?我不服!再来一次!"

他话音刚落,被脚下的石子绊倒,摔个四脚朝天,几次挣扎着起身,手脚却不受控制般地往自己身上招呼,样子极为滑稽,周围那些一直对他毕恭毕敬的小弟们再也忍不住,纷纷大笑起来。高东东无地自容，知道自己只能认栽了。

白子玉扶起他，说："记得履行承诺，君子一诺千金。"

韩梦瑶蹦跶着到他面前开始耀武扬威："高东东，你也有今天，你再横啊，再横啊。"韩梦瑶拍打高东东的脸，把他刚才对自己做的加倍奉还。

高东东倒也硬气，知道今天横竖逃不掉，对初晖说："虽然我不知道你施了什么妖法，但是成王败寇，愿赌服输——大哥！"最后那大哥二字发音尤其惨烈，可以看出说话者的悲痛。

余下的小弟也跟着纷纷对初晖鞠躬，高喊"大哥"。初晖自己都不敢答应，惶恐不安。

初雪满腹狐疑地看着小白，用胳膊肘戳他，小声问："喂，你到底做了什么？"白子玉但笑不语。

这晚初雪黏着小白不放，非逼他说出到底使了什么障眼法，白子玉神秘兮兮地说："我会催眠术。"随即把脖子上的水晶球链坠从毛衣里取出来，开始左右有频率地摇晃。

但见水晶球里风雪弥漫，只消一眼，便把初雪的神魄吸了进去。她置身冰雪世界，天地白茫茫一片干净。她走啊走，走啊走，不知道过了多久，终于精疲力竭倒地。不会有人来救她的，她觉得自己快要死了。

地平线上一个男子的身影由远及近，一身白衣，御风而来。男子向她俯下身，以嘴渡气，这亲密的感觉如此熟悉，让她眷恋，像是她这一生所有等待，都是为了这一刻。她情不自禁地开始回应，分不清是幻是真，只希望就算是一场梦，也让梦做得更长一点。

她的神志渐渐恢复清明,男子的长相在她眼里清晰起来——翩翩少年,白衣胜雪,冠玉为面,琉璃为目。

是白子玉。

袁初雪一下从床上坐起来,原来是梦一场。睡在床下的肉肉看着她摇摇尾巴,它显然也被主人惊醒。

初雪去接了一杯冰水,刚才梦里的画面想起来还有点面红心跳。等等,她突然意识到发生了什么,所以,她做了春梦,春梦的对象,还是白子玉!而且,她竟然意犹未尽!

她把冰水一口灌下,然后开始自我麻醉企图说服自己那不过是一个意外,就像男人会意淫画册里的美女,但不代表对她们有感情,无非是个性感符号而已,小白不过就是皮相好,所以梦见他也没什么大不了的,纯属当了一回泄欲工具。怪就怪最近身边好看的男孩太少了,没得选择。

自我催眠完之后,她在床上翻来覆去怎么也睡不着了,刚才梦里的感觉太真实太清晰,令她回味无穷。就这样,伴随着羞耻和自责却又情难自控,那晚袁初雪几乎睁眼到天明。

初雪满心以为已经帮弟弟铲走了情敌,不料第二天初晖就来找她哭诉:他失恋了!

袁初晖和韩梦瑶的缘起要从漫画说起,初晖是漫画迷,一直在校旁的漫画吧租漫画看,但一直在追的连载有一本被人借走了却一直不还,初晖从老板那里要到了联络方式,原来借书不还的人就是大名鼎鼎的校花韩梦瑶。

韩梦瑶一句话就把初晖拿下了:"想我还漫画可以,你来追我啊。"

初晖一个御宅男，平时都是和动漫以及二次元里的人物打交道，韩梦瑶艳名远播，一个活生生的大美女，他哪经得起挑逗，不但漫画不要了，还天天跟着她屁股后面跑。

而韩梦瑶呢，她虽然单方面和高东东分手，但迫于东少淫威，全校没人敢追她，男生甚至和她保持一定距离以策安全，她哪受得了？碰上初晖这种搞不清形势的书呆子，正好用他来破例，也借此气气东少。而且初晖这种类型的她也没接触过，刚开始还觉得挺有意思，可时间一长，就嫌初晖窝囊，这才主动让高东东找到他，让两个男的为她决斗。

初晖意外打败东少，消息瞬间传遍校园，街霸头衔易主，虽然全校都难以置信，甚至有人怀疑东少一定因某种苦衷而故意放水，更有会编故事的说东少一定是太爱韩梦瑶了，所以才故意输给袁初晖，真是一个痴情的浪子。但无论如何，"袁初晖"这三个字瞬间成了学校热搜词汇。初晖以为自己这下扬眉吐气，一定能追到韩梦瑶，但事实往往是残酷的。

第二天韩梦瑶就正式拒绝了初晖，理由简洁明了：她爱上别人了。

有如晴天霹雳，初晖遭遇了人生第一次失恋，幼小心脏承受不了打击，饭也吃不下，觉也睡不着，连漫画都不爱看了，整个人像行尸走肉一样，初雪骂也骂不听，只好由得他去。

5

临近国庆,云城素来有摆庙会的习惯,作为这座古老小城的特色传统一直保留,一到节庆日老城区就会划出庙会区域,各种摊位沿着护城河密密麻麻摆一圈,点心小吃、衣服首饰、游戏摊位,连迷宫鬼屋都有,琳琅满目,到了晚上人山人海,相当热闹。

冯菁报名了今年国庆的庙会商家名额,先不说那几晚生意肯定是平时的好几倍,能在那种人流量的情况下曝光,也是对"冰雪缘"的一次免费宣传推广。

提前几天,初雪就命令小白去布置会场了,他白天要看店,所以只能晚上去。本来觉得他从早忙到晚挺辛苦的,一直想着有空的时候去给他送点夜宵什么的,可国庆前初雪把妈妈接过来过节了,放假期间初晖也不想回学校这个伤心地,打算在姐姐家住几天,家里的事一耽搁,就把探望小白这茬忘了。幸好这种献殷勤的事有人抢着做,冯菁每天下班一有空就过去,表面上是看摊位,实际上是勾引美少年,不但管饭,还管接管送,说是要先从朋友慢慢做起,好菜不怕晚,她这么一弄倒是替初雪省事了。

还有一件更好笑的事,高东东意外败北后,认定是白子玉从中提点才让初晖傻瓜变高手,一口咬定他是身怀绝技的世外高人,势要拜他为师,天天守在"冰雪缘"门口,还主动帮白子玉干活,求他收自己为徒,赶都赶不走,最后白子玉恐吓他再这么死缠烂打一定做不成师徒,他才怏怏地走了,但还是隔三岔五就鬼鬼祟祟来偷看"师父",形同痴汉。

这天冯菁杂志社加班,妈妈约了老朋友去丁琛的酒店聚餐,初晖继续玩失恋在家里游魂，初雪闲了下来，下午的时候就买了饮料点心去会场看小白，可到了才发现，人家根本不需要她陪，小白正和一个女孩坐在河边聊天呢。

女孩长发披肩，穿着粉蓝色连衣裙，背影看着很苗条，应该是个妙龄少女。那女孩突然握住白子玉的手，而他也没有抗拒，任由她握着，好一对你侬我侬的小情侣。

嗬！还说自己不喜欢萝莉只喜欢姐姐！还说来云城是为了找到唯一钟情的女人！装得冰清玉洁的样子，一边吊着冯菁，一边和小美眉勾三搭四！男人中的绿茶婊！被抓现行了吧，一定要揭穿他的真面目！

初雪离得远听不见他们讲什么，摊位就设在河沿，她蹑手蹑脚地走过去躲在立牌后面，竖起耳朵听。

女孩的声音很耳熟："可是我是真的喜欢你，我对你是一见钟情。"

初雪心想，这都让人女孩主动表白上了，小白动作够快的，还说自己没谈过恋爱，就装吧。

白子玉的回答很玄："如果人人都可以和自己喜欢的人在一起，这个世界上就没有那么多伤心人了。"

哼，他这就叫欲擒故纵，也只能骗骗小姑娘。

女孩果然不死心地问："为什么不可以啊？"

"其实喜欢一个人不一定非要在一起的，如果他已经心有所属，你就应该衷心祝福，不是只有谈恋爱才叫感情，感情是包罗万象的。"

等等，这些话怎么这么耳熟，这不是自己对小白说过的话吗？他可真行，直接拿来对付小姑娘。

女孩伤心欲泣地说："所以你真的有喜欢的人了？是因为这样才拒绝我的吗？"

白子玉表情温和，语气却很果断地说："对。"

"她是谁？"

"你干嘛非要刨根问底呢？"

"我堂堂五大高中校花之首，艳冠西城区，从来只有别人追我，第一次主动表白竟然被拒绝，输也要输得明明白白，你告诉我，那个女人是谁？不然我不会死心的！"

校花？艳冠西城区？……初雪正要猜出来这个女孩是谁的时候，白子玉叹了口气，突然冲着她的位置喊："出来吧。"

难道被他发现了？初雪想溜走，但腿蹲得有点麻，想动都动不了。白子玉走过来拉开立牌，她再也无处可躲，抬起头咧开嘴冲他笑笑。

小白一把将她拽起，初雪叫嚷："别动我，我腿麻了，腿……"

"活该，让你偷听。"

"这河你家的呀？这里是公共区域，谁都可以来！"

"你躲在立牌后面，鬼鬼祟祟，还那么笨，裙边都露在外面。"

她今天穿了浅灰色纱裙，配同色系毛衣，所以说这厮一直都知道她在，故意不戳破，当笑话看呢。女孩上下打量着初雪，初雪这才认出来她不正是韩梦瑶吗？虽然刚才已经猜到，但上次见她是顶着大浓妆衣着前卫的小太妹，今天是素颜清纯少女，不仔细看简直判若两人。

所以初晖的情敌就是小白？就是他抢走的韩梦瑶？太可恶了，怪不得上次主动出手帮助，还以为他那么好心，原来是别有居心。

不施脂粉的韩梦瑶更显稚嫩秀美，清水出芙蓉，果然年轻是最好的化妆品。初雪想起上次小白教育过韩梦瑶，小小年纪不要化这么浓的妆，化妆品是给有年纪的女人用的。敢情就是在暗讽她喽？

抢弟弟女朋友，还嘲笑自己，想到这里，初雪忍不住踹小白一脚："不用你扶！"

韩梦瑶向白子玉确认："她就是你喜欢的女人？袁初晖的姐姐？"

初雪闻言一惊，正要否认，小白却承认："是。"

初雪心突地一跳，出于所有女人的虚荣心，第一反应竟然有点窃喜，第二反应马上冷静下来：白子玉在拿她当挡箭牌。

韩梦瑶不解地问："我比她年轻比她漂亮，身材也比她好，她到底哪里比我强？"

初雪额头上挂满黑线，怎么现在的小姑娘都这么没礼貌，不就是年轻了几岁吗？可姐比你有智慧！

没想到白子玉的回答更令她吐血："她年纪比你大。"

这算是哪门子的优点啊？初雪把手伸到白子玉背后想掐他，却被他反手握住。

韩梦瑶追问："难道你就只喜欢年纪大的？"

白子玉答得斩钉截铁："是。"

这下韩梦瑶心服口服了，什么都可以改善，年龄这个东西却爱莫能助。她站起来准备离开，脸上带着淡淡的忧伤，临走前对初雪扔下一句话："你多幸运，你哪里都不如我，就赢在比我早生了十几年，我暂且祝福你，但总有一天我也会长大的。"

初雪别提有多郁闷了，质问小白："白子玉，原来就是你抢我弟的女朋友,害他失恋的罪魁祸首就是你!什么叫日防夜防家贼难防,你这个伪君子、渣男、小三儿、男人中的绿茶婊!连学生都不放过,好意思吗你?"

白子玉一边把新鲜的食材放进冰箱,一边慢条斯理地拆招:"第一,我没有抢你弟的女朋友,我刚才不是拒绝她了吗?第二,她也不是你弟的女朋友,你弟还没有追到她,所以所谓的失恋,完全是你们姐弟俩一厢情愿。"

话虽然说得很有道理,但初雪越听越来气:"你意思是我们自作多情,活该?"

白子玉关上冰箱:"这话可是你自己总结的。"

初雪一听,心想他讲的话竟然完全没有漏洞,岂有此理,好,那就说工作,以老板娘的姿态来压他:"喂!白子玉,我是叫你来工作的,不是让你来招惹小姑娘的!"

白子玉正在享用初雪买的饮料和点心,却突然挑剔起来:"这个蜂蜜蛋糕有点腻,没有我做的好。"

"嗯,我也觉得是。"初雪发现被他带偏了,赶紧回到正题,"我是问你工作时间干吗不好好工作?"

"你有哪里不满意吗,老板娘?"

摊位现场被他用夜幕蓝的丝绒布打底,预算有限的情况下,没有像别的商家那样用各种鲜艳颜色的廉价灯笼刻意把店面弄得花枝招展,而是统一用银色的小灯泡点缀在背景上,每个小灯泡下面挂着一个菜品名,一目了然,方便客人看,这种简洁清雅的风格在沿街的大红大绿中倒显得独树一帜。餐单上除了原本的冰激凌、刨冰和饮料外,还添加了鱼豆腐、炸牛奶、玉米片、水馒头这些小吃,还有一些简餐，都是白子玉新开发的，用以扩宽客源。

看他的工作成果，倒是无可挑剔。

可是初雪现在关心的不是这个："一边工作一边勾搭小姑娘，事半功倍啊，什么时候搭上的？动作够利索。"

"是她自己找上我的。"

"对，就你魅力大。"初雪一边拍着裙子上的灰，一边赌气说。这条裙子是她新买的，很喜欢，没想到第一次穿就脏了，刚才蹲地上蹭到灰。

"吃的也送到了，喝的也送到了，人也看了，别说老板娘不体恤员工，我走了。"

白子玉挽留她说："快到饭点了，你不留下来一起吃饭？那边有个很好吃的小馆子。"

"不吃，宁可回家跟初晖吃。"

"有女孩来找我，你是不是不高兴？"白子玉试探地问。

是不高兴，但是肯定不是为了他！

"你受不受女孩欢迎关我什么事，我干吗要不高兴，我是不高兴你拿我当挡箭牌！自己要拒绝人家就拒绝，要当情圣就当情圣，还非用我当借口，说对我心有所属，这不扯吗？"

"所以你觉得我拿你当挡箭牌？"

"难道不是吗？"

白子玉还要说什么，初雪手机响了，是初晖。他在电话里兴奋地说晚上不在家吃饭了，因为韩梦瑶突然约他看电影，他好像又有戏了。

初雪觉得这个弟弟真是贱啊，给点阳光就灿烂，人家勾勾手指他就摇着尾巴跟人走了,那语气雀跃得,好像之前被甩的人不是他。出了这么一个没节操的货,真是家门不幸。

她把初晖数落了一顿挂断电话,惊觉现在的年轻姑娘思维太跳跃,下午还对白子玉表白,晚上就约初晖看电影,真是此路不通立马换道,杀伐果断,和她们比起来,自己太"out"了。

现在的问题是,她落单了。

"喂。"她推搡小白,"你不是说附近有一家很好吃的小馆子吗?"

结果被弟弟放鸽子的初雪,干掉了整整两碟椒盐猪手、一份豆花鱼、一份毛血旺和整整一大碗馄饨,最后揉着饱胀的肚皮走出饭馆。

街上车来车往,白子玉把她往路边推,自己走在外侧,初雪嚷嚷:"别动我,我想吐。"

白子玉一脸嫌弃地说:"让你吃那么多,饿死鬼投胎啊。"

"好吃。"

"那也不能往死里吃啊,跟一辈子没吃过饭似的。"

"这种犄角旮旯的苍蝇馆子最滋味了,做的都是街坊生意,味道不好铁定倒闭,没有两把刷子哪敢出来卖弄?随便炒个素菜都见火候,比那些贵得要死的大饭店不知道强多少倍,以前念书的时候老吃,刚才那个椒盐猪手就是小时候的味道,不过现在吃的机会不多了。"

以前初雪爸爸还在的时候,一家四口只要来云城玩就去老街吃饭,长长的巷子里一水儿路边摊,夏天的炒田螺冬天的烤羊肉,生意特别旺,一到饭点人头乌央乌央地挤满小巷,全是住在附近的街坊邻居，菜香伴着鼎沸的人声上桌，吃的不光是味道，还有热闹。现在老街也拆了，父亲也不在了，一家人，终是无法再齐齐整整坐下来吃一顿饭。

白子玉对初雪说："如果你喜欢吃，我可以经常陪你吃。"

他的嘴一开一合，令初雪想起昨夜梦里那个吻，脸上竟有点烧，但出于一个成熟女性的自卫，她马上勒令自己镇定下来。小白又开始说这种容易令女孩误会的话，估计不少小姑娘就是这么沦陷的，庆幸自己已过了少女情怀的年纪，对异性这种不知是献殷勤还是只出于礼貌的话语已经多少免疫了。

"不用了，丁琛不让我吃，嫌这种小店不干净，说家里放着个五星饭店主厨不用，还去吃路边摊，让人笑话。"

小白就不再说话，两个人走到停车场，初雪提议："我送你回去吧，我看摊位也弄得差不多了。"

"不用，我订了一批贡丸，估计会晚一点送过来。"

"那就让他们明天再送吧。"

"晚安。"白子玉替初雪关上车门，转身离去，头也不回。路灯把他的影子拉得老长，他渐行渐远，终于消失在这繁华城市的车水马龙中。

不就是拒绝了他的好意吗？不至于这样就生气了吧？

她突然觉得冷，打开车内暖气。天空淅淅沥沥飘起小雨，一点一点打在挡风玻璃上，电台里正在播陈奕迅的《富士山下》：

拦路雨偏似雪花

饮泣的你冻吗

  这风褛我给你磨到有襟花
  连掉了渍也不怕
  怎么始终牵挂
  苦心选中今天想车你回家
  ……
  我绝不罕有
  往街里绕过一周
  我便化乌有
  ……

  她莫名其妙有点惆怅起来。

  国庆那天特别冷,气温离奇地降到零度,"史上最冷国庆"的新闻都上电视了,这股诡异的冷气流不知要逗留到何时。但当天逛庙会的人群热情不减,初雪带着小钱替杂志拍摄庙会特辑。云城这种南方小城,最有名的就是特色小吃,那些百年老字号小店,平时都隐藏在街角旮旯,只有这种节庆庙会才会集结在一起,相当于一个小吃大联盟。
  初雪一路拍,小钱一路吃,吃到白子玉那里,小钱口渴了,跑去问他要碗冰。
  "冰雪缘"三个字用正楷体写在一块小木牌上,挂在临时搭建的店门旁,因为店面颜色是单一的夜幕蓝,装饰也简洁,不像别的店家那样张灯结彩五颜六色,所以店名不但不会不醒目,而且还显得很有格调。银色的小灯泡在深蓝色的衬托下一闪一闪,像暗夜里的繁星，而白子玉自然是那最亮的一颗。

白子玉递给小钱一碗梅子味的棉花冰，小钱吃完说肚子疼，扔下东西就冲去厕所。

庙会人山人海，白子玉新开发的好几样产品都售罄了，还有好几个姑娘在排队。袁初雪撸起袖子帮忙，一个盛食物，一个招呼客人，配合无间。

招呼完一拨客人，初雪寻着空隙对小白说："不错嘛，供不应求啊。"

白子玉递给她一杯热乎乎的杏仁茶："恭喜老板娘，生意兴隆。"

杏仁茶很烫，她差点松手，白子玉眼明手快地接着，再递给她的时候，已经是不冷不热刚好能喝了。她觉得诧异，左右不过两秒时间，茶的温度降得也太快了吧。

她还来不及思考，就被一个奇装异服的身影吸引，那个人好像也看见她了，闪闪躲躲正要逃，初雪直接冲他大吼一声："袁初晖！"

来者被狮吼功镇住，不敢再动。

她上前揪住弟弟："你不是应该在家陪妈看国庆晚会吗？怎么在这？"

初晖一脸赔笑："姐，这么巧，你也来逛庙会啊，丁琛哥来家里了，咱妈有人陪，我就出来溜达会儿。"

初晖平时都是穿运动服，今天却穿着不知从哪淘来的大西装和尖头皮鞋，还打了发蜡系了红领结，完全是小孩硬穿大人衣服的即视感，偏偏又搭得不伦不类。初雪不怀好意地上下打量着说："穿成这样，和谁呀？"

他扭扭捏捏，正不好意思回答，那个"谁"出现了——穿着皮衣和超短裙劲装打扮的韩梦瑶,还画着夸张的猫眼线,一边走一边埋怨地说:"厕所太远了,走得脚都疼了。"她穿着细高跟的皮靴逛庙会,能不疼吗。

韩梦瑶见到初雪,甜甜地喊:"姐姐,好久不见。"

初雪挤出假笑,明明昨天才见过,装什么呀。

"我们在COSPLAY漫画里的人,所以才穿成这样。"韩梦瑶解释。

"让我猜猜,嗯……是《名侦探柯南》?"

"不对,是《城市猎人》。"好像知道她肯定猜不出,韩梦瑶直接公布答案。

初雪吐槽:"侠探寒羽良哪有领结?"

"我们这是改良版。"初晖力挺韩梦瑶的品位。

初雪把弟弟拉到一边:"袁初晖,我不是反对你早恋,你老姐很开明,但这姐们儿一会儿拒绝你一会儿又拉着你搞什么COSPLAY,摆明了在逗你玩呢。玩腻了就把你甩了,到时候你又失恋可别来找我哭。"

"姐你就别管我了,我对瑶瑶一见钟情志趣相投,只要能陪在她身边……我,我愿意!"

初雪一记爆栗下去:"能不能有点出息!你这就叫倒贴!"

初晖反驳:"女的追男的才叫倒贴呢,我又不是女的。"

韩梦瑶在那边跟白子玉买冰激凌,正在挑口味,初晖赶紧说:"瑶瑶在买东西,我得过去付钱了。"

见弟弟屁颠屁颠跟在一个女的旁边伺候,初雪真是怒其不争,哪有这么死皮赖脸跪舔的。但她本人将在不久的将来啪啪打脸,她终会明白太喜欢一个人是会不顾尊严的，就是每时每刻都想和他在一起，付出有没有回报根本不重要，一个愿打一个愿挨，当事人未尝不快乐。

小钱一会儿吃凉的一会儿吃热的，当晚就拉肚子，拍摄也差不多完成，初雪就先放他回家。庙会长长一条街，一圈走下来累得够呛，一直扛着器材又没法好好吃东西，快结束的时候丁琛打给她问要不要来接她，她惦记着那天小白带她去过的苍蝇馆子的馄饨，就说自己想吃点东西再回家。没想到等她去时馄饨已经卖完，太扫兴了，她快快地正想打道回府，一碗热乎乎的馄饨放在她面前。

"最后一碗，给你吧。"

映入眼帘的是白子玉那张和馄饨皮一样白如凝脂的脸。

这小子怎么阴魂不散，在哪儿都能见到。

"你不是在看店吗，怎么跑来吃馄饨？"

"今天的东西全卖光了，就提前打烊。"

生意这么好，还不是多亏了这张祸国殃民的脸，刚才光顾的大部分都是女性，甚至还有人拿手机偷拍他，发上微博称"庙会最帅店长"。

初雪看着馄饨咽了咽口水："你把最后一碗馄饨给了我，那怎么好意思啊？"

"那你还我。"他作势要拿回来。

"谢谢！"她以迅雷不及掩耳的速度护着碗开始吃。

白子玉嚼着花生米好笑地看着她："你这种人，是不是就是综艺节目里说的吃货？"

差点忘了看电视是小白了解世界的途径，初雪瞪他一眼："能吃是福。"

"不过很奇怪,平时没见你这么能吃。"

有时候在一起吃工作简餐,或是周末冯菁张罗聚餐,她都是浅尝辄止,年龄大了不敢再像以前那样胡吃海塞,每一寸吃进去的卡路里都有可能转化为不可逆转的赘肉。可不知为何,只要和小白在一起,她那个"少女胃"又回来了。难道这就是传说中的秀色可餐?

"所以不能经常跟你吃饭,不然我一定会中年发福。"

"所以这就是你不愿意和我吃饭的原因?"

没想到上次的事情他还记着呢,真是个记仇的小气鬼啊。

"当然啦,你简直就是阻碍减肥的元凶。"

"你刚才才说能吃是福。"

被他兜回来了,袁初雪竟无言以对,小白逻辑之严密令人生怖,和他聊天可真得小心。

吃完已经快十点,初雪怕节庆日堵车所以今天没开车,小白提议送她一程。两人走出馆子,庙会的人流已散去,街上尽是遗留的废弃物,等待着明早环卫工人的拾掇,就像盛装去参加party的女子,酒终人散后妆也花了发也乱了,繁华褪去后的冷清更显寂寥。

街边有在摆摊卖摔炮的,那是80后儿时都玩过的玩具,白色小蝌蚪状,扔在地上噼啪作响,发出鞭炮的声音,初雪小时候常拿这个来吓唬初晖。摆摊的老大爷七十多岁了,她把剩下的摔炮都买了下来,老人家千恩万谢走了。

白子玉好像是第一次玩这个玩意,觉得很新奇,手捻脚踩各种研究。

初雪摇头叹气:"愚昧的90后,连摔炮都没玩过。"

白子玉就开始往她身上招呼,两个人互相攻击,不一会儿一大半摔炮都没了,两个人灰头土脸,初雪连裤子都弄脏了。

"白子玉!幼稚!"

"刚才谁喊接招来着,打我打得多爽啊,你不幼稚?"

白子玉才是重灾区,他那身白毛衣有好几处都灰了。初雪打得兴起,毫不留手,她觉得有点内疚,本想提议帮他把衣服拿去干洗,想到上次和丁琛惹出的误会,还是算了,不过有一点她真的特别好奇。

"喂,白子玉,你是不是流落民间的贵公子啊?不是有那种,有钱人家的公子哥闲得无聊,从金碧辉煌的家里偷溜出来体验民间疾苦,电影里不老这么演吗?"

"贵公子"面无表情地看着她,她不放弃,继续阐述自己的理由:"你看啊,你穿得起那么贵的衣服,却愿意打一份没多少钱的工,你的学习能力那么强,一定是受过良好的高等教育,你会用有限的预算把摊位布置得简洁高雅,一定是从小被高级的东西包围才熏陶出的好品位,最重要的是……"

"是什么?"

"你怎么看都不像一个需要打工讨生活的年轻人。"

"那应该是什么样的?"

"一个离乡来打工的年轻人,一定怀有对生活的敬畏心,对于所得到的一切是很在意的,但是你虽然当服务员,身上却完全没有卑躬屈膝的姿态,感觉比顾客还高贵,甚至有时候会让人产生一种错觉,觉得是你在施舍别人。"

白子玉不置可否:"我接受你的赞美。"

初雪啐他:"你脸皮可是越来越厚了。"

"老板娘教得好。"

现在和他说话已经讨不到一点便宜了,她正在想着怎么损回去,两人却不知不觉地走到了云城游乐场旧址。曾经喧嚣一时的场所如今大铁门紧闭,铁栅栏都生了锈,门口贴着封条和告示,下周就要正式拆除了。

初雪盯着这个充满回忆的大门发呆,回过神却发现白子玉一跃上了围墙。

"小白你干吗?"

"你不想进去看看吗?"

"这里都快拆了,赶紧下来!"

"就是因为这样才要在它消失之前再去一次啊。"

初雪愣了一下,曾经儿时的游乐场,埋藏那么多美好回忆的地方,就要和它永别了。

高处的白子玉对她伸出手说:"把手给我。"

他像一个高高在上的神祇,带着不容抗拒的吸引力,初雪把手放进他掌中。白子玉把她拉上来,自己先纵身跳了下去,初雪见小白落地轻轻巧巧,料想自己应该也可以,谁料一个脚滑像死猪一样砸了下去。

她闭上眼不敢面对即将迎接自己的大地,结果却落进一个柔软的怀抱,睁开眼,面前是白子玉那张放大的俊脸。园子里种了很多桂花树,桂花香加上他身上独有的雪松香气,初雪就想为何没有品牌出一款这种香水呢?一定会大卖的。

白子玉发出一声闷哼:"你砸到我胸口了。"

初雪扶他起来："没事吧你？"

"没想到你那么重。"

她一掌拍在他胸口："死不了就行。"

他捂胸可怜地说："老板娘你好狠的心，那我这是不是算工伤？"

"你去和别人说，我偷翻游乐园的墙受伤了，你看会不会有人觉得你是工伤。"

"太狡诈了，奸商。"

园内草木明显是很久无人打理，枝叶垂得老长，两个人一路斗嘴一路赏花拂柳，走了一会儿面前豁然开朗，是一片空旷的草坪，上面有十二生肖的石雕，还有滑滑梯、跷跷板和秋千，都是初雪小时候爱玩的。

袁初雪跑到生肖兔前面，她五岁的时候和这只兔子合过影，因为年代久远，石兔的耳朵都磨损了，她抚摸兔头说："我是属兔的，暴露年龄了。"

白子玉坐在秋千上，用脚踮地晃动秋千："你现在就像一只活蹦乱跳的雪兔。"

"你见过雪兔？雪兔长什么样？可爱吗？漂亮吗？"

"就是块头比较大的野兔。"

"你讽刺我胖！"

她绕到后面奋力推白子玉，把他晃得老高，他灵巧地从半空中落地逃跑，两个人追追打打到了机动游戏区。海盗船、旋转木马、云霄飞车、流星火箭、咖啡杯、碰碰车，那些原本缤纷的躯壳蒙了尘，好似一个庞大的废墟，在幽暗的月光照耀下，一个个都像被人抛弃的可怜虫。

初雪望着摩天轮发呆:"你听过摩天轮的传说吗?"

小白摇摇头。

"传说摩天轮的每个格子里都装满了幸福,所以眺望摩天轮,就是在眺望幸福。"

白子玉放出的话特别扫兴:"人类就是愿意把自身的美好愿景强加在客观事物上,对流星许愿、放天灯祈福、烧香拜佛,满天神佛哪有这个闲工夫听你们诉苦。"

"白子玉!"初雪嗔他,"你这个人真的很不解风情!"

小白推她过去,初雪挣扎:"干吗啊,又没有电,进去干吗?"

"来都来了,坐一下嘛。"

她被小白塞进一个座舱里,想起以前当小姑娘的时候,也干过在摩天轮升到最顶时许愿的事情,许愿在苍茫人世遇到那个对的人,谈一场不分手的恋爱,可两情相悦这种事情,年龄越长就越难,当年美好的愿望看来终是要落空了。

白子玉在操控台那边不知道瞎摸索什么,初雪正想出来,座舱晃动了一下,接着,她就呆了——整个摩天轮的灯,瞬间点亮,明媚的光线刺破灰暗的夜空。小白跳进正开始缓慢转动的摩天轮。

"你是怎么做到的?"初雪简直难以置信。

"和你说过几次了,我的学习能力很强,这种简单的机电原理难不倒我。"

两人渐渐升空,陆地上的物件越来越小,城市的夜景尽收眼底。在高处就有这个好处,感觉把世界踩在脚下,伸手即可触碰星辰。

到了半空,初雪才想起来害怕:"这里年久失修,会不会不安全啊?"

白子玉点点头表示认同:"有可能哦。"

"可能你妹啊!我就不应该跟你上来,现在想走都走不了了。"

好像是为了响应她的话,摩天轮"嘎吱嘎吱"响了几下,夜风吹过,晃得更厉害,她紧绷着身体,死命抓住窗杆。

白子玉的声音传来:"你要是害怕的话就闭上眼睛,一会儿就好了。"

虽然口中骂骂咧咧说这是自欺欺人,但她还是情不自禁地把眼睛闭上了。

座舱升到最高点不动了,夜晚静谧如水,四围的一切仿佛都静止了。她能听到自己的心跳,还有冷空气和皮肤接触的刺骨感觉,茫茫天地,好像只剩下她一个人,孤独地横亘在宇宙间,所有的一切都消失了。

过了一会儿,她睁开眼,忍不住发出欢呼。一朵硕大的烟花腾空而起,先是紫的花瓣,再是黄的花蕊、白的花丝,像这世间最美最绚烂的空谷幽兰,照亮这个城市,照亮这个夜空,也照亮她的眼。

烟花前面,是白子玉那张比烟花还要璀璨的脸,他眼里流光溢彩,好像上帝把整个世界最美的风景浓缩在一起,放进了这双眼睛里。

她心里有什么东西像这烟花一样"嘭"一下绽放,随即烟消云散,就像那只在热带雨林扇动翅膀的蝴蝶,当事人那时并不知道,在不久的将来,这将引起一场翻山倒海的龙卷风。

云城不允许私放烟花,这自然是国庆盛典的烟花,等他们下来时还在放。摩天轮后面是一个湖泊,夜色掩映下闪着粼粼波光,湖边拴着小船,不是现在普遍用的那种电动船,而是那种最古老的要用手划的木船。白子玉把拴船的绳子解开,初雪一不做二不休,今晚就撒开了玩,跟着他上了船。

一开始小白还没太掌握划船的技巧,要初雪教他,可琢磨了一会儿就会了,划着桨往湖心亭驶去。

初雪夸他:"你学得可真快。"

"不要质疑我的学习能力。"白子玉又开始臭屁了。

"你以前经常带女孩来游乐场吗?"她好奇。

"没有,第一次。"

"那你熟门熟路的。"

"因为我……"

"学习能力强!"二人异口同声,对望一眼,哈哈大笑。笑声飘荡在湖中,随着涟漪泛远。

这还是初雪第一次见白子玉笑得如此开怀,他笑起来像碧波一样清澈,那笑容从嘴角完美的弧度荡开,漾及满脸,使烟花都黯淡了颜色。初雪拿出相机对着他的脸按下快门。

初雪说:"你笑起来真好看,以后应该多笑。"

白子玉就盯着她笑,灰色的瞳孔中有温柔的火焰在燃烧,似要把人残存的理智都燃烧殆尽。

初雪突然有点不敢看他的眼睛,扯开话题说:"这是我过得最刺激的一个国庆,谢谢你,我给你唱个歌吧。"

她开始唱李健的《传奇》:

只是因为在人群中多看了你一眼

再也没能忘掉你容颜
梦想着偶然能有一天再相见
从此我开始孤单地思念
想你时你在天边
想你时你在眼前
想你时你在脑海
想你时你在心田
……

初雪唱歌不算好,但胜在声音柔软,再加上湖中央又有天然的回音,配上这种悠扬的歌曲,竟然唱得颇有那么点空灵的意境。

一曲唱毕,她觉得有什么东西落在手上,凉飕飕的,洋洋洒洒越来越多,抬头一看竟然是雪花。天上飘雪了,她激动地站了起来:"天啊,小白你快看,是雪花,竟然下雪了,这里可是南方,才十月份,太神奇了!"

此刻她身处湖心,远处烟花绽放,天上飘着初雪,仿如置身仙境,此生从未见过如此美妙的风景。

白子玉也站了起来,声音不大却很诚恳地说:"我那天没有拿你当挡箭牌。"

"啊?"她没反应过来。

白子玉突然揽过她的腰,对着她的嘴亲了下去。

Chapter 4
迟来的花期

白子玉的神情也认真起来:"我害得你结不成婚,也没关系吗?"

她想了想:"那还是有关系的,你得赔偿。"

他露出早料到的表情:"就知道老板娘从不吃亏,你想我怎么赔偿?"

她微微一笑:"我的损失很大,看来只有把你自己赔给我了。"

2016年10月2日~2016年11月15日
天气：*飘雪连绵*
宜：*表白*
忌：*婚嫁*

1

国庆夜的雪震惊全城，云城隶属亚热带，按理说四季温暖，是不会下雪的，有些没离开过云城的人甚至一辈子都没见过雪。这场来得离奇的初雪洋洋洒洒下了几天，秉承物以稀为贵的原则大受欢迎，顿时家家户户外出玩雪，有些家庭甚至把雪人堆在车顶上当作装饰——逐渐演变成一次全城狂欢。

有人欢喜就有人愁，袁初雪华丽丽地病了，重感冒引发高烧不退。

她对外说是国庆夜在庙会着了凉，其实真实的情况是她慌乱中推开白子玉，不但没撼动他半分反而自己重心不稳掉下船去，结果还是小白把她捞上来的。

比起寒冷刺骨的湖水，她印象更深的是那个吻，白子玉的嘴唇冰凉，擦过的时候电光火石，有什么东西触电一般在她心里点燃，她因害怕这种未知的感觉而抗拒，却本能地想靠近，又因这种本能而更抗拒，抗拒的不仅是白子玉，更是她心里这种羞耻的想法。

她躺在床上摸摸嘴唇,那日的吻虽只蜻蜓点水般轻轻一碰,却似有什么永久的东西被烙印了下来,以至于她这几日只要照镜子看到自己的嘴,脸上就烧得慌,就像看见白子玉坐在烟花绽放下的小船里对自己露出祸国殃民的笑。

蓝颜祸水!男绿茶婊!公狐狸精!她骂他泄愤。

那晚之后小白的电话她都不接,小白只好改发微信。

"你生气了吗?"

"病好点没有?"

"你已经好几天没来店里了。"

"还在生我的气?"

他的微信每天晚饭后准时到,初雪一律不回,所以有一天他不发了,她心里就七上八下起来,甚至心神恍惚期待了好久。

这段时间丁琛忙着评职称,加之他们酒店厨房扩充,忙得人仰马翻,偶尔抽空来家里看袁初雪,给她捎来酒店新研发的菜色,她也食之无味。冯菁和小钱也来看过她,告诉她最近发生的趣事:小白又迷倒了哪个学校社团的女生,以至于她们社团只要搞活动就来订大批的餐饮;冯菁那个大款客户开始对她发起猛烈追求,她在小白和大款、颜值和金钱之前摇摆,难以抉择;最近冰店因为订单增多人手紧缺,高东东乘虚而入,已经明目张胆地在店里帮小白打下手,替他跑外卖单,看来离拜师得逞不远矣;小钱又揽了什么活,就等她身体养好开工。

初雪嘴上不问,其实她特别想听到关于小白的消息,她想知道那晚之后他有没有什么不同,有些变化已经悄悄在她心里发生,她不希望只有她一个人这样。很遗憾,至少从冯菁和小钱的口风里听不出半点异常，小白还是一如既往地受女生欢迎，工作效率奇高，并在她消失的这段时间自行开发了外卖服务。似乎一切都没有因为她的离开而产生任何影响，她有时心里恍惚觉得，那一晚烟花下的少年，雪湖上的吻，不过是一场昙花一现的梦。

袁妈妈国庆后没回阳县，留下来照顾生病的女儿，每天熬汤做粥，干活的时候喜欢哼《千言万语》：

> 那天起，你对我说
> 永远的爱着我
> 千言和万语
> 随浮云掠过

那是年轻时候她和丈夫最喜欢的歌。袁妈妈话不多，女儿大了感情上的事也不会像小时候那样事无巨细都交代，但到底还是耳聪目明的。白子玉隔了两天又给初雪发微信，手机上显示他名字的时候，她心里凛冽一震，这个名字好像无形中已经和通讯录里其余名字都不一样，划开一条界线了，是禁忌的，那里有未知的世界，因而令她不敢靠近。

他说："我在你家楼下。"

她不回复，透过窗口见他衣衫单薄瑟瑟站在寒风中，终是不忍，发微信问他："干吗？"

他答："就想来看看你。"

她差点心软，想了半天，还是把原来编辑好的文字一个一个删掉，替换成简短而冰冷的两个字"不用"。

过了半晌，窗下的少年已经走了，她心里空落落的，下午去邮箱收信，看到门口放着药和装在保温壶里去了葱花的馄饨，知道是白子玉留下的。之后几天他都有送饭过来，直到初雪主动给他发微信说："别再送了，我不想吃。"他才真的偃旗息鼓，再也没了响动，好像两个人之间唯一仅有的一丝牵扯，都被她亲手狠心斩断。可是不斩断又能怎么样呢？她已经不是小姑娘了，摆在她面前的全是真真实实生活的难题，这种不切实际的幻梦，她已过了有资格拥有的年龄。

那几日袁初雪心神恍惚，她妈妈嘴上不说，都看在眼里。

晚上吃饭的时候，妈妈问她："打算什么时候出去工作？"

她无精打采地搅着碗里的粥说："等病好了再说吧。"

"你的病不是早就好了吗？"

她怔了一下，烧前几天就退了，要休养的话这两日也回本了。

妈妈往她碗里夹豆腐丝："身体上的病容易好，心病不容易好，怕是有心事吧。"

知女莫若母，初雪从小喜欢自己扛事，对家里报喜不报忧，有苦恼一个人闷着，但纵使什么都不说，女儿情绪上的起伏还是能马上感觉到的。

"实在有过不去的事，就和妈妈说，别什么都一个人扛。"

袁初雪点点头，她更不能让妈妈操心了。那时候的她，还相信这次和以前那些无疾而终的恋情一样，不过是成年人无聊的游戏，她也是正常人，也会心猿意马，但现在的她足够成熟到去辨认哪些是实实在在的安稳，哪些不过是稍纵即逝的火花，已经是订婚的人，雾水桃花怎可撼动命定情缘？那时候的她，还相信自己可以控制心绪，让一切回到正轨。

修养一周后，袁初雪正式复工，帮杂志拍片、替商家拍产品目录、给模特拍宣传硬照，日程排得满满当当，根本没时间去"冰雪缘"踩点，也不像以前那样会筛选较感兴趣的工作，而是来者不拒。

小钱震惊地问："袁姐，你掉钱眼里了吗？"

她回答："快要结婚的人了不攒点私房钱怎么行。"

小钱对她竖起大拇指，可他没见到奋发图强背后她偶尔失神的样子。

2

十月下旬的时候，冯菁请了一星期年假，丁琛顺利评下职称，晋升行政总厨，初雪密密麻麻的工作暂告一段落，冯菁提议大伙一起去东北尚志市滑雪泡温泉，她认识那里度假村的老板，可以以很优惠的价格拿到五星级酒店房间，当是给大伙集体休年假，放松放松。

袁初雪和丁琛一对，本来只安排小钱陪冯菁，可出发那天到机场才发现冯菁还把白子玉带上了。他穿着白色羽绒服，人好像更清瘦了些，眼神却依然明亮。

他和初雪半个多月没见，很自然地上前打招呼："老板娘你病好全了？"

她微笑点头，两人就再也没有交流。

初雪原本以为他会和自己一样心里没底，眼神闪躲，没想到竟然落落大方像没事发生过，看来是她自作多情，那天的轻轻一吻对小白这种90后来说，也许只是兴致所至，根本不代表什么。

过安检的时候初雪偷偷问冯菁："你怎么把他带上了？"

冯菁捋捋刚做的大卷发："干吗！不行啊？你和丁琛双双对对，就忍心看我一个人？"

"不是有小钱吗？"

"你发烧把眼睛也烧坏啦，小钱的观赏价值和小白能比？我难得休个年假，当然得带个赏心悦目的游伴啦，再说了，孤男寡女置身荒郊野外，美景加上荷尔蒙的化学反应，很容易滋生火花，所以如果有一天晚上你看我不在房间，记得千万不要打电话找我，别打搅姐姐办正事。"

"那店里怎么办？没人管了，生意不做啦？"

冯菁用无比鄙夷的眼神看她："袁初雪，你是真掉钱眼里啦，少赚一分钱会死啊！我们不过就出来三天，你连三天假都不愿意给人家放，简直就是袁扒皮嘛。我看你是提前进入家庭妇女模式，蝇头小利都要斤斤计较，况且那点破钱和我的'性'福比起来，简直微不足道。"

她刻意着重强调"性"福的"性"字，获得初雪一个大大的白眼。

上飞机后，冯菁和白子玉坐在前排，初雪和丁琛坐在中间，小钱一个人在后面。丁琛戴着耳机看航空频道的电影，初雪在翻一本时装杂志，前排的冯菁和小白交头接耳不知在热议什么。初雪的座位靠近过道，从她的方位看过去正好能见到冯菁的侧脸，只见她和小白挨得很近，小声说大声笑，聊得很开心的样子。

"小雪，你吃水果吗？小雪，小雪。"丁琛拿着一碟五颜六色切好的水果，见她没反应又叫了两声。

"噢，我不吃。"她顾着观察前方形迹可疑的两人，刚才没听到。

丁琛叉起一块菠萝送进嘴里问："看什么呢看得这么入神？"

"看杂志啊。"她装作在看手中的时装杂志。

丁琛把头凑过来："你看这一页已经很久了。"

初雪支支吾吾，编出个理由："因为……因为这件大衣很好看，我在考虑要不要买。"

"噢。"丁琛戴上耳机继续看电影，并未多疑心。

飞行中途她去上洗手间，飞机遇上气流颠簸，她从洗手间出来的时候撞到一个人身上，那人伸手扶她，她闻到雪松香气，推开那人的手，他却从身后把她抱住。

"你干嘛一直躲我？"

"我没有。"

"你现在就在躲我。"

"你先松手。"

"你不告诉我原因我就不松。"

她挣扎，这时机身猛烈颠簸了一下，两人齐齐倒在厕所门上撞了进去，白子玉跌坐在马桶上，初雪坐在他腿上，这样子要多暧昧有多暧昧。这一幕被来上厕所的小钱看到，他目瞪口呆一脸不敢相信的样子："你，你们……"

初雪扶着门把手挣扎站起："不是你想的那样……"

"你们随意,我什么也没看见。"小钱捂着脸飘走,那表情就像在说羞死人了我都不好意思看。

这次真是跳进黄河也洗不清,她一下子从白子玉身上跳起来,却因起得太猛一头撞上门框,疼得她直飙眼泪,白子玉想帮她揉却被狠狠打手。"滚开!只要一碰上你就倒霉!你就是个祸害!"她恶狠狠地剜他一眼。

一行人下榻酒店已经是晚上,冯菁面子大,他们以员工价入住独栋别墅,里面泳池、温泉、桑拿间、棋牌室、K歌房应有尽有,从顶楼窗户就能眺望雪场,茫茫雪山矗立在夜色中,高傲又孤独。

他们从酒店厨房叫了吃的,都是Pizza炸鸡之类的西式快餐,冯菁一边吃一边张罗打牌,拉着丁琛和小白斗地主,初雪不爱打牌,小钱怕输钱,就在旁边默默观战。丁琛是高手,第一把用一手烂牌斗赢了地主冯菁,但见识过小白玩游戏功力的初雪和小钱都在心里默默替他捏一把冷汗,果然后来只要他和小白不在一边,就输,以至于冯菁明明有当地主的机会都不要了,非要绑着跟小白一起做平民,一顿饭下来她就赢了丁琛不少钱,乐得合不拢嘴。

别墅共三层,每层都有卧室和独立卫浴,原本的安排是小钱和白子玉住一层,初雪和丁琛住二层,冯菁一个人独霸三层,初雪和丁琛归置行李的时候冯菁闯了进来,说今晚要和初雪睡,姐俩聊聊知心话,丁琛就和她换了房间。

初雪洗完澡出来见冯菁在细细地描眉画眼,觉得纳闷:"你不是已经卸完妆了吗,怎么又开始化妆?"

冯菁一脸你个乡下人的表情:"这叫伪素颜,一会儿不是还要下去喝酒玩游戏吗，难不成还真裸着一张脸下去，你是快结婚了无所谓，我可还待字闺中呢，总得有备无患，让人觉得我浓妆淡抹总相宜。"

冯菁本来想穿包身连衣裙下去，却被初雪阻止说太刻意了，结果精挑细选下穿了一套橘粉色的丝绒运动装，休闲之余还可以突出身材。初雪因为刚才在飞机上发生的事，想到又要和白子玉打照面，有点惴惴不安，借口困了不想去，却被冯菁硬拖下去，就只在银灰色真丝睡衣外罩了一件白色羊毛开衫。

地下室被改装成K歌房，小钱首当其冲扑到立麦前连唱了几首周杰伦，唱得那叫一个鬼哭狼嚎，最后被忍无可忍的冯菁一脚踹了下来。冯菁唱阿黛尔的英文歌，丁琛唱陈奕迅，初雪喜欢唱王菲，白子玉在旁边静静地听。大合唱《还珠格格》主题曲《当》的时候，初雪坐在最侧边，小白拍拍她的肩，她不耐烦地回头，他递给她一个煮熟的鸡蛋，示意她热敷额角上撞瘀的地方，那里一直被刘海盖着，所以连丁琛都没有发现。初雪一把接过转头继续唱歌，连句谢谢都没说，她心想这也是你害的，别以为这点小恩小惠就能收买我。她环顾四周，幸好大家都唱得很投入，没人发现他俩隐秘的交流。

大伙唱了一轮歌，冯菁拿来一副扑克，提议玩国王游戏。第一把冯菁抽到国王，她得意扬扬地命令红桃3跳钢管舞，黑桃6充当钢管，小钱抽到红桃3，然后丁琛一脸黑线地站了出来，结果这患了帕金森症般的舞男加上一脸便秘状的钢管，成功地让所有人笑得前仰后合。之后轮到初雪抽中国王，她出的题目是一人像考拉那样环抱另一人绕场一周，抽中的是冯菁和丁琛，平时特放得开的冯菁这次很收敛，主动提议把亲密的环抱改为含蓄的新娘抱，她拍拍胸脯非常仗义地对初雪说："朋友夫不可戏。"又玩了几轮，终于到丁琛当国王，他之前屡屡中招，报复似的出了接吻10秒这样的命令，点中3号和9号，白子玉亮出手中的红桃9，冯菁非常懊恼为何没抽中她，小钱好整以暇明显不是他，初雪看看自己手中的红桃3，纵使觉得尴尬，也只得缓缓站了出来。

丁琛的脸色有点挂不住，他喝了不少酒，出题的时候就没顾虑那么多，冯菁跳出来解围道："哎呀，丁琛你这国王也太狠了，这不是坑自己媳妇儿吗。这样吧，接吻改成亲脸颊，10秒改成1秒。"

丁琛点点头同意，白子玉走到初雪面前俯身轻轻啄了一下她的脸，又潇洒地坐回自己的位子上，再也不看她，仿佛真的只是完成一个惩罚性的动作。

大家都喝到有点微醺，冯菁嚷嚷着换个醉得更快的游戏，我爱你和不要脸，只能对左边的人说我爱你，对右边的人说不要脸，她事先把几种不同的酒混成一大杯作为输家的惩罚。结果这个考反应的简单游戏却让白子玉第一次吃了瘪，初雪坐在他右边，他连续说错了几次"我爱你"，初雪回敬他"不要脸"，结果二人双双罚酒。

袁初雪已经喝大了，醉眼惺忪躺在沙发上，冯菁缠着小白唱歌。今晚所有人都唱了就他没唱，白子玉拗不过，然后他用大家听不懂的语言哼了一首陌生的曲子，歌声悠扬高山仰止，像误落人间的滴仙之曲，从很远很远的地方飘来，从人的耳里钻进心里，一时间全场都安静了，仿佛发出一点杂音都是亵渎……

初雪看着天花板的射灯,在安宁的歌声中渐渐闭上双眼,她陷入昏睡前最后一个念头是想起刚才白子玉说"我爱你"的表情,他分明不是说错,是故意的。

袁初雪醒来的时候是凌晨,她忘了是怎么被人抬上来的,酒醒后头特别疼,想起身给自己倒杯温水,却发现身边空空如也,冯菁不在,本想打电话找她,想起她上飞机前叮嘱过自己的话,又把电话放下,难道小白酒后乱性,让冯菁得逞了?

她躺回床上却辗转难眠,实在放心不下还是起身去看看。她先上三楼找丁琛,他已经睡熟了,初雪不忍叫醒他,就自己下去找冯菁。暗暗的起居室里有人影晃动,她以为是冯菁,走上前去才发现那人高挑挺拔,裹着浴袍正在泡咖啡,她转身想走,却被他叫住了。

"既然睡不着,要不要来一杯咖啡?"

"不用了。"

白子玉走到她面前撩起她额角的刘海:"还肿吗?"

她嫌恶地甩开他的手:"别动手动脚的,跟你很熟吗?"

"难道你半夜不睡觉不是为了下来看我吗?"

"神经病啊你!我是来找冯菁的,她不见了。"

她虽然嘴硬,但潜意识确实有点担忧冯菁是不是和小白在一起,下楼查看,也是为了推翻自己这个猜测,现在这个猜测被推翻,她暗暗宽心,那么新的问题来了,冯菁去了哪里?

初雪问他:"你没见到冯菁吗?"

小白摇摇头,那她还能在哪?已经把别墅里里外外都找遍了,

给冯菁打电话也无人接听,初雪有点担忧起来。她披上外套决定出去看看,东北的10月底已经颇冷,度假村位处偏僻郊区,白天看着风景优美怡人,晚上却是黑压压一片死寂,这要换了平时她铁定害怕,可现在她却越走越快。

大约绕了半个别墅区,她猛地回头:"你打算跟到什么时候?"

白子玉始终跟她保持一米距离,见她停步,自己也停了下来说:"你能担心冯菁,我就不能担心你吗?"

他一脸人畜无害的样子,嘴里说着关切的话,任哪个女人恐怕都会被感动,可是这个范围不包括袁初雪。

她走到白子玉跟前问:"你到底想怎么样?"

"我就是怕你有事。"

"我指的不是这个!"她干脆一股脑都说了出来,"那天游乐场你吻我,我生病了给我送药送馄饨,还把我不爱吃的葱挑出来,白天在飞机上抱我,给我准备热敷的鸡蛋,玩游戏的时候故意输给我,这些都不是一个普通员工应该对老板娘做的事,你到底想怎么样?"

白子玉看了她一会儿,然后平静说出四个字:"我喜欢你。"

像初春开的第一支桃花上的红蕊,像第一次存够钱买得起喜欢的洋装,像第一次暗恋的男孩子突然对自己绽放微笑,那些久违的鲜活明媚的触感,通过这四个字的加持,从四肢百骸重新注入她体内。在那一刻,袁初雪非常分明地感受到心脏在胸腔里加快跳动,让她已经灰色了很久的生命有那么一瞬间变成彩色。

但只维持了那么一瞬间。

她盯着白子玉的眼睛："那天我落水后你送我回家，我一路都不和你说话，你知道为什么吗？"

白子玉摇摇头，她接着说："如果你是因为一时头脑发热，亲了不该亲的人，或者把我当成别人，当成那个你心心念念的女人，你让我作何回答？你说不好意思我会比你更不好意思。如果你说在那一刻对我产生感觉，那我告诉你，绝对是你的错觉，良辰美景容易让人肾上腺素上身，你又年轻血气方刚，一时冲动身边随便放个女的也许都是那个结果，那你让我情何以堪，我竟然被一个比我小这么多的男孩调戏，搞得这么狼狈我能对谁说去？现在你说你喜欢我，你知道这四个字有多不负责任吗？我是已经订婚的人，你要我怎么回应你呢？是抛弃未婚夫和你私奔？还是遗憾万分对你说我们今生无缘来世再见？"

她一口气说了那么多，情绪起伏气喘吁吁。那天从游乐场回来她根本没给白子玉说话的机会，她既害怕听到他说喜欢她，更害怕听到他说不喜欢她，她既无法回应他的爱意，又无法面对他其实对她并无爱意，所以说不说又有什么分别呢？既然他已经搅乱一池春水，那就任由湖水慢慢恢复平静，可是她不知道，投入湖心的小石子纵然沉入湖底，微茫的涟漪也可以荡出好远。

两个人就这么静静对视许久，她想完了，这下总该完了，滋生爱恋的温床是最最不需要理智的，年轻男孩刚萌芽的情思被她这么冰冷决绝的分析斩断了，她裹裹外套正准备回去，白子玉的声音悠悠传来：

"你不喜欢我吗？"

这几个字回荡在她耳侧，听者比说者更伤心，她垂下眼帘，在心里喃喃说:"我喜欢不起。"

袁初雪回到房间的时候冯菁已经呼呼大睡,也不知道她什么时候回来的,第二天问她她说喝完酒去园区里泡露天温泉了,还认识了一特帅的滑雪教练,害得初雪白担心一场。

3

翌日白天的活动是滑雪,冯菁叫来了昨晚认识的教练,也不知她是来滑雪的还是来吃豆腐的,借着教学过程捏遍了教练全身肌肉。小钱不会滑雪,死活赖着冯菁一起学,被她百般嫌弃却甩不掉。初雪小时候就跟爸爸学过滑雪,丁琛不太会,她就带着他一起滑。白子玉好像也是第一次接触这个运动,冯菁喊他一起玩,他在教练那里听了几句之后就离队独自实践琢磨,一个上午就从初级道滑到了高级道,还一跤没摔,这边小钱摔得屁股都开花了才刚学会一点内八刹车,真是人比人气死人。

下午丁琛说想去咖啡厅休息一下,初雪就独自坐缆车上了高级雪道,后面的人滑过来在她的护头盔上绑了一条红丝带,是从酒店夜床的巧克力礼盒上拆下来的,他说:"这样我就不会认不出你了。"

"神经病!"她戴上雪镜从山顶迅猛滑下去,把这磨人的白子玉有多远甩多远。

雪场连着山脉,两人一追一逐,一前一后,不知不觉滑出老远,她为了甩掉白子玉,专挑一些逼仄冷僻的蹊径,她的滑行速度太快，滑过的甬道写着"危险禁入"的标志她也没看到，不知滑了多久，渐渐地所到之处人迹罕至，并且有植被覆盖，回头一望，小白果然跟丢了，再转身却迎面撞向一棵大树！坡道太陡速度太快此时刹车已经来不及，她紧急回转方向从树边绕过，掉落山崖。

还好崖底有厚厚的积雪，她只短暂晕厥了一会儿，醒来的时候发现身处一个山谷，崖壁上覆盖着薄雪和坚冰，右腿不能动弹，好像是摔断了，手机也失去信号，她大声呼救半天，山谷里响着她一个人孤独的回音，看来这附近都没有人，她开始着急起来，忍着断腿钻心的疼，勉强把身子挪动到崖边，想看看有没有借力点可以攀爬上去，试了几次终是无果。天色渐渐黑了，她又冷又怕，手都冻冰了，只能紧紧抱着自己，绝望的感觉鲜明起来，像三年前她差点死在乔戈里峰那次，她一个人被遗落在遥远的天边，远离这个世界，远离所有人群，将和她父亲一样安安静静死在雪里，而弥留时幻境中来搭救她的白衣男子，面目也渐渐模糊起来……

"袁初雪！"山谷上有人喊她，那声音像从上而至，像一道生命之光。她顺着光源看去，夜色中是白子玉向下张望的剪影，他的轮廓和梦境中无数次出现的白衣男子重合，她头一次觉得有人叫她的名字叫得这么好听。

她回应："我在这儿，快救我！"

不过下一秒她看着他的架势就开始紧张起来，制止他："白子玉你要干吗？你别跳啊！这里下来就上不去了！"

已经晚了，白子玉纵身跳了下来，落在她旁边，还得意地冲她笑了笑："怎么样，我还是追上你了吧。"

本来冻得奄奄一息的袁初雪登时气急攻心恢复战斗力，开始发火:"白子玉你脑子里装的是屎吗?本来就我一个人被困,还指望你来帮,现在可好,两个人都下来了,这荒郊野岭的你就慢慢等着有人来救我们吧,叫你别跳你还非跳,你是不是智障啊!"

他也不生气,笑眯眯地看着她,看得初雪心里发毛:"你看个屁啊!还好意思笑。"

"看到你这么有精神我就放心了。"

初雪怒瞪他:"白子玉,为什么你的脑回路和正常人完全不一样,你是上帝派来考验我的傻×吗?"

"上帝看你一个人在这,派我来陪伴你。"

他脱下自己的围巾外套裹在初雪身上,却牵动了她腿上的伤,她疼得龇牙咧嘴:"别动我,我腿断了。"

白子玉不顾她阻挠隔着裤子摸了一下:"没断,别夸张,就是脱臼了,我帮你接上。"

初雪没来得及阻止,"嘎啦"一声,白子玉已经把腿接上。

然后就听到她爆发出惨烈的像杀猪一样的震天嘶吼,连停栖在树上的鸟都惊飞了。

"好疼!白子玉你有病吧!你想疼死我啊!"

白子玉躲,她追着他打,然后她惊奇地发现自己能走路了。

"我的腿好了。"她活动右腿,觉得好神奇。

白子玉好整以暇地看着她,一副"那你还要打我吗"的表情。

她在山石上坐下:"你怎么连脱臼都会医,你以前到底是干什么的?"

白子玉眨眨眼睛:"我是上帝派来考验你的傻×啊。"

山谷里黑黢黢的,只有他眼里亮晶晶闪着水光,那张脸明明迷人得跟天使一样，可此刻在初雪眼中却像蠢蠢欲动的恶魔，又开始撩拨她已经平复的心。昨晚说清楚之后她本以为曾有的暧昧都会烟消云散，他们只是再普通不过的老板娘和员工，一个忙着结婚，一个忙着找初恋，两条平行线因误差而短暂交错后又回到各自的轨道；可没想到仅仅是他的几句玩笑话，就可以令她心神荡漾。

　　袁初雪不再看他，起身用手机上的灯光照明山壁，白子玉问她："你干吗？"

　　"看看有没有什么能借力的地方，我现在腿好了，如果有凹凸的岩壁，应该可以爬上去。"

　　"你就那么不想和我待在一起？"

　　她白了他一眼："和你在一起等死啊？"

　　"你不会死的。"白子玉的语气空前认真，像是在说一件非常郑重的事，"我不让你死，你就不会死。"

　　"切，你当你是救世主啊，算了，我还是自救吧。"

　　"你就这么讨厌我？"

　　她停下手中的忙碌，严肃地看着他："白子玉，我昨晚说得还不够清楚吗？这和我讨不讨厌你没有关系，而是我们之间就不应该，不应该发生你懂吗？"

　　白子玉非常坚持地说："这世界上一切都有可能，哪有不应该发生的事。"

　　"我们都有各自的路要走，你还这么年轻，你将来会爱上很多人，你会很快把这段过去遗忘的，而我已经不年轻了，我没有时间陪你玩感情游戏，在我这种年纪，谈感情就是奔着一个结果去的，这么说你明白吗？"

白子玉点点头,又摇摇头:"我还是不明白。"

她懒得跟他费唇舌,继续找上去的路:"算了,不和你废话,你要是再纠缠不清,我就真的要讨厌你了。"

"你说过,喜欢一个人,就算隔着大山大海,也要翻山越海,哪怕只是为了牵一牵她的手,所以我跳下来了,我想陪着你。"

他的声音不大,可每一个字都击在袁初雪心里。

她的努力最终无果,山壁陡峭,除非长了翅膀才能飞出去。她又冷又饿,迷迷糊糊睡去,醒来的时候发现自己躺在一个温暖的怀里,月光下白子玉的侧脸完美如同雕塑,也只有趁他睡着了她才敢这么细细端详他。睫毛那么长,上面都挂了雪花,鼻梁那么直,这样的男人主意很大,嘴唇紧抿着,一定有心事。她伸出手来隔空细细描摹他的脸,还非常不要脸地凑近他脖子闻他身上好闻的雪松味,反正他睡着了不知道,这种事情现在不做以后就没有机会了。

白子玉的睫毛抖了抖,嘴角微微向上勾了勾,完了,他没睡着。初雪忙闭眼假寐,过了一会儿见没动静,她偷偷眯缝睁开眼,见白子玉正托腮凝视着她,笑得跟狐狸一样狡黠。

"你还说不喜欢我。"

她感觉心快要跳出来,索性死不认账:"听不懂你在说什么,神经病!"

白子玉把头枕在手臂上,看着天空无奈地叹口气:"女人真奇怪,心里想,嘴上却不承认,嘴上说的一套,手上做的却是另一套,你还不能戳穿她,得陪她一起装傻,不然她就不高兴,看来书上说得一点没错,你们女人就是口不对心的动物。"

她反唇相讥:"白子玉你又开始了,最近又看哪本爱情圣典了?别装作很懂女人,你这个连恋爱都没谈过的家伙。"

"我说过,谈恋爱重质不重量,你到底懂不懂啊?"他不服气。

初雪偷笑,现在他们远离尘嚣拌着嘴,没得吃没得喝,明明在等人来救,她的心情却如此愉快,她甚至隐约有点庆幸这次遇险,在她表明立场后给了她名正言顺和他独处的机会。如果就这样永远不起来,永远被困在这里,做一场无休无止的美梦,好像也没有什么不好的。

远处人声袭来,越来越嘈杂,里面依稀夹杂着丁琛和冯菁的声音,他们叫唤着她的名字,那声音就像一个警钟让初雪迅速从美妙梦境中抽离回现实,她对外挥臂呼救:"这里,我们在这儿!"

搜救队把他们拉了上来。两人获救后,初雪身上还披着白子玉的外套,她在丁琛搀扶下上车,从后视镜上看到小白在冯菁陪同下上了另外一辆车,并没有回头看她一眼。

白子玉像一个无菌的真空世界,因为太美好,所以她根本不敢相信自己可以拥有。

4

袁初雪和丁琛决定在11月中旬举办婚礼。

关于结婚的事,袁妈妈和丁家都追问过时间,初雪的口风总是说再等等,明年再说,丁琛听她的。由于两人已经订了婚,结婚是迟早的事,家长也就催得没那么紧。

初雪从东北回来没多久就火速决定结婚,而且非常着急,越快越好,最终从下决定到正式婚期总共才短短半个月。妈妈以为女儿终于开始重视终身大事,虽然时间紧任务重,忙里忙外累得够呛,但心里还是欣慰的。

没有人知道她仓促决定结婚的原因,竟然是因为白子玉。

从东北回来之后,白子玉看她的眼神就不太一样了,一副我喜欢你你也喜欢我的样子,每天晚上会给她发睡前微信,内容无非是告诉她自己今天做了什么,发生了什么,然后再道晚安。有时见她修片累了,一杯特制的薏仁柠檬水就会放在她跟前。聚餐的时候不顾大家的眼光帮她把饭菜里的葱先挑出来。

连冯菁都忍不住问她:"小白是不是喜欢你啊?怪不得我一直追不上。"

她就尴尬地笑笑说:"他只是在拍老板娘马屁。"

冯菁不认同:"我好歹也是股东,我也是老板娘,他对我就从来没有好脸色。"

初雪编了个她无法反驳的借口:"那是因为无论他给不给你好脸色,你都拼命往上贴,他根本用不着拍你马屁。"

冯菁非常郁闷:"世态炎凉人心不古啊,小小年纪就那么现实,欺软怕硬拣软柿子捏,那么难搞,姐姐不奉陪了。"

冯菁倒是拿得起放得下,追了白子玉一阵子无果,转而和东北教滑雪的鲜肉教练打得火热,每天微信视频,撩拨得小男孩巴不得抛弃工作来云城和她双宿双飞。

周末,袁初雪在摄影棚拍片子,中午休息的时候白子玉带着饭过来探班。他事先根本不知道时间地点,不用说肯定是小钱透露的风声,初雪一把凌厉的眼刀飞过去,小钱呵呵赔笑说:"今天周日小白不是休息嘛，反正他也没事，我就让他来了，而且小白做的饭比工作餐强多了，他的手艺真是越来越好，再下去追上丁琛哥也有可能。"

小钱啃着白子玉做的蜜汁鸡腿，初雪的脸色越来越沉，他惊觉自己说错话，此地无银地补上一句："估计要追上丁琛哥还有一定距离，放心，你们的事我谁都不会说，我你还信不过吗？"

初雪咆哮："我和他之间能有什么事！？"

小钱惊恐尿遁："对对，能有什么事呢，什么事也没有，袁姐我上个洗手间，你慢慢吃。"

小钱对于白子玉的到来当然无任欢迎，小白一来，基本接手了他所有助理的工作，他可以肆无忌惮地偷懒了。初雪看着白布前正在换灯的白子玉，只不过临时找他帮过一次忙，所有工作程序竟然完全触类旁通，如果不是因为两人现在尴尬的关系，小白真的是非常优秀的工作伙伴。相比之下，小钱就是一个出卖主子的懒货。

小钱出卖主子的属性，在这天工作完毕后第二次完美展现。两人完成拍摄后拖着设备箱子离开，白子玉已经在门口等着，小钱非常"识相"地说："袁姐，你和小白先走，我肚子疼要上厕所。"

"你今天已经上了五次厕所了。"初雪戳穿他。

小钱捂着肚子："估计是吃坏了。"

"我看你是吃多了！"

"有可能，你们不用等我，我估计要上很久。"

小钱屎遁，初雪只得自己拉着箱子走，白子玉很自然地从她手里拿过箱子，被她避开："我自己拿，白子玉你到底想干吗？"

"我想帮你拉箱子啊。"他一脸无辜。

"我是说你今天来干吗？"

"我就是想来看看你，你最近越来越少来店里了。"

"那你现在看完了，可以走了。"

"怎么？我又哪里惹你生气了？"白子玉讨好地看着她，宠溺她的样子像在哄女朋友。

他这个样子更让她窝火，她用从来没有过的严厉眼神看着他："如果我在东北时说的话还没有让你明白，那么我很抱歉，白子玉先生，我再郑重重申一次，我和你，就是单纯的工作关系，抛开工作，就是再普通不过的朋友，所以请你收起你对付别的姑娘的那套。如果你是想找人玩，我相信你不缺对象，何必偏偏招惹我呢？你知道我为什么越来越少来店里吗？因为人言可畏。你是可以不管不顾，你那么优秀那么聪明，随便换份工作到哪里都行，可是我不能，我的朋友我的同事我的爱人都在看着我，我怎么和他们交代你对我的特殊？所以我宁愿避开你，懂了吗？你是不是从小顺风顺水惯了，所以越难得到的越觉得有意思？那么我告诉你，有些东西你就是得不到的，我是要结婚的人，我和你之间没有可能，半点可能都没有。"

她拉起箱子要走，被白子玉拉住胳膊："你为什么要骗自己呢？你明明是喜欢我的呀。"

初雪微微一怔，随即挣脱他："神经病！"

她没让白子玉送，自己走回家，走离那个明明很美好可怎么看都像泡沫一样一戳就破的梦境。她等了那么多年，好不容易可以拥有一个让自己和家人安稳的婚姻，怎么可以轻易受诱惑？如果是年轻几年，她遇上白子玉，定会不顾一切和他轰轰烈烈爱一场，但现在，她不认为自己有时间和资格。爱情，timing很重要，对的人遇见在错的时间，只能长叹一声，有缘无分。

走出艺术园区的时候她见到一个眼熟的穿西装的背影，她没想到，她刚刚才提到的人言可畏，这么快就在她身上应验了。她对白子玉的态度明明是诀别，看在别人眼里就是不一般的暧昧，风言风语传到丁琛耳里，差点酿成他俩之间的一场大矛盾。

当晚丁琛在她家过夜，做了四菜一汤，也许是白天在摄影棚太累，初雪吃了几筷就没胃口了，两个人饭后坐在电视机前吃水果看综艺节目，她也是意兴阑珊，看了一会儿就说困了要先去睡。

洗漱的时候，她一直手机不离身，可平时准点会收到的微信，今天却没有如期而至，洗手池上的手机像一块顽固的化石，安静地躺在那。她心里有略微的失望，看来他是不会再找她了，可是她又在期待什么呢？狠话明明是她放出来的，这不正是她要的结果吗？

她躺在床上辗转难眠，过了一会儿丁琛进来搂着她睡觉，他身上有须后水的味道，馥郁沁鼻，可怎么也比不上自然清雅的雪松味。床头手机亮了，发出一声清脆的微信铃声，此刻在初雪耳里格外动听，她一骨碌从丁琛怀里起来去拿手机，却原来只是冯菁打算购入新一季鞋款，发来图片问她哪双好看。

她意兴阑珊地回复冯菁，丁琛也坐了起来，问她："怎么了？"

"冯菁要买新鞋，在菲拉格慕和圣罗兰之间举棋不定，让我帮她选。"

"你的声音怎么听起来有点失望？"

"没有啊。"她矢口否认。

"你是在等什么人的微信吗?你以前睡觉手机从来都是静音的。"她的细微变化还是没能瞒过枕边人的眼睛。

"今天太累,忘了调静音。"

"太累为什么还会睡不着呢?你可比我提前一个小时进房间。"

丁琛今天的问话明显有点反常,她不想再和他争拗下去:"我怎么知道。"

她正准备重新躺下,丁琛却把床头灯打开了:"我知道,你在等那个白子玉的微信。"

她吃惊地睁大眼:"你偷看我手机!"

"你要是没有什么见不得人的秘密,干吗怕我看。"

她很生气:"丁琛,你竟然干出这种事情,你这是在侵犯我个人隐私!"

他理直气壮:"我只是不想被蒙在鼓里当一个傻子!"

"你什么意思?"

"未婚妻和别的男子行从过密,难道我无权干涉吗?我什么意思?该问你吧!"

"你凭什么这么说?"

"吃饭的时候我问你,今天都见了什么人,你说就小钱和一些厂商的人,你撒谎,收工之后你明明和白子玉在棚外面拉拉扯扯。"

初雪难以置信:"你跟踪我?"

丁琛从鼻子里叹出一口气:"我没那么有空,是赵旭刚好约了人在艺术园区喝咖啡,他见到了,打电话告诉我。"

那个眼熟的背影原来是上次一起喝过酒的赵旭,这种以善意为由的打小报告行为真是令人发指,说轻了是看热闹不嫌事大,说重了是关你屁事,多少情侣间无谓的争执就是起源于这些"好心"的多事朋友。

初雪尝试着心平气和说道理:"小白今天是过来了一会儿,小钱叫他来送饭,我事先完全不知情。"

"那我刚才问你怎么不说?"

"多一事不如少一事,我怕你多想。"

丁琛就笑了:"如果你不心虚,为什么要隐瞒,为什么要怕我多想,难道不是因为你们平日里那些小动作大家都看在眼里吗?那天在东北滑雪,我不过走开了半天,你就和他一起失踪,两个人被关在深山老林,离开的时候还依依不舍,你敢说你们之间什么都没有?"

她捂着发疼的额头:"丁琛我今天不想和你吵架,我就一句话,我和小白之间清清白白,信不信随你。"

可惜他并没有要让步的意思:"我不说别的,这些每晚定时发送的微信是什么意思?好,你可以说是他一厢情愿,那么这个呢?你怎么解释?"他拉开抽屉翻出底下的一个盒子,里面装的是一条红丝带,那天白子玉绑在她头盔上的红丝带。

袁初雪无话可说,那次落险是她和白子玉之间最后一次美好回忆,她把这个纪念物偷偷藏了起来,当是一种悼念,没想到竟被翻出来晾在光天白日下,成为指证她精神出轨的证据。

丁琛的语气从指责变为痛心:"袁初雪,我喜欢了你十几年,我明白喜欢一个人是什么感觉,可是你不能仗着我喜欢你,就完全罔顾我的感受，我也是有自尊的。"

丁琛摔门而去，初雪心里憋屈却哭不出来，她抚摸着红丝带，就像抚摸自己一直不敢承认的情愫，就像那个她回避了白子玉好几次的问题。

她想，有些事情哪怕有留恋也该挥刀斩断，拖得越久，伤害的人越多。

几日后的中午，大家在"冰雪缘"聚餐，冯菁带了Pizza，小钱带了自制可乐鸡翅，高东东做了一道白子玉教他的海带汤。小白确实收他为徒了，但每日里只是教他制冰做菜，他不灰心，相信有一就有二，离师父教功夫的时间不远了。初晖也带着韩梦瑶来蹭饭改善伙食，这对小情侣每次现身都是衣不惊人死不休，这次又COS成了鸣人和春野樱，却因拙劣的衣饰被误认为皮卡丘和小小兔，相当郁闷。这曾是三角关系的三个小朋友坐在一起，却并没有丝毫尴尬，初晖还非常仗义地答应经常缺课的高东东，下次全年级大课老师点名的时候帮他喊到。年少时的感情就是这样，来时汹涌，去时干脆，年轻的生命里有太多值得期待的事情，由不得你耽搁。

席间，初雪宣布了她和丁琛准备在月中结婚的消息，她的样子非常平静，像在说一件与己无关的事，和周遭人的喧闹惊讶形成鲜明对比。

冯菁戳着鱼丸发表尖酸的祝贺："恭喜你正式迈入妇女行列。"

初晖嘴里的奶茶差点喷出来，说姐你不会是怀孕了才着急结婚吧。

韩梦瑶幸灾乐祸地偷瞄白子玉，小声说看来有人表错情。

高东东不清楚这些人之间的关系，笑着说他要集结全校小弟去祝贺。

小钱的反应一惊一乍，看看初雪又看看白子玉，最终什么也没说。

白子玉低着头正在挑蒸水蛋里的葱花，看不清他的表情。

当晚袁初雪回家的时候天上飘起了雪花，她记得上次下雪还是和白子玉在游乐场的湖上，现在游乐场也拆了，她也终于决定嫁给丁琛了，一切终是尘埃落定了吧。上次和丁琛的争吵只是点燃了她心里一直回避的那根导火索，第二天她就主动向丁琛提出结婚的事，一方面是让他安心，一方面也是回绝掉自己内心不该有的骚动。

恐怕以后陪她看雪看烟花的人，都是丁琛了吧。

她走到家门口，却蓦然对上一双清澈的眼睛，他头上都结了雪花，想必是等了颇久。

她叹口气："干吗？"

"你没接我电话。"

"我要结婚了，很忙，你有什么事吗？"

"你是为了逃避我才结婚的吗？"

袁初雪尽量使自己的语气平静："请你不要觉得我做什么事情都是因为你好吗，你能不自作多情吗？"

他向前走近："你敢说你不喜欢我？"

她不自觉后退一步，随即又牢牢站定，抬头挺胸强迫自己与他对视："我承认，我确实对你动心了。"

白子玉笑着露出"我就知道"的表情,她接着说:"我就问你一句,你会和我走到最后吗?通俗意义上说就是,和我共度余生,把彼此的家人当成自己的家人照料,放在法律上来说就是,和我结婚,成为夫妇。"

白子玉的笑容凝滞了一下,这个他确实完全没有想过。

像是早就料到他的反应,袁初雪苦笑:"世界上那么多人,我们可能会对很多人动心,但能陪你走到最后的只有一个。你的人生才刚刚开始,我可能只是你的一个过客。我三十了,好不容易遇到可以托付终身的人,如果因为一时冲动尝试着和你一起,就意味着一切从头再来,我耗不起,你比我小那么多,你可以只考虑喜不喜欢,但是我不可以,婚姻不是两个人的事,婚姻的背后是两个家庭,我不能这么自私。"

"所以你要因为这样嫁给自己不喜欢的人?"白子玉有点不能理解。

"对于很多人来说,爱情和婚姻是两回事,嫁给他爱你比你爱他多的人,反而更安定更稳固,我以前觉得自己是例外,可后来才发现自己太天真,比起喜欢来讲,两个人是不是朝着同一个方向更实际也更重要。"

她看着白子玉,像是看他最后一眼:"你是只争朝夕,我要的是一生一世,我喜欢你,但是也只能到此为止了。"

她头也不回地进屋关上门,像是把雪中的少年永远隔绝在外面。她适才讲的那些话与其说是为了斩断白子玉的执念,不如说是为了让自己死心。

一门之隔,两个世界。

门外的他耳边还回响着"我要的是一生一世",门内的她像是终于下定决心诀别自己的少女时代,迈入无趣却规律的成人世界,像所有人所希望的那样去生活。

5

接下来的两周,袁初雪忙得不可开交,试婚纱、订酒席、发请帖、预约花车、布置现场,妈妈也从阳县过来帮忙。丁琛那边着手开始布置新房、定做钻戒、计划蜜月旅行。小两口天天跑来跑去,忙得跟打仗一样,原本以为结个婚很简单,真做起来才知道那么多琐碎的事情要忙。婚姻果真不是象牙塔里的童话梦,婚姻是人间烟火柴米油盐,才不过想跨进门槛,就累得蜕掉一层皮。

这段时间,再没有白子玉的消息,店里的事情也都是冯菁转告她,她有时也会看着手机发呆,但没多久就会被四方八面接踵而来关于婚事的消息打断。如果说恋爱是两个人的事情,婚姻就是两大家子的事情,儿女情长被家长里短取代,不管她做没做好准备,人生这一步必经之路已向她开启,她又拿出了以前念书时候的劲头,不管喜不喜欢的科目,用心复习背题就能考到好成绩,她一向是资优生,相信在经营婚姻这件事上也是。

可是她的信念,在婚期这天却因一场突如其来的意外而土崩瓦解。

婚礼在云城最大的酒店举行,包了一整个花园,这么临时能订到还多亏冯菁刷脸,她们杂志社连续几年都在这里办年会,来个明星拍片采访什么的也都预订这里的总统套,已是酒店VIP。

花园里设置了自助点心和酒水,中午的时候客人们在室外晒着太阳举杯寒暄,新娘休息的化妆间可以眺望整个花园。身为伴娘的冯菁陪新娘打扮好就不甘寂寞出去Social了,她穿着低胸高开衩的香槟色礼服,忙着和各个宾客周旋打招呼,遇见不错的男宾还主动加微信,整个一花枝招展的交际花。几乎男女双方所有认识的人都来了,也请了白子玉,但他今天上午要去南边的食品批发市场取货,说要晚点到,到现在都没出现,也不知是无心还是有意。

袁妈妈本来一直在化妆间陪女儿,后来和初晖一起去酒店后厨查看菜色了,就剩下她一人。初雪拨开窗帘看着这些新老朋友和远亲近邻,一会儿自己就要在所有人面前说 I do,从此她的姓氏前面多了一个字,像是为往前的岁月画上一个句号,和另一个人展开全新的生活。

镜子里的她穿着洁白的露肩鱼尾婚纱,薄纱上缀着珍珠,高雅又性感,Vera Wang的设计,冯菁帮她挑的,祖母绿的耳钉和项链是妈妈的嫁妆,脸上精致的妆是小钱托人情找业内专帮明星化妆的一线化妆师化的。似乎身边每一个人都比她自己更重视这场婚礼,她看着镜子里包装精美的待嫁新娘,觉得有点陌生。

冯菁推门进来,对着镜子调整被魔术胸罩打造得波涛汹涌的胸部,初雪忍不住揶揄她:"你也太拼了吧。"

"都说婚礼是艳遇三大最佳场合,你难得结个婚,机不可失啊。"

"另外两大是哪?"

"飞机头等舱和公司电梯。"冯菁拿起粉饼补妆,"怎么办,伴娘太漂亮,好像抢走了新娘的风头。"

初雪并没像平时那样和她斗嘴,冯菁察觉异样,走过去握住她的手,全是冷汗。

"妈呀,不就结个婚你至于紧张成这样吗?"

初雪不安地看着她:"冯菁,我有点害怕。"

冯菁拍拍她的背脊:"正常正常,第一次嘛难免的,多结几次就好了。"

初雪啐她:"你能正经点吗?"

"这不是为了让你放松心情嘛。"

冯菁杂志社的老板到了,给她发了微信,初雪推她出去:"得了得了,你去张罗客人吧交际花,让我一个人静静。"

"那我过会儿准时来接你啊,别出太多汗,一会儿妆花了。"

初雪关上门,说不清是婚前焦虑症还是什么,整颗心惴惴不安,她在室内来回踱步,决定看会儿电视分散注意。

当地电视台正在播放午间新闻,照例是一些本地民生和交通的信息,她也看得心不在焉,突然有一则紧急新闻吸引了她的关注:位于南城的食品批发市场于半小时前失火,疑是由于电线老化加上天干物燥引起,火势较大,火舌由一楼迅速蔓延至三楼,已发现两名死者,尚有人被困在内,消防队正在全力救助,指挥中心已派武警前往增援。从电视上的现场影像看来,明火尚未被扑灭,整个市场陷在火海中,黑压压的浓烟蹿得老高。

城南食品批发市场,白子玉不就在那吗?她心里猛地一紧,忙翻出手机打给他,无法接通,重拨好几次,依然没有信号,她急得出了一身冷汗，手抖得连手机都握不稳，要是白子玉真的出了什么意外……她简直不敢想象。

时间差不多了，一群人乌央乌央进来接新娘，妈妈、弟弟、伴娘，还有几个姐妹，小钱胸口别着粉花，也是姐妹团成员之一。初雪行尸走肉般被人群簇拥着出去，别人说什么她都听不清了，就好像陷入一个海里，耳边的叮嘱和祝福隔着水声离她好远好远，她呼吸困难，手脚四处扒拉，却越沉越深。

到了礼堂门口，远远可见台上主持人正在致辞，丁琛穿着礼服准备迎接他的新娘，其余宾客入场等候，只剩下弟弟陪着她，初晖作为家中唯一的男性，将代替父亲将姐姐交到新郎手中。他头一次穿正装梳背头，非常激动："真不敢相信，我这就要把姐姐嫁出去了，被你打了这么多年，一直盼着你走，现在你真要走了，我竟然有点舍不得，我怎么这么贱。"

他见初雪心不在焉，问："姐，怎么闷闷不乐的，今天是你的大日子，开心点。"

初雪勉强挤出一丝僵硬的笑容，在心里告诉自己要镇静，小白这么机灵，身手又好，一定吉人自有天相。

主持人还在台上喋喋不休讲述这对佳偶从小相识相知的美好爱情故事，礼堂外有清洁工围着小电视在看新闻，播报着南城火灾的最新消息，初雪看不见，但那些触目惊心的死伤数字无比清晰地钻进她的耳朵里，她感到无边的恐慌，这种恐慌不亚于当年收到父亲死讯的那一刻，以至于婚礼进行曲响起她都浑然不觉。

初晖扯扯姐姐："姐，还发呆呢，赶紧走吧，该行礼了。"

初雪耳边回响起白子玉在雪山谷底对自己说的话："喜欢一个

人,就算隔着大山大海,也要翻山越海,哪怕只是为了牵一牵她的手,所以我跳下来了,我想陪着你。"

她死死掐着弟弟的胳膊:"如果喜欢一个人,就要排除万难不顾一切和他在一起吗?"

初晖以为她在说丁琛,肯定地点头:"当然,遇上喜欢的人,想见他,就去见,就是这么简单。"

她似从弟弟处得到无比巨大的鼓励,猛地在他脸上亲了一口:"谢谢!"

看着姐姐跑向场外,初晖脸上一个大写的懵逼,冲她大喊:"姐你干吗去?我们这儿结婚呢!你严肃点!"

初雪急急忙忙又跑回来,把捧花塞给一脸震惊的弟弟:"看来我今天是嫁不成了,我要去见我想见的人。"

她最后看一眼红毯尽头的丁琛,一狠心,再也没回头。

新娘落跑了,礼堂内群情轰动,不过初雪看不到了,她以今生最快的速度跑出会场,跑出酒店,跑出那个即将进入的所谓婚姻,跑出那个等待她去过日复一日所有人认为理所应当生活的怪圈。她从沉溺的海里出来,她感到自己能呼吸了,那个救她的浮木,就是白子玉。

她脱下高跟鞋,在酒店外拦了一辆出租车,火速赶往南城。

南城交通封锁,一片混乱,这次火灾来势凶猛,受灾区人口密集,周围又非法堆放了易燃物品,牵连至更大面积,住在附近的居民人心惶惶,都收拾值钱东西暂时逃离,整个南城一片狼藉。司机在很远的地方就停车说什么也不肯走了,白子玉的电话还是打不通,她只得下车提着裙子一路小跑过去。鱼尾设计太碍事,步子迈

不开,她一把撕开裙尾,精致的发髻也散了,这下美人鱼变成落难公主。

越近事发地点越是烟雾弥漫,人人都往外赶,唯独她逆着人流往里冲,像个勇猛的赤脚战士。直到这一刻她才真正看清自己的内心,原本那些桎梏她的繁文缛节世俗规则,在生死面前根本不屑一提,她甚至都不去想之后会怎样,只需要确定他还活着,只要他还活着,就好。

火灾现场围起警戒线,火势已经有所控制,大批武警正在疏散人群,医疗队正在紧急救助从火场中营救出的伤患,用救护车送至医院,有些躺在担架上用白布盖着的,是已经确诊死亡的受害者。

有一件白色毛衣格外眼熟,它盖在一个身材高大的男性死者脸上,毛衣因为被烟火熏过已经灰蒙蒙了,但上面那针织的浮花图案袁初雪记得清清楚楚,因为她曾经穿过。她失魂落魄地走过去,地上的碎石和玻璃碴划破了脚底,每一步都踩在自己的血上,但她好像已经忘了疼,她的心里也如这火场一般,天崩地裂。

她跪在死者面前,轻轻唤他:"小白,小白。"

已经安息的人并没有被叫醒,她瘫倒在原地,泪水再也止不住往下掉,医护人员拉都拉不动她。

烟尘里有人走过来问她:"你是在找我吗?"

能见度极低的环境里,仅可见一个长身玉立的轮廓,他那清亮的声音就像回魂曲,让袁初雪的三魂七魄瞬间归位。

她径直冲上去紧紧抱住他,待看清真是完整无缺的白子玉后,压抑的情绪一下子释放,啜泣变成号啕大哭。

白子玉替她擦干眼泪鼻涕:"哭什么,我这不是好好的吗?"

她哭得上气不接下气："你怎么没死啊？"

"你很想我死吗？"

"害我白跑一趟，我现在回去结婚还来得及吗？"

白子玉上下端详她，一把横抱起她，说："这么狼狈的新娘，估计夫家不会收货吧。"

"你干吗？"

"你脚都流血了，自己不知道？"

初雪看着自己往下滴血的脚："刚才没意识到。"

白子玉将她放在临时医疗站的椅子上，眼神充满得意："又被我抓到了，你看你多紧张我。"

她嘴硬："我那是有爱心，救死扶伤你懂不懂。"

白子玉拿过棉布和消毒水，把她脚底的碎玻璃用镊子夹出来，她疼得嗷嗷叫。白子玉说："你忍一忍。"

她龇牙咧嘴地问："你既然没事，干嘛留在这不走？"

他一边淋消毒水一边说："爆炸起火的时候我采购完东西正在附近，医疗救援队人手不够，我申请义务加入，一开始他们不同意，那我也不管，后来他们见我挺能帮忙，也就没再反对。"

所以他的衣服会盖在死者身上，白子玉的学习能力她一直都不怀疑，她现在好奇另一件事："你买完东西为什么不走？"

白子玉用胶布给她包好伤口："我在给你挑结婚礼物。"

她心里蓦地一酸，才想到他俩本来是要分道扬镳的呀，她问："那你挑到什么好的礼物没？"

他从贴身衣兜里拿出一个小东西："时间太紧，我只来得及买到这个。"

那是一条细细的手链，用浑圆的白水晶珠子串起，有一个雪花状的小小银质吊牌，很朴素简约。

初雪不满地说："你太抠门了，就送我这个啊。"

"不要拉倒。"

白子玉作势收回，被她一把抢过："不要白不要。"

她戴在手上，比收到任何名贵的礼物都要开心，那喜色不受控制地从嘴角溢出。

白子玉狡黠地看着她："你又被我抓到了。"

"抓到什么？"

"你喜欢我呀。"他非常无赖地说着大言不惭的话，脸上、身上、头发上因为在烟火里来去而蹭得灰灰脏脏的，唯独那双灰色的眼眸比平时都明亮，像黑暗里唯一闪烁的启明星，指引她希望的方向。

她见过高傲的他，无邪的他，温柔的他，智慧的他，体贴的他，冷酷的他，可是所有完美无缺的他，都比不上现在眼前这个活生生、脏兮兮、有血有肉的他。

她捧起面前人儿的脸："你知道我最开心的是什么吗？"她的眼中流露出未有过的深情，"那就是你还活着，我最想见的人，安然无恙地活在这个世界上，那一刻，我觉得什么都不重要了，生死关头，我才真正看清自己的内心。"

白子玉的神情也认真起来："我害得你结不成婚，也没关系吗？"

她想了想："那还是有关系的，你得赔偿。"

他露出"早料到"的表情："就知道老板娘从不吃亏，你想我怎么赔偿？"

她微微一笑："我的损失很大，看来只有把你自己赔给我了。"

她望着他，他也望着她，然后她的吻就压了下来，细细碎碎，深情款款。白子玉回应她，从轻吻逐渐演变成缠绵的热吻，那日湖面上未完的吻，终于得以完成。

一个落跑新娘，一个临时天使，在烟雾浓尘的废墟中接吻，周遭人来人往各自忙碌，无人有暇理会他们。

袁初雪怎么也想不到自己一生最快乐的时刻竟然会发生在如此违和的环境下。她贪婪地感受着怀中的少年，虽未知明天会如何，但一想到自己将和这个人产生关联，心中就充盈着前所未有的幸福感。

她的花期迟到了，但终于是到了。

Chapter 5
失恋是一场病毒性感冒

失恋就像一场隆重的感冒，人到了某个阶段都会大病一场，这场大病会让你很难受，但当感冒痊愈了，体内毒素排清了，你也就重新复活了。

> 2016年11月16日~2016年11月30日
> 天气：晴转多云，乍暖还寒
> 宜：走出失恋
> 忌：自我沉溺

1

世上没有无缘无故的恨，亦没有无缘无故的爱，如果说那场火灾是导火索，燃尽袁初雪早对白子玉萌生爱意的最后一点理智，那么至于白子玉为什么会喜欢她，为什么会选择她，这种当局者迷的问题，她却根本没有仔细想过。

恋爱中的人有一点很可笑，总会有一种不自觉的主人公心态，去相信自己想相信的，最典型的例子莫过于资质平庸却爱发梦的女孩邂逅高富帅，总会经由蛛丝马迹幻想他其实对自己有意思，哪怕潜意识里提出无数疑问，都会一一自动扫除。

"也许他偏偏就喜欢我这样的？"

"这就是真爱吧。"

"爱情就是不讲道理的。"

任何不具备充分解释的理由都可以被冠以"宿命""缘分"之类的迷人头衔，懵懵懂懂中觉得有点不可信，可正因为这点不可信才更让人着迷，这就是恋爱的魔力，似假还真，如梦如幻，颠倒众生，无论多少岁都不可幸免。

等袁初雪回过神来开始仔细回想这一切的时候,是第二天下午,距离她和白子玉定情之吻二十四小时,地点是在酒店的大床上。手机在茶几上响个不停,她扔得远远的不去接,想必昨天逃婚的事闹得人仰马翻,一触碰手机就代表要去打开那个一堆责问和追究的世界,现在的她无暇顾及,因为她全部的心都揪在床头那张纸条上。

白纸黑字赫然写着"有事必须回一趟家,勿念"。字迹俊秀,一如其人。

昨天他们从火场撤离已经是傍晚,两个人饿得"奄奄一息",找了一家云南苍蝇馆子点了过桥米线和山药排骨,初雪才吃了几筷就没胃口,还有点不舒服,估计是白天穿着露背婚纱满城跑着了凉。他们关闭手机,选择就近一家酒店住了下来,断绝了与外界的关联,天地间只剩下她和他,两个人你看看我我看看你,就像背着父母私奔有家归不得的小情侣。虽然不知道该去哪里,但她心里无比快活,那种快活像是末世纪的狂欢,你不知道能维持多久,只觉得多偷一刻便是多赚一刻,那种快活也像是剥开坏死的老肉,从骨血里重新冒出新芽,有点痛,却鲜活美好,提醒她原来活着还有那么多快乐的未知事。

两个人有一搭没一搭地聊天,那种独属于情侣间的智障对白,鸡毛蒜皮的小事都能聊得津津有味,偶尔也有短暂的沉默,但连沉默的尴尬都是甜蜜的。这种恋爱时由多巴胺带来的快感,袁初雪很多年没有试过了,原本以为已经忘了,但爱是一种本能,遇到对的人就会复苏。

也许因为这一天又忙又累又惊又喜,她有点犯困,白子玉给她盖上被子，唱歌哄她睡，唱的是那日在滑雪别墅唱的曲子，歌声清亮温柔，睡意袭来，她渐渐闭上双眼。

　　她的记忆到这戛然而止，早晨醒来已不见白子玉踪影，只留下一张字条，打他电话也关机。她像刚得到心爱洋娃娃就失去的小女孩，心乱如麻，坐立难安，开着手机就为了等他回信，但其余信息却如排山倒海般涌入，唯独没有白子玉的消息。

　　他竟如人间消失一般。

　　对于一个陷入不安中的女人，一个上午足够她胡思乱想所有可能性，她开始回想自己和小白的相遇相识到不知算不算的相恋，这中间实在有太多疑点，她甚至搞不清楚白子玉究竟看中她哪点，但他对她所做的一切却无微不至到像对待一个爱慕已久的姑娘。仔细想想两人的关联少得可怜，以至于他现在陡然失踪，她竟不知从何找起。

　　有人猛地敲门，她从床上跳起来去开，以为是白子玉回来了，却是一脸残妆、顶着黑眼圈的冯菁。

　　"袁初雪你在这儿干吗？"

　　初雪疑惑："你是怎么找到我的？"

　　冯菁走进来拿起酒柜上的蒸馏水拧开："废话！你失踪超过二十四小时，我报案了，手机定位找到你的。"她咕嘟咕嘟一口干掉半瓶水，"大姐你搞什么鬼？结婚宴上突然人就失踪了！电话也关机，所有人都找不到你，我们都快急死了！"

　　初雪心虚地说："昨天突然有点临时状况……"

　　冯菁不耐地打断她："再突然的状况也不能走人啊！你可是新娘！你走了别人怎么办？"

"那……后来怎么样？都还好吗？"

"你说呢！没有新娘的婚礼能好吗？你以为演戏呢大姐，落跑新娘啊，你当你茱莉亚·罗伯茨啊，现在全世界乱成一锅粥了你知道吗？赶紧跟我回去给个说法，大伙都等着呢！"

冯菁生拉硬拽把她逮回家，不知道是愁绪成疾还是什么原因，袁初雪一回家就病了，体温升至三十八度，一开始以为是发烧，结果吃了退烧药后降回三十六度，又跌到三十五度，整个人昏昏沉沉，茶饭不思，连起身都乏力，只能在床上养着。

对于女儿的逃婚，袁妈妈没有想象中那样歇斯底里，而是坐在床沿很平静地问她："你见到你想见的人了吗？"

她没料到妈妈会这样问，一定是初晖告诉她的，只得讪讪点头，妈妈又问："是国庆你生病给你送馄饨的人吗？"

心思细敏如其母，原来一切都看在眼里。

初雪又点点头，有点失望："可是他不见了，我找不到他了。"

"那你后悔吗？"

她很坚定地摇头："不后悔。"

妈妈点点头："我知道了。"

这下轮到袁初雪诧异："就这样？妈，我捅了那么大娄子，你就没有别的要问我？"

"你说得已经够清楚了，我虽然很希望你成家，但不希望你是为了别人、为了家庭、为了我去结婚，我希望你可以嫁给自己真正喜欢的人，在婚姻这件事上，你不应该为了任何人妥协。

"一个人幸不幸福，眼睛是看得出来的。我当年和你爸爸在一起时才十八岁，你爸已经三十了，家里人都反对，我是离家出走和他结的婚，后来有了你之后才渐渐和家里和解。虽然两个人在一起短短十来年，最终没能白头偕老，但和自己真正相爱的人夫妻一场，这辈子也值了。"

对往昔相爱岁月的缅怀让妈妈眼里泛出光彩，整个人都年轻焕发起来："我所有最好的岁月、最快乐的事情都是你爸给我的。爱情的好坏不分长短，一段好的感情带给人的光彩可以持续很久，因为回忆是偷不走的，妈妈经历过，所以知道爱情在一段婚姻里有多重要。也许对于别的母亲来说，女儿嫁给一个老实可靠的人，有一段安稳的婚姻，是很好的归宿，但我希望我的女儿，爱的和嫁的，是同一个人。"

妈妈微笑着说："毕竟，没有人可以代替你幸福，我只有你一个女儿，我对你唯一的期望，就是你一定要幸福。"

袁初雪眼泛泪光，千言万语哽在喉咙，原本不知该如何启齿，结果母亲才是最理解自己的人。

母女连心。

接下来几天，母亲忙着给亲朋好友解释致歉，还亲自跑去丁家求得对方家长原谅，难听的话语和嘲讽是少不了的，女儿闯的祸，妈妈替她圆。两代人在价值观上最容易产生分歧，尤其是婚姻这种大事，此刻的袁初雪孤注一掷，正是最需要家人支持的时候，她庆幸自己有一个这么明事理的母亲，于是在妈妈忙着为这烂尾婚礼善后的同时，她也勇敢迈出了第一步，主动约丁琛见面。

两个人约在重逢后第一次约会的西餐厅。短短几日，丁琛整个人瘦了一圈，原本方正的国字脸瘦到颧骨突出，胡茬也没刮，平日里干净利索的厨界精英，现下看来倒像个落魄的沧桑浪子。

她有点愧疚："你瘦了。"

他淡淡地说："你也是。"

寒暄之后竟是相顾无言，她调整呼吸，鼓起勇气一口气道明来意："结婚的事我非常对不起，是我自己没想清楚，给你带来困扰，要我怎么跟你赔罪道歉都可以，婚礼的钱还有预支蜜月和新房装修的钱，总共多少你告诉我我来出，总之一切都是我的错，你要是不肯原谅我我也认了，我就是希望你可以给我一个补偿的机会。"

她把婚戒放在桌上，推到他面前，丁琛瞄了一眼却没有收回，只是搅拌着杯中咖啡，面上的表情无悲无喜："是因为白子玉吗？"

"是，也不是。"

她这次没再犹豫，决定把心里的话一股脑说出来："我那天在婚礼上临时消失确实是因为他，但现在看来，就算没有他，我也不应该和你结婚。"

"什么意思？"

"我们应该和真正相爱的人结婚，婚姻是一件神圣的事，它不应该有遗憾。我之前跑偏了，年龄一大听了太多风言风语，妈妈身体又不好，正好又遇见你，觉得是时候了，却忘了结婚的唯一理由应该是爱情。"

她诚恳地看着丁琛说："谢谢你喜欢我那么多年，但感情的事情真的没办法勉强，如果我因为急于找个归宿而和你结婚，那么痛苦的不光是我，还有你。"

丁琛沉默了几秒钟，从鼻腔发出一声哼笑："所以你打算跟他结婚？"

她叹气道:"这不是重点,我真的很认真地试过去爱你,但我做不到。我不能骗你,也不能骗自己,就算没有白子玉,可能也会出现别的人,如果我们勉强结合,那么最后受伤的会是双方,一开始已经错了,不能一直错下去。"

丁琛皮笑肉不笑地说:"如果你觉得我们不合适,为什么不早说?给了我希望却在临门前一脚踩碎,当初把我当成救命稻草的是你,转眼遇见喜欢的人说走就走也是你,太残忍,我没有办法假装大方原谅你,我只能尽量用我的教养克制着不去恨你。"

他愤愤地看着她:"袁初雪,我喜欢了你十几年,却比不上你和他相处两个月,你够狠,我以前怎么没发现你是一个这么自私的人?"

他的怨念太深,初雪知道再说什么他都听不进去。一个男人被将要迎娶的妻子在大庭广众下悔婚,那是多丢尊严的一件事,她只能低头道歉再道歉,不停地说对不起,虽然知道这样也于事无补,唯希望自己的低姿态能让他好受一点。

但有一句话她咽在心里没说:感情本来就是一件自私的事。

丁琛走后,初雪才慢慢从餐厅出来,这两天气温回暖,阳光和煦轻风拂面,已经有不少爱美的姑娘光腿穿上了短裙。这才是云城该有的气候,四季如春,可惜某人看不到了。

商场换上了新的巨幅冬装海报,海报中男子眸若星辰、眉若墨画、白衣胜雪、美如冠玉,手中拿着雪白的兔毛斗篷,真真仿若画中人,恐怕没有女孩可以抗拒他亲手为你披上的斗篷吧。

相片依旧鲜活,身边人却已不知去处,昨日种种,仿若梦一场,梦去了无痕。白子玉至今联系不上,要不是这亲手为他拍下的瞬间,真怀疑和他的一切是否存在过。

恍惚间初雪的病情仿佛又加重了,明明是温暖的天气她却冷得簌簌发抖。更严重的是心病,这两天她去过曾和白子玉去的每一个地方,相逢的路轨、她喝醉的酒楼、云吞店、庙会、游乐场旧址、修复中的南城,还有他曾经住过的阁楼。她多希望能在这些地方撞见那个熟悉的背影,然后她照例问他一句"你怎么在这儿",他以前不是经常这样突然出现吗,在任何一个她需要他的时刻。

他来,把她平静的生活搅得天翻地覆;他走,甚至连原因都不告诉她。

他给了她最美的梦,可是她不愿意醒来。

丁琛走得太匆忙,在餐厅落下手机,初雪替他收好,打算明天一早同城快递给他。想了想自婚礼那日后就没怎么见过冯菁,她也一反常态不找自己,今天周末她应该不用上班,就打了车去冯菁家。

冯菁见是她,有点诧异,转身去泡咖啡。冯菁穿着墨绿色浴袍,脖颈纤细,竟比上次见面消瘦不少,桌上放着喝光的红酒瓶和两个酒杯,烟灰缸里满是烟蒂,看来昨晚有客来访。

初雪拿出手机连接网络,却愣了愣,冯菁把速溶咖啡和盒装曲奇饼放在她面前:"我们家只有这个。"

"我不是来喝下午茶的,你这两天怎么不回我微信?"

"我在忙,可能没看到。"

"你以前可从不这样。"

冯菁揉揉一头睡乱的头发,有点不耐烦地说:"不是只有你忙的,大姐,我也有我的事情。世界不是围着你一个人转,我干吗非得回你微信,我又不是你老公,你本来有老公啊,自己不要的。"

初雪定定看着她:"我们之间是不是有什么误会?"

"什么误会啊,你别没事找事,我要去睡回笼觉了。"她往卧室走。

"冯菁,丁琛昨晚是不是在你这儿?"

冯菁的脚步停住了,她背脊起伏似叹了一口重重的气,回身点一根烟在初雪面前坐下:"他昨晚很难过,我陪他喝酒,他醉了,在我沙发上过的夜,不过我们什么都没有做。"

"你们私底下不是不熟吗?"

冯菁冷笑:"中学校友一场,怎么会不熟,只不过你不在意的人,你不放在心上而已。"

她缓缓吐出烟圈:"你知道我们是怎么成为朋友的吗?他写给你的第一封情书,就是我放在你抽屉里的,他用零食和各种礼物收买我,让我帮他追你,告诉他你每天几点出门几点回家、喜欢逛哪家店、喜欢什么颜色、喜欢哪个歌星、爱吃什么牌子的巧克力。我帮他收集关于你的一切情报,用来兑换我想要的东西,他追了你整整三年,我就敲诈了他整整三年。当时我心里想,如果这些礼物不是因为你,而是他直接送给我的,该有多好,能被一个人坚定不移地喜欢那么多年,是一件多幸福的事。"

冯菁的眼神看着远方,似飘到了久远的回忆里:"你还记得毕业舞会那次吗?他作为班长在台上唱《偏偏喜欢你》,那是我替他选的曲目,我说你喜欢,衣服都是我陪他去买的,但演唱的时候你肚子疼没来,他一双眼睛找不到你,有多失望。但他不知道,这其实是我喜欢的歌,我私心想让他唱给我听,可是他眼里只有你,他永远不会注意到有一个人一直在旁边看着他。"

纠葛的情愫静悄悄蔓延了十几年,就发生在她身边,而她竟全然未察觉,怪不得老同学重逢冯菁却刻意和丁琛保持着距离,怪不得那时在滑雪别墅他俩玩游戏输了要做亲密动作,一向大方的冯菁竟然扭捏起来,明明那么多细节处处透露着真相,她却像个傻子似的浑然不觉。

袁初雪苦笑:"所以你是因为这样才和我做了十几年朋友?"

冯菁掸掸烟灰:"如果你这么想,就太瞧不起我了。当初接近你确实是因为他,想从他身上骗吃骗喝,没想到把自己搭进去了。喜欢一个人久了,喜欢就变成了一个人的事情,他搜集你情报的同时,我也搜集他的情报,觉得他喜欢的一切都有一种莫名的神秘魔力,包括你,所以我喜欢他是真的,我对你的友谊也是真的。"

初雪还有一点想不通:"但是我和他订婚的时候,你曾经劝我想清楚,劝我不要把爱情和婚姻分开来。"

冯菁眯着眼睛,说:"就像丁琛喜欢你一样,我喜欢了他十几年,能不能和他在一起已经不重要,我希望他的暗恋最终修成正果,这好像是对我的一种安慰,这种感觉你不曾体会过,你是不会懂的。一个是我暗恋十几年的人,一个是我交往十几年的闺蜜,所以没有任何人比我更想看到你们在一起,但是——前提是你也爱他,我不希望你只是把他当成救急工具,只有对等的爱情,才能长久,爱得更多的那个人注定会受伤,我不想看到他不快乐。"

她看着初雪继续说:"但是既然你决定和他结婚,不管是出于什么原因,就不要辜负他,你在婚礼上当着这么多人的面逃婚,你有想过他以后怎么办吗?别人每问一次都是再揭一次他的伤疤,这个阴影谁去弥补？我就是看不惯你这种明明伤害了别人却弄得自己像是受害者的姿态，你从小就是这个样子，好像对谁都好，却会在无意中伤人伤己。如果你是故意的那还好些，我还能指着你的鼻子臭骂你一顿，但你偏偏是无心的，自己也很痛苦，我还不能骂你，所以那天之后我干脆不搭理你。"

也许是说了太多话，冯菁看上去很疲惫，那被岁月掩埋的秘密，就像被关在幽暗地底多年的老灵魂，乍见天日反而不适应这尘世间的空气，被灼得遍体鳞伤。

她一个花蝴蝶般的人物，情场里来去片叶不沾身，任谁看都是跌宕风流恐怕一辈子没被哪个男人绑住过，谁曾想她也有如此痴情的一面？越阴暗的角落越能开出奇美的花朵，越危险的人生越是留有纯真的角落。或许她的纵情潇洒只是伪装，用来掩盖思而不得的煎熬，只是戏演了太久，自己就成了戏，骗了别人也骗了自己。

她拧熄烟头又点燃第二根："这些话你不问我我也许一辈子都不会说，你是什么时候发现的？"

"刚才。"初雪拿出丁琛的手机，"丁琛的手机落我这儿了，它自动连上了你家的无线。"

冯菁仰头笑了起来："真是注定。"

初雪也笑了："对啊，真是注定。"

她们不约而同想起对方年少时的模样，那些年轻过的纯真的爱、隐秘的爱、无望的爱、绵长的爱，在带给她们悲喜和感动之后，都成了岁月的红宝石。这件事情不会影响她们的友谊，她们彼此有一种心照不宣的共识，因为她们的成长互相交织，彼此铭记着对方一路走来的样子，把对方镌刻进骨血里。

在生命消失之前,她在,她就在。

2

白子玉的服装海报大受好评,那款兔毛斗篷火速脱销,很多女顾客纷纷指明要模特手里拿的那个,店里 Miko 的海报都替换成了白子玉的。她大肆不满,据说和商家投诉过但无果,但凡商人都向钱看,产品目录按销量排位。厂商致电袁初雪让她再拍一辑目录,点名要白子玉当模特,给她加酬金,她哭笑不得,她要是能找到他就好了。

初雪的病情并无好转,体温时高时低,她起初也不多在意,当是感冒随意吃了点药,后来越来越严重,已经到了下不了床的地步。终日里昏昏沉沉,睡着的时间比醒着的多,外面的温度一天比一天高,她却一天比一天觉得冷,盖两床丝棉被还冷得牙关打战,这天晚上竟然晕倒在房间,袁妈妈一量体温,只有三十一度,吓得手足无措,幸好初晖在,背起姐姐就直奔医院。

正值晚高峰时段,到处都打不到车,初晖跑了一路,才拦截到一辆空车,可是刚开到高架又堵得水泄不通,前车屁股贴后车头的阵仗。妈妈急得直催司机,但催也没用。

初雪的心率和血压越来越低,她已经开始意识恍惚,眼皮都睁不开,觉得自己浑身血液仿佛都在一点一点凝结成冰,从指尖到躯干到脑和心。这种感觉和当年在 K2 峰差点冻死时是一样的,妈妈和弟弟的呼唤声离她越来越遥远,她像被埋进深深的雪里,此生的回忆渐渐从她身体里抽离,她将要进入另外一个世界……

熟悉的歌声传入耳里,嘹亮、悠远,不似人间曲,她一辈子都不会忘记,歌声把她唤回这个世界,她见母亲、弟弟和司机都似被冻住,怎么唤他们也没有反应。窗外飘落雪花,她下车,见路上行人尽皆定格,保持着行走的姿势却停滞不前,从高架上望去,整座城市的车水马龙全部静止不动,竟像时光凝固在了这一瞬,只有雪在飞。

歌声由远及近,随之而来的还有踏步声,在一座死寂的城中显得尤为刺耳。她望向声音来源,见长长的车龙上有人踩着车顶前行,一个脚印一部车,路灯照出他的轮廓,逆光中高大颀长如神祇。

袁初雪不敢相信自己的眼睛,也不知哪里来的力气,爬上车顶看个仔细,那人转瞬来到她面前。她看着那张日思夜想的脸,泫然而泣:"你回来了。"

白子玉笑着向她伸出手,她缓缓把手放进他掌心,来不及问明缘由,就被他一把拽进怀里,紧接着就是铺天盖地的深吻。

天光微明,世界静谧,风在吹,雪在飘,发丝缠绕,整个城市只剩下车顶交织在一起的两个人儿是鲜活的。

眼前人是真是幻?是弥留前的回光返照?是相思成疾的错象?

在明天到来以前,请让她把梦做完。

袁初雪醒来已经是在医院里,医生诊断她为体虚加思虑过度导致低血糖晕厥,给她打了葡萄糖点滴,嘱咐多休息注意营养。袁妈妈紧张地告诉医生刚才病人体温只有三十一度,在车上的时候心跳都快消失了,医生一脸笃定表示肯定是家属太紧张看错了,人体温降到三十一度几乎就不能活，还能醒过来？妈妈不依，继续在病床边叽叽喳喳和医生争论并拉来初晖当证人。

初雪把弟弟拉过来，悄悄问他："你刚才有没有看到小白？"

初晖以无可救药的表情看着他姐："老姐，你都晕倒了还记挂小白，真是虎狼之年色迷心窍。你刚才不省人事我和妈都快急死了，结果你睁开眼睛想的就是男人，得，你也甭看医生了，根本就是相思病。"

初雪捶她弟一拳："问你正经的呢，他刚才没在高架桥上出现吗？从车顶上穿过来的那种？Pose 很炫酷的。"

初晖像看精神病一样看着她："完了，你被白子玉那小妖精迷得已经神智不正常了，刚才高架桥上堵了一路，妈扔给司机五百块才让他违章冲应急道过来的，而且你一路昏迷到了医院才醒，哪有什么小白啊。我看你真是病入膏肓，已经到了在梦里都能意淫他的地步。"

袁初雪恢复元气正没处发挥，拳脚相加往老弟身上招呼了一通，把他打退之后躺在床上寻思，难道刚才那一幕真的是幻觉？可是那触感如此真实，他呼气的温度仿佛就在唇边，她还记得他睫毛上凝结的雪花，他御雪而来的样子和她梦里经常出现的白衣男子身影重合，有种谜样的熟悉。过去和现在，现在和未来，白子玉的出现带给她太多未可知的冲击，恍恍惚惚间，竟辨不清今夕是何夕。

但白子玉真的是回来了，就在初雪入院的第二天。他的归来并没有带给袁初雪太久的欢喜，事实上带给她的打击更大，他直接去"冰雪缘"请辞，说有事不能再工作，初雪给他发信息打电话一律不回。白子玉消失的这段时间，店里的事情暂由小钱代理，袁初雪赶到店的时候，小钱正临危受命借口自己肚子痛拖住白子玉不让他走，一见初雪火急火燎赶到，腹痛立马自动消失，借口早上吃多了去上厕所，走前不忘把门锁上。

她来得太急，穿得很随意，不施脂粉因大病初愈，略显憔悴，她捋捋头发，轻咬下唇，努力在苍白的唇上氤氲出一抹鲜艳的血色，任哪个女孩子都不希望在意中人面前姿容邋遢。

"你……刚刚回来的？"也许因为太紧张，她的声音在发抖她都没察觉。

白子玉点点头。

"家里的事情解决了吗？"

"嗯。"这就算是回答。

"那为什么要辞职？不打算留在云城了？"

沉默，初雪没有等到回答，抬起头看着他，白子玉的目光没有任何温度："你已经不是我老板娘了，我的事情每一件都需要向你报备吗？"

他的眼神和初见时一样冷，仿佛这才是他本来的模样，之前那些温存的短暂瞬间不过是错觉。

她有点懵，像个说错话的孩子手足无措："我不是这个意思，不是要向你刨根问底，我就是、就是关心一下你。"

"谢谢，没什么事我先走了。"

他去拉门闩，初雪情急之下拉住他的手："为什么不回我电话？"

"手机弄丢了。"

那是她送的手机,她没记错的话,自己的名字一直在紧急联络人第一位,因为那个位置,无形中让她觉得自己在他心中是特殊的。女人有时候就是这么奇怪,会因为一些隐秘的细节而产生自然而然的优越感,没想到他竟然这么轻易把它弄丢了。

"那你现在没有手机岂不是很不方便?你要是一会儿没事的话,我带你去买个新的。"

他淡淡地说:"不用,我没有要联络的人。"

"那我们一起吃个午饭,你应该还没吃饭吧。"

"我不饿。"

"你现在住哪儿?找到新工作了吗?"

"你问够了没有?"他有点不耐烦,"我和你已经解除雇佣关系,我住哪儿、想去哪儿、找没找到新工作都和你没有关系。我现在要走了,请你行个方便。"

他想走,初雪却紧紧拽着他的衣袖不放:"你什么意思?"

他不说话,回头看着她,眼神冷得像刀子一样。

袁初雪强迫自己直视他冷冰冰的目光:"你说走就走,也不告诉我原因,你知道我这几天是怎么过来的吗?我从婚礼上消失闹了多大的笑话,我们一家子都得觍着脸去摆平那堆烂摊子,我一天一天数着手指头算日子,想着你什么时候才能回来,简直度日如年!你现在回来了却装作一副和我没关系的样子,你到底什么意思?"

"我从来都没说过和你有什么关系吧。"

这句不带感情的话,像一根毫无防备的刺扎进她心里,胜负摆得明明白白,可她不死心,任何蛛丝马迹都是她还有一线生机的证明。

"你那天亲了我。"她兀自苟延残喘,可声音已不可抑制地带上哭腔。

"那天是你主动的,游乐场那次我已经跟你道过歉了。"

"可你明明说过你喜欢我。"

"所以呢?"

轻描淡写的三个字,瞬间击溃了她所有防线。从开始到现在,无论他对她做了多少贴心的事情,多少她以为是男人对深爱女子才会做的举动,无论是在雪山谷底,游乐场的湖上,还是那日烟火喧嚣的火场,他从未开口说过她是他的谁,也从未对她承诺什么,所以一切都是她一厢情愿的臆想。她像那尾蠢鱼,尝到了姜太公鱼钩上的饵料,欲罢不能,自愿上钩,怨不得任何人。

她哭不出来,只是感觉不能呼吸,死死扯住他的衣袖就如抓住溺水前最后一根稻草,白子玉的话每一个字都像一把刀扎进她心里——

"你不是说过我们之间不应该发生吗?我是只争朝夕,你要的是一生一世,我也没想到你会为了我悔婚,你现在去补救你的人生也许还来得及,放手吧。"

他狠狠甩开她的手,拉开门闸,小钱一脸惊恐畏首畏尾缩在门口,看来是听了一路。白子玉仰首阔步从他身边走出。

小钱安慰初雪:"袁姐,小白那个白眼狼那么没良心,咱们不要理他,你别太难过啊。"

她看着他离去的背影,突然急火攻心,狠命追了上去,小钱在后面喊她她也不理,紧咬牙关,拼着一口气,要么她把南墙撞穿,要么南墙把她撞死。

今天撞邪似的陡然降温,天上还飘着雨夹雪,走在街上要穿大衣或羽绒才扛得住,她就穿着一件单衣,还没打伞,一路小跑尾随白子玉穿街过巷,雨水打湿了她的头发和衣服,路上行人纷纷侧目。

她跟着白子玉进了一家面馆,白子玉点了一碗阳春面,她气喘吁吁在他对面坐下,店员问她要什么,她指指白子玉的面:"和他一样!"

白子玉瞄了她一眼,她气鼓鼓地说:"我也来吃面不行啊,这店你家开的啊!"

他就自顾自吃面,再也不理她,不一会儿初雪的面也上了,她看看面里的葱,突然委屈起来:"我不吃葱花,以前每次吃饭你都自觉帮我把葱花挑出来,这种事情我连说都没跟你说过,你不是关心我是什么?"

白子玉慢条斯理喝汤,眼皮都不抬一下。

"现在不过短短几天,你就翻脸不认人,这前后差异太大我一时间接受不了。如果是我有做错的地方,你能不能告诉我,我看起来聪明其实笨,你不明说我不知道的,或者你有什么苦衷?是不是家里遇到什么困难,你和我说,我们一起想办法。"她还抱着侥幸的心态,觉得这无妄之灾来得太突然,背后说不定有什么隐情。

"你确实笨,我刚才已经说得很明白了,还听不懂?"

她死死拽着筷子,事已至此,不死不活倒不如鱼死网破:"我听不懂,你不要话里有话绕弯子,我实在想不通,到底是哪里出了问题,前几天还把我捧在天上,说翻山越海也要陪着我,现在不由分说一下把我狠狠摔在泥里,你是人格分裂吗?我认识的白子玉从来不会这样的。"

她突然脑筋一拐弯想到别的可能性："还是说因为那个女孩，项链的主人，你找到她了对吗？"

她的声音不算大，但面馆小，午餐时间密密麻麻坐满了人，整个馆子里的人都听到了他们的对话，纷纷用八卦的眼神偷瞄，更有甚者窃窃私语，看他俩的模样一定是姐弟恋闹分手，小鲜肉有了新欢甩了大姐姐。

白子玉不紧不慢往碗里加辣椒酱说："你非要我撕破脸说得那么直白？"

她瞪着他："对！"

他叹了口气："没别的原因，也不是因为任何人，我就是不喜欢你了，所以不想跟你待在一起，这么说你满意了吗？"

空气有瞬间的凝结，周围旁观的人也不敢出声，都屏息静观后续发展。

她呆滞了几秒钟，突然一把抢过白子玉手里的面："别吃了！"她气得浑身发抖，"那你之前说喜欢我是假的吗？"

白子玉拿纸巾擦擦嘴："这还重要吗？就算那时候是真的，感觉这种东西也说不见就不见啊，你也是成年人了，男女之间的游戏规则还用我教吗？我一开始觉得你挺有意思，可后来发现你太认真了，竟然干出逃婚这种蠢事，你这种女人，会砸手里的。"

袁初雪突然冷静下来，语气变得平静地说："原来你只是贪新鲜而已，那么请你以后不要在我烫伤的时候给我买烫伤膏，不要在我被小模特欺负的时候替我强出头，不要在我喝酒喝吐的时候温柔地帮我擦掉呕吐物，不要在我无家可归的时候把床让给我睡还给我盖被子，不要在我的狗生病的时候带它去看病还给我做饭，吃饭的

时候不要替我挑走我不爱吃的葱花,不要在我弟被同学欺负的时候保护他,不要带我去小时候的游乐场坐摩天轮看烟花,不要在下雪的湖面上偷亲我,不要临睡前给我发微信和我分享你的每一天,不要在我发烧的时候给我送我爱吃的馄饨,不要在玩游戏的时候故意输给我说你爱我,不要在我滑雪被困的时候跳下来陪着我,不要在我工作的时候来接我下班还给我送吃的,不要在危险的时候还想着给我买结婚礼物。"

她眼眶里噙着泪,努力克制不让眼泪掉下来:"你的戏演得太好了,好得我根本分不清真假,你可真够下血本的,做那么多就为了一个根本不喜欢的女人。白子玉,我身为姐姐要告诫你,下次可别这么玩,这不值当,性价比太低,根本不符合经济学效益,你那么聪明,不会不明白吧?"

她满眶含泪,根本看不清眼前人,却用尽全力挤出以目前能力所能做到的最美微笑。白子玉看了她几秒钟,起身走人。

待白子玉走远,她终于再也抑制不住开始啜泣,这些天来压抑的思念、委屈、伤心、失望瞬间全部涌上心头,眼泪像决堤的洪水,一滴一滴地滴在碗里,仿佛要把空碗重新盛满。

周围有看不下去的大妈过来安慰:"姑娘别哭,那小伙子太不像话了,不过你们年龄也不合适,分了也好。"

更有好事者谴责:"根本就是个渣男!白长那么好看。"

"别太难过,你还年轻,一定会遇到更好的。"

面馆里的观众给她递来纸巾和水,她一时间成了受害者,享受弱势群体应有的同情和照料。

对面的洗手池上有一面小镜子,她看到自己的模样,顿时更难过。

她怎么也没想到自己一生最惨烈的失恋会发生在一家犄角旮旯的小面馆,镜中女子衣衫邋遢,头发凌乱,面无血色,简直像个哀怨的女鬼,这样的货色,恐怕换了谁都想甩掉吧。

她索性撕心裂肺地放声大哭起来。

3

失恋第一阶段。

所有失恋的人泪腺都特别发达,眼泪可以在任何时候掉下来,刷牙、吃饭、洗澡、睡觉,甚至连上厕所都不能幸免,只要有一点蛛丝马迹触动她那根神经,悲伤就会迅速蔓延,一发不可收拾。

就比如睁大眼睛彻夜未眠的袁初雪突然注意到天花板上有一处石膏裂开的纹路特别像游乐场那天晚上的烟花,原本已"挺尸"一整晚的她便猛地号啕大哭起来,直到把面前那片被褥哭湿才罢手。

失恋第二阶段。

所有失恋的人都特别专心,除了难过之外任何别的行动对他们来说都是负担,饿到胃疼都想不起要吃饭,明明困得要死,但睡两个小时又会醒过来。

连续二十四小时水米未进的袁初雪被弟弟从房间硬拖出来强迫进食,他怕姐姐死在屋里,那样会发霉的,因为他要到下个周末才回家。袁初晖像照顾失智人士一样喂姐姐喝汤,电视里在重播那套姐弟恋电视剧大结局,就是之前她和白子玉一起看过的那个。短短月余,物是人非,陪她追剧的人已不知所踪,眼见电视里的男女终成眷属,袁初雪笑着说:"真好,他们还是在一起了。"

初晖被她神经兮兮的模样吓到:"你干吗流眼泪啊?"

"啊?是吗?"她一摸脸颊,果然湿了一片,她自己竟然不知道,可怜巴巴地说,"那天要不是你鼓励我,我都不会逃婚。"

"我什么时候鼓励你了?"

她眼泪汪汪地看着弟弟:"你说,电视剧里是不是都是骗人的?"

初晖一边替姐姐抹泪一边嗔叹:"真是冤孽。"

当初他被韩梦瑶甩的时候行尸走肉好几天,他姐还一直以此为笑柄,没想到姐姐比弟弟还夸张,现在轮到他笑话他姐,真是报应。

失恋第三阶段。

所有失恋的人都患得患失,疑神疑鬼,自己在脑中编出无数剧本,然后又推翻重演。

袁初雪怎么都想不明白为什么白子玉回家短短几天,态度会发生天差地别的变化,就算真如他所说不喜欢了,一般也该有个过程,温度逐渐冷却,不会像坐过山车一样从半空一下跌到谷底。是不是他家出了什么大事?欠黑社会钱被追债?得罪仇家被追杀?还是说他得了绝症,怕连累自己?

她无数次想打电话给白子玉,他虽然说手机丢了,但这么多天也该买了新的,不行,万一打电话他不接怎么办?总不能不停地打吧,会惹人烦,不如发短信,不管他回不回都一定能看到内容。

她把短信写了又改，改了又删，一个短信反反复复编辑了半小时，终于还是没有发出去。人家想她自己会找她，她家在，店在，人在，音讯全无的是他，他就是不想让她找到他，不想让她再去烦他，这么明摆的情况还用问吗？

她把短信一个字一个字删除，千言万语化为此刻她发自肺腑的三个字：好想你。

她心烦意乱地把手机随手一扔，按钮不小心被撞到，那三个字竟然发了出去，短信不像微信可以及时撤回，她的脸唰的一下像煮熟的番茄，已经被不留情面地狠狠拒绝，竟然还给人发这种不要脸的短信，得有多贱！她又多此一举补发一条：不是发给你的，发错了！

想了想还是觉得好丢人，大被蒙头耻辱感爆棚到几乎想把自己闷死，在被窝里看到手上竟然还挂着白子玉送的水晶手链，一把摘下从窗口扔出去。不一会儿又急忙起身冲出院子，失心疯似的在草丛里找回那条手链，把它擦干净放进床头柜，想了想，又取出来重新戴在手腕上，心里面反复安慰自己，在意的人才会把相关证据毁尸灭迹，就是因为自己已经放开了，对那号人物全然不在乎，才会如此坦荡戴着他送的东西。可接下来半天她都手机不离身，只要有短信铃声就立马拿出来看，幻想白子玉会不会给她回信，结果当然是没有。

她本来想去厨房倒杯水，结果看着水龙头滴落的水珠发呆，忘了自己是来干嘛的，肉肉跑过来蹭她腿，她突然神叨叨地拉起狗的手："小白最喜欢你了，上次你生病他天天陪着你，如果你生病他是不是就会来看你？"

狗一脸惊悚，吓得吠了两声就跑走。这几天主人神智失常，也没按时遛它，不过上次白子玉已经预防了这种情况，他在客卫给狗安装了临时尿盆，以防主人再次不靠谱。

初雪看着正在上厕所的肉肉，叹息："他对你都比对我好，为什么……"

失恋第四阶段。

所有失恋的人都觉得自己是天底下最可怜的人儿，所有的情歌、爱情电影和小说都是为他（她）而写，触景伤情，感怀身世，难过的已经不仅仅是失去的那个人，而是自己坎坷的情路和遭遇。

袁初雪已经熄灭了去找白子玉或白子玉会来找她的念想，她强打起精神去暗房洗照片，打开手机里的音乐随机播放，第一首就是周杰伦的《说好的幸福呢》：

> 时间过了，走了，爱情面临选择
> 你冷了，倦了，我哭了
> 离开时的不快乐，你用卡片手写着
> 有些爱只给到这真的痛了
> ……

现在不能听这种歌，她趁自己还有理智，急忙换下一首，是苏打绿的《我好想你》：

> 我好想你，好想你，却不露痕迹

> 我还踮着脚思念
> 我还任记忆盘旋
> 我还闭着眼流泪
> 我还装作无所谓
> 我好想你，好想你，却欺骗自己
> ……

歌词好像每一句都是写给她的，她再换下一首，是李健的《传奇》，她在湖面上唱过给白子玉听。太可恶了！连歌单都欺负她！

她气冲冲地从暗房跑出来，决定玩会儿手机，微信公众号最新推送的文章标题"在一起时甜蜜到死，分开了却冷若冰霜"。这不就是在写她悲惨的遭遇？不行，好不容易今天没怎么哭，不能看。她赶紧换一篇，封面页写着"你值得更好的爱，所以才失去现在没那么好的爱"。这种鸡汤类的文章简直就是失恋女的姨妈巾，抚慰她心灵，用眼泪疗伤，她看了两行就不敢再看下去，但是把文章存了起来，打算痊愈之后看。

茶几上放着最新一期时尚杂志，冯菁的杂志社每月都会寄给她，她拿过来随手翻阅两页，竟然看见她给白子玉拍的那张白斗篷时装硬照，被商家拿来当硬广刊登。这下可好，泪如雨下，前功尽弃。

她想着自己孤孤单单三十年，本来已经放弃爱情缴械投降，结果半路杀出个白子玉，让她尝到两情相悦是一件多么美好的事情，就像第一次尝到糖果滋味的孩童，要是从来没有吃过，不曾体会也就罢了，但偏偏是给了又转瞬夺走，万一以后再也尝不到了怎么办？太残忍了。不是说只要活着就会有好事发生吗？不是说命中注定的人无论如何都会遇见吗?她的那个人是还没出生还是已经死了?

她开始自怜自艾,已经从单纯对白子玉的执念上升到自我怜悯,喝着红酒尽情听着悲伤的情歌,在夜深人静处舔舐自己的伤口。

失恋第五阶段。

由于无心打理自己加上茶饭不思夜不能寐,颜值降到人生新低。

这天小钱和冯菁来看她,被来开门那个顶着油头、举着红酒瓶、一身衣服好几日没换、皮肤苍白还带着巨大熊猫眼的邋遢女子吓到了。

冯菁惊呼:"你哪位?"

进了屋子,他俩更是目瞪口呆,窗户窗帘全都封闭着不见天日,房间因为久不通气散发出一股霉味,水槽堆积着几日里吃不完的食物,有些都已经发臭,桌上全是喝空的红酒瓶,卫生间里狗狗的粪便堆积如山,连狗都因为太久不洗澡而变臭变丑。小钱本来想借客卫行个方便,结果一进去几欲呕吐。

冯菁把窗帘拉开,袁初雪见到阳光觉得刺眼用手捂眼道:"别开窗。"

"大白天不开窗帘,你以为你吸血鬼啊?"

"一会儿马上就天黑了,拉开干吗?"

"那反正你吃了也得拉,吃饭干吗?"

初雪想了想,点点头:"有点道理。"

冯菁一把抢过她手里的酒瓶:"神经病吧你!一把年纪还跟小姑娘似的玩失恋,白子玉和你认识总共才多久,至于吗你?人家是骗你钱了还是骗你'炮'了?你现在不是二十,是三十啊!你能不能表现得像个成年人！"

她把初雪拉到镜子前，打开灯："你看看你自己现在是什么德行？身上都发馊了，你说你多少天没洗澡了，这副鬼样子，莫说白子玉，连我都嫌弃你！"

看着镜中形容枯槁，瘦到形销骨立的自己，她几乎有点不敢认，这几天过得昏天黑地，都没好好照镜子，女人一旦到了某个年龄不善加保养，几天就会糙得不像样子。

她挪开头不想看自己，被冯菁把脸扳回去："你看看，你好好看看，人不像人鬼不像鬼，跟一个小屁孩谈了几天恋爱就跟丢了魂似的，能不能有点出息。"

她索性破锅破摔："对，我就是连恋爱都没好好谈过也找不到喜欢的人，年纪又大又没出息，我也不想这样，我也希望可以铁石心肠，不伤心不颓废不想他。可是我办不到，我看到好吃的东西想和他一起吃，看到好看的电影想推荐给他，看到有趣的事情想告诉他，我想和他分享生活里每一个点滴，快乐的悲伤的好笑的感动的，我以前很挑食，但只要和他在一起，吃什么都很美味，做什么都有意思，哪怕只是闲聊几句都很快乐，只要想到有他在，好像世界就是彩色的，我第一次对一个人产生这种感觉，我以为这辈子都遇不到了，结果遇到了，但是他走了……我以前一直以为心痛是一种形容词，现在才知道是生理感受。"

她眼泪汪汪捂着胸口继续说："这里真的会痛，一想到他离开我，以后不知道还遇不遇得到这样的人，我心里就痛得说不出话来。"

冯菁愣愣地看了她一会儿，像是不认识一样，初雪推她问："干

吗？想笑话我就笑啊！反正我都已经这样了，死猪不怕开水烫！"

冯菁像看见日头从西边出来一样："妈呀，看来你是真的爱上他了，太可怕了。"她把毛巾扔在初雪脸上，"洗把脸，晚上跟我出门。"

"我这副模样，哪儿也不去。"

"就是因为你这个样子才要跟我出去。"

初雪不解地看着她，她解释："我们是互相看着对方长大的，所以你的经历我最了解，从严格意义上来讲，这是你第一次真正喜欢一个人，也就是你第一次谈恋爱，这种程度的失恋和你以前闷闷不乐个两三天就能消解那种完全不同，你把自己闷在家里只会满脑子都是他，不停在脑中回放和他一起的片段，作茧自缚，越陷越深。你得出去呼吸新鲜空气，接触新鲜人群，忘记一个人最好的方法就是爱上另一个人，爱情不会自己找上门的，我们得主动出击。"

在冯菁的淫威下，初雪极不情愿地洗了几天来第一个澡，洗了头，做了面膜，化好妆，换好衣服，还喷了冯菁随身携带的据说有助提升异性吸引力的费洛蒙香水，看着镜子里焕然一新的女子，眉眼精致，只是妆容也掩盖不了眼神中的落寞。

冯菁扶着她的肩膀："加油！谁还没失过恋啊？你应该庆幸自己又进了一步，完成了一次全新的人生体验，我允许你痛苦、颓废、舍不得，因在家里为情所伤，做个不事生产的驻米大虫，但这得有个时限。永无止境的痛苦是你自找的，到了一定时候，就必须狠下心来斩断一切，逼自己重新面对生活，等你熬过这一段，才会脱胎换骨。"

初雪不自信地说："我现在这个样子，连生活都无法自理。"

"有我呢,在失恋这件事上,我比你有经验多了,万事都是第一步难。"

在共同经历了那么多后,还能拥有这样在你落寞时不离不弃伴你走出谷底的朋友,初雪很感激:"冯菁,谢谢你。"

"谢个屁啊,闺蜜是用来干吗的?以前我不开心了你明明不会喝酒不也老陪我去酒吧吗?"

小钱弱弱地从门口探出一个头:"那个,二位姐姐。"

"干吗?"冯菁皱眉,她最烦别人打断她说话。

她俩梳妆打扮的时候,小钱一直在客厅看电视,这会实在忍不住了,面露痛苦之色:"能不能借个厕所用一下,我憋不住了,外面那个客卫,实在太恶心。"

失恋第六阶段。

看到谁都觉得像他。

入夜时分,三人来到云城最有名的酒吧。冯菁是 VIP,轻车熟路带两人走到一个预定的卡座,周围有不少人她都认识,呼朋引伴一起玩,到了半夜又叫了不少年轻男孩来,有一些是曾经合作过的模特,一时间觥筹交错,好不热闹。

小钱被隔壁桌一个大姐拉过去玩,大姐是赞助过杂志社的一个广告商,穿金戴银很是富态,看来很好小钱这口,巴不得把他放在大腿上把玩。小钱一脸郁闷对冯菁做口型"救我",冯菁正和一对双胞胎模特兄弟拼酒,哪有空搭理他。

袁初雪本来就不喜欢来酒吧,又在家闷了太久,有点不适应这种喧嚣,一个人闷闷坐在角落。对面坐着一个男孩,正安安静静吃着水果，看起来和她一样，对这种吵闹的氛围不感冒。男孩穿着白色毛衣，低眉沉默的样子让她想起白子玉，他注意到注视的目光，抬头对她笑笑，虽然和小白的俊美没法比，但也算眉眼清秀，初雪回报以微笑。

他坐到初雪旁边，在她酒杯里放进一颗圣女番茄："做个记号，人太多了，容易弄混。"

"没关系，反正我也不怎么喝。"

"这里人多，万一被下了什么不该下的东西就不好了，你这么漂亮。"

"你这算是在恭维我吗？"

"能够恭维美女，是我的荣幸。"

男孩笑起来眼睛微眯，他戴了灰色隐形眼镜，夜场的灯光照映下水灵灵的。初雪以前觉得戴美瞳的男人非常娘非常没品位，可现在因为某人的关系，这颜色让她情不自禁想靠近。她此刻突然有点明白为什么受情伤的女人总是很容易被别的男人乘虚而入，不是因为智商降低被蛊惑，而是需要找替代品疗伤，是一种主动行为。

男孩举杯："我叫周森，很高兴认识你。"

初雪和他碰杯："袁初雪。"

"你是摄影师吧？"

"冯菁告诉你的？"

"听别的朋友说过，不过真没想到。"

"没想到什么？"

"摄影师里竟然有你这么漂亮的，我还以为你是模特呢。"

她被逗乐，明知话里肯定有夸大的成分，但哪个女人不愿意听男人赞美呢？尤其是像她现在这种时刻，最需要来自异性的肯定以重拾信心。

"看你安安静静坐在那里还以为挺老实的，没想到油嘴滑舌，很会哄女孩嘛。"

"我不这么说哪有机会看到你笑，你笑起来很好看，应该多笑的，我看你一晚上闷闷不乐，是不是有什么心事？"

她不开心得这么明显，连陌生人都看出来了？但对一个初次相识的人，她当然不会细报家门："我就是不太喜欢这种场合，太闹腾。"

"我也不喜欢。"他给初雪斟满酒，"喝完这一杯，我们出去走走？我知道不远有一家很好吃的馄饨店。"

馄饨店勾起了她某些美好记忆，她畅快碰杯："好。"

灯光迷离间，她瞥到一个熟悉的身影，那人随即被舞池中的人群湮没，她疯了似的拨开人群冲过去，一把拉过来，陌生的男人一脸惊恐看着她，她连连道歉，心下怅然若失。

周森开一辆保时捷双门跑车，看样子还是个富家子。他们在一条小巷口下车，深夜的街上吹着冷风，初雪穿着丝袜短裙细高跟，有点冷，周森脱下外套披在她身上，手很自然地放在她肩上紧了紧，她本能地躲开，客套说了句谢谢。

虽然此刻的她非常空虚寂寞，但她只是需要一个人陪她聊天吃饭解闷，或者什么也不做放空都行，多的，她现下无福消受。纵使现代社会速食爱情泛滥，男女之间初见面便鱼水之欢的事情比比皆是，但她心里对爱情是有洁癖的，越是伤心的时候越不能冲动犯错，随便找个人填补只是对自己的不尊重。

路越走越黑，越走越偏，初雪觉得奇怪："不是说馄饨店没多远吗？怎么走了这么久还没到？"

"别着急，一会儿你就吃到了。"

周森的笑容让她不自禁地觉得危险，她找借口想走："我突然不饿了，有点犯困想回家，你回去玩吧，我自己打车走。"

周森扶着她的肩膀凑近："你觉得困那是正常的，你是不是还觉得有点晕？"

她从半路开始就觉得有点晕晕乎乎的，还以为是酒劲上来了，但今晚也没喝多少啊，这才发现有问题："你在我酒里加了东西？"

周森咧开嘴，露出森森的白牙，夜色下显得尤为恐怖："桌上那么多酒杯，我不做个记号，很容易放错的。"

"你什么时候动的手脚？"

"就在你跑去舞池找人的时候。"

袁初雪靠在墙上，渐渐站不稳了："你这么做，就不怕我告诉冯菁？她好歹也是你的朋友，名声传出去不好听吧。"

周森干笑两声，仿佛她说的是特别弱智的话："我根本不认识什么冯菁，人那么多那么乱，又都喝得醉醺醺，多一个人根本没人注意，而且我也不叫周森，你以为我会蠢到告诉你真名吗？"

周末酒局每个人都呼朋唤友，朋友又带朋友，到了午夜根本分不清谁是谁，逢人就举杯畅饮，今朝有酒今朝醉，她也偶尔听过这种夜店下作的把戏，但从未想过会发生在自己身上，真是人一倒霉喝口凉水都塞牙。

"周森"把她放倒在草地上，旁边都是灌木丛遮得密不透风，真是一耍流氓的好去处，她想挣扎却浑身绵软无力，下意识说出非礼戏码里最常用的对白："你再这样我就喊啦！"

他露出淫笑："你喊一个试试，别说你现在吃了药喊不出来，就算你喊，也不会有人理你，这里是打野战胜地，别人只会以为你在享受。"

初雪试了试，一口气果然提不上来，现在她的情况能说话就不错了，她脑子急转弯，企图拖延时间："你就不怕我事后报警？"

"我可以说是你勾引我，但是被我甩了，心生怨恨所以报复，男欢女爱的事情谁说得清楚？"他笑得很无耻，看来不是第一次犯事，"而且你是自愿跟我走的，酒吧门口的保安全都看在眼里，可没人强迫你。"

初雪倒抽一口冷气道："为什么选我？"

"你就别装清纯了，在酒吧里跟一个男人走你不懂什么意思吗？像你这种一看就是受了情伤的女人，最需要抚慰，我也是好意。"说着他手就朝裙摆下伸了进来。

袁初雪急中生智："等等！我们下次好吗？我今天身体不舒服，现在又这么晕，怕不能伺候好你，下次等我状态好一点……你让我准备准备。"

"你当我三岁小孩？而且我在你酒里下了药，只会让我们更尽兴，千万别辜负我一番美意，要是觉得不够，我们下次可以再约。"他的手已经解开她衬衫两颗扣子。

她一计不成又生一计："钱！我给你钱！我包里有卡，我把密码告诉你，你放过我！"

他哈哈大笑："钱，你觉得我没有吗？"

她狗急跳墙："我有艾滋！"

他勾起她下巴:"正好,我也有。"

袁初雪真是欲哭无泪,瞬时间她觉得什么失恋失婚都不过是芝麻丁点儿大的破事儿,哪里值得茶饭不思,真正的危机面前,那些伤春悲秋的小情绪不过是无病呻吟,要是她能够早点走出来,也不至于出今天这档子横祸。

"周森"对着她的嘴唇正欲亲下,突然被飞来的一个酒瓶击倒,他追出去惊呼:"谁!?"

四面望去,哪里有人?他正要继续行动,突然觉得指尖僵硬,接着从手指到四肢到躯干渐渐结冰,他想尖叫却连喉咙都被冻住,整个人成了一个冰人。

初雪瘫倒在草丛里,从她的视角看去,树影重重中"周森"被一个人撂倒,搁在一边。这人身型高大,是个男子无疑,她看见他白色的帆布鞋向自己走近,鞋子上蹭了不少泥,突然她像小鸡仔似的被抓住脚脖子拎起倒吊在半空,天旋地转,她胃里翻江倒海,一个恶心把刚才喝下的酒全吐了,那人怕她吐不干净,还像抖抹布一样把她上下摇晃,晃得她头晕目眩。等她吐完,那人轻轻把她放在草地上,拿起她掉落的手机,走远去拨了个电话,又把手机放回她边上。

袁初雪迷迷糊糊间呓语:"白子玉,是你吗?"

神秘人脚下不停,匆忙离去。不一会儿有人赶来,是冯菁和小钱,冯菁已经报警了,又让小钱把"周森"绑起来免得他逃跑,"周森"浑身发抖眼神空洞像撞到鬼一样。

冯菁扶起初雪:"你没事吧?"

"你怎么知道我在这儿的?"

"不是你给我发的短信吗？你先给我响了一下电话，然后发短信告诉我地点，说你有危险。"

"不是我发的。"

"那是谁？"

袁初雪药劲刚过，晕晕沉沉，但脑中有些思绪却渐渐清明："不知道我猜得对不对。"

失恋第七阶段。

哭也哭过，闹也闹过，悔恨也悔恨过，反省也反省过，也经历过危险，也撕心裂肺过，也生无可恋过，渐渐接受那个曾经重要的人将成为你生命里一个印记，以过去式的形式存在的事实。就像一个循环，过程很痛苦，要蜕掉一层皮，要抽去骨髓，但没人能帮你，只能靠你自己走出来，不要带着阴影，要怀抱希望，带着上一次提取到的温暖和学到的教训，向死而生。

袁初雪把蓄了多年的长发剪了，换了个清爽的及肩发，时髦又俏皮，看起来还小了几岁，从发廊出去的时候有年轻男孩对她行注目礼，她回以得体的微笑。广告牌上还放着白子玉那张照片，但她已经不像第一次看到那么难受，而是淡淡的惆怅，就像时间流过指缝，不为人知，只在心里像突然灌进一口冷风，她眼观鼻鼻观心，很快把升起的波澜抚平。

那个化名"周森"的男子原名邹林，家里颇有背景，据说被关进了警局，但没几天又放了出来，理由是证据不足。袁初雪一开始很生气，但现在这个世道就是这样，只怪没把自己保护好，所幸也没吃什么亏。更奇葩的是之前合作过的嫩模 Miko 居然因为这事来找她晦气。

那天初雪在杂志社交片，Miko冲进来质问她为何勾引她男朋友？原来邹林是她男友，事发之后反诬是被主动勾引，真是贼喊捉贼倒打一耙，初雪简直哭笑不得。

Miko得势不饶人："我和邹林快结婚了，警告你别来勾搭我老公，自己结婚结不成就害人，你那个什么小白呢？被甩了吧？你也不照照镜子，一个三十岁的女人还妄想吃嫩草，被甩了就着急找下家，干出这种下作的事情，我真是替你害臊！"

Miko声音尖利，走廊里已经聚集了不少人围观，冯菁冲进来解围，初雪对她摆摆手示意不用，要是换了之前的袁初雪，肯定着急息事宁人，解释自己并没有那么做，但今天她偏偏不想。

"对，我就是一个三十的女人，那你老公怎么会被一个三十岁的女人勾引呢？他有你这么如花似玉的女朋友不抱，非要去外面抱一个老女人，你是不是该检讨一下自己？"

成功地看到Miko脸色变难看，她笑得更欢："还有，我要替广大女同胞谢谢你，你嫁给邹林简直是为民除害，你们两个真是天生一对，我祝你们百年好合。不过，你可得多加小心，婚后别再让他被什么老女人给勾搭走了，到时候你可比我更惨，我是自愿逃婚，你是失婚，别怪我没提醒你。"

"欺人太甚！"Miko故技重施，提起手就要打她，却被一只手拦住。

上回有白子玉接着她，现在她需要自己抵挡这些伤害。

她甩开Miko的手："欺人太甚的是谁大家都看在眼里，你也不照照镜子，你现在这样子简直像个泼妇，之前不和你计较是念在你年纪小,你要真把我逼急了你绝对没有好果子吃!你有老公我没有,光脚的不怕穿鞋的,别忘了,论年资,你得喊我一声姐姐。"

Miko被甩得踉踉跄跄后退几步,冯菁伸手做出一个"请走"的姿势,围观人群也主动让出一条道给她。她见讨不到好,给自己找个台阶下:"我一会儿有事,今天就先饶了你,下回你没这么好运气了。"

初雪笑得异常甜美:"那真是谢谢你啦,还想着有下回,对自己老公可真宽容,好走不送。"

Miko哼了一声,跺了跺脚就昂首挺胸踩着恨天高走了。

冯菁对袁初雪伸出大拇指表示赞赏,她笑,斗跑了找碴儿的人,不是感到痛快,而是像有一股什么新鲜的力量重新注入身体。没有永恒的痛苦,除非你作茧自缚,没有人可以伤害你,除非你给他特权。

没有白吃的苦也没有白白浪费的感情,只要你能自己爬出来,从回忆里汲取的养分一定会让你更强大。

失恋就像一场隆重的感冒,人到了某个阶段都会大病一场,这场大病会让你很难受,但当感冒痊愈了,体内毒素排清了,你也就重新复活了。

Chapter 6
真 相

  辽阔雪原上,密密麻麻站满了动物,最前面的是松鼠和雪兔,中间的是银狐和貂,后面是雪狼,殿后的是雪豹,结冰的树上星星点点停栖着数不清的雪鸟。成千上万的动物聚集在一起,从高处看犹如一盘整齐的棋局,蔚为壮观,而这些平时互为天敌的动物此刻又甚有纪律安安静静凝视着同一个方向,似在屏息等待着什么。

> 2016年12月1日~2016年12月20日
> 天气：雨夹雪
> 宜：藕断丝连
> 忌：结识新欢

1

由于白子玉的离职，"冰雪缘"重新招人，这次来了个女孩，小钱在电话里形容得惊为天人，初雪去到店里一看，果然眼前一亮。

小姑娘叫宋冰若，披肩长发瓜子脸面，一袭红色修身大衣，体态婀娜，眉眼精致堪比玉女明星，难得的是那一股冷艳绝尘的气质，像流落民间的贵族，好一个粉雕玉琢的冰雪美人，那个艳绝一方的校花韩梦瑶挨她身边瞬间就被秒成了庸脂俗粉。来店里吃冰的从女顾客居多变成了清一色的男顾客，她接替白子玉的位子成了新的活招牌。小钱花痴般地看着她，巴不得把眼睛长在她身上。这可好，来了个白子玉迷倒冯菁，现在又来个宋冰若迷倒小钱，初雪叹气：身边怎么尽是花痴，不过想想自己好像也没好到哪儿去。

忙碌中寻着空隙，宋冰若来和初雪打招呼，声音又娇又嗲，喊她姐姐，还说自己刚想找工作就被聘用，特别高兴，一定是缘分，晚上要请她吃饭。初雪哪里能让一个妹妹请客，说我来我来。

晚饭就在袁初雪家吃的，她自己下厨，自从白子玉那档子事后，厨房基本废置,就靠外卖和方便面维生。她想着也好久没和朋友们聚了,正好叫上大伙儿吃一顿,她叫了冯菁叫了小钱还叫了几个平时一起拍片的工作伙伴,手机翻到丁琛那一栏,犹豫了一会儿,终于还是没有拨出去。

吃饱喝足,夜已深,大家纷纷离去,宋冰若坚持留下来帮忙收拾打扫,乖巧体贴得像个小棉袄。她从隔壁城市过来投奔亲戚,没找着人,路费花完了,所以能及时找到工作很感激。不知怎的,面前的小姑娘虽然温顺可心,初雪总觉得有点怪怪的,但具体是什么原因,她也说不上来。

收拾停当,初雪递给她一个草莓冰激凌,宋冰若看到白子玉送的那条水晶手链,刚才初雪做菜的时候顺手摘下来放在水槽边。

"好漂亮的手链,我可以看看吗?"

初雪点点头,她拿起手链放在灯光下细看,像看到宝贝一样:"真好看。"

"是以前一个朋友送的。"她现在可以平静地旧事重提,只是微微有点惆怅,真奇怪,距离婚礼那天不过短短半月,竟像隔了半生。

"那个朋友一定很了解你,这条手链和你很配。"

"也许曾经了解过吧,不过他已经离开了。"

"该不会是那个不告而别,让你很伤心的哥哥吧?"

"你怎么知道?"

"小钱哥哥告诉我的,你不介意吧?"

初雪内心布满黑线,这个小钱真是大嘴巴,为了和小姑娘套近乎估计把自己的家底都兜给人家了,不过在刚认识的妹妹面前,

Chapter 6

她还是要装出姐姐的范儿："没事，都过去了，你要是喜欢，送给你。"

"那怎么行，这应该是他留给你唯一的信物吧，我怎么能要呢。"

"没关系，难得你喜欢，就当替我处理掉了。"

"那我就不客气啦，谢谢姐姐。"

初雪心里想的是，这才不是他留下来唯一的信物，他留下的最宝贵的信物，是回忆，是让她明白，原来真的有值得孤注一掷去等待的爱情。她从把婚姻当成救生圈，到重拾对爱的信心，从这个层面上来讲，她还得感谢白子玉给她上了重要一课。

有剧组找上袁初雪，让她跟组做短片剧照师，就在云城周边一带拍摄，十二月底开工。她虽然从小在这块长大，可从来没好好逛过，正好借此机会散散心，跟人谈好条件很爽快地就把约给签了。从公司出来的时候正好是中午，家里冰箱已经空了，她打算去"冰雪缘"蹭一顿，提前打了电话让小钱给她把饭准备好。

自从宋冰若来了之后，小钱巴不得生根在店里，人也变勤快了，以前初雪让他帮忙做一点店里的事，付工钱的那种，他都各种找借口能推就推，现在天天围着宋冰若转，帮前顾后，就差给他安一条尾巴。初雪到的时候，见到他正在好言好语哄宋冰若，伊人眼圈微红，似是刚刚哭过。

"小钱！你对冰若做了什么？"初雪质问。

"我没有啊。"他一脸冤枉。

"那她怎么哭了？"

"她被房东赶出来了，我在安慰她。"

"昨天不是说找到一个价廉物美的出租屋吗？怎么被赶出来了？"

小钱一脸看破世事的样子："这个世上哪有价廉物美的事啊，凡是性价不成正比的，肯定有陷阱。"

宋冰若低着头一脸委屈："房东要卖房子，我刚住进去他就要我搬走，我不肯，这么着急上哪找房子去啊？他就把我的行李都扔出来了。"

初雪愤愤不平地说："这也太欺负人了，不是有合约吗？"

宋冰若噘嘴道："因为房子地段好，干净整齐，价格又合理，我着急答应下来，还没签约。"

"那就真的说不清楚了，你现在有住的地方吗？"

一个女孩子离乡别井，要是连一个暂时属于自己的小窝都没有就真的太可怜了，就跟她当年自己来云城一样，她理解那种心酸。

小钱插嘴道："我让她来我家暂住几宿，这样就可以慢慢找房子，钱也省了，我还能给她做饭吃。"

小钱这一门心思完全在给自己打如意算盘，初雪坚决反对："不行！男女授受不亲，虽然冰若应该看不上你，但孤男寡女待在一个屋子里多容易让你占便宜啊，我不同意！"

小钱反驳："喂！我是这种人吗？我跟了你那么久你还不了解我。"

"就是你跟了我那么久我才清楚，你看似老实，实则贼心不死。"

"好了好了。"冰若出来打圆场，"我住在小钱家确实不太方便，我自己想办法吧。"

小钱提议："袁姐，你家不是有一间房间是空的吗？干脆让冰若住你家得了。"

初雪确实一直有一间客房空置,而且两个女孩住也更方便,但她不习惯和还不算太熟的人一起住,况且这个冰若看着哪都好,但她就是觉得不知哪里透着古怪。

小钱见她犹豫,伺机报复:"哟,刚才还表现得那么关心人家,现在一听说人家要来住就嫌麻烦啦?"

冰若挤出微笑:"没关系的,我自己会想办法,就不给你们添麻烦了。"

看着小姑娘懂事的样子,自己明明有办法却对她置之不理,就好像是自己不懂事了,初雪决定对自己内心那点小纠结妥协:"不麻烦,一会儿下班就让小钱帮你把东西搬我家来,正好多一个人陪我聊聊天。"

"真的吗?我真的可以和你住吗?"

初雪点点头,冰若喜出望外:"谢谢姐姐。"

小钱眼看近水楼台的机会就这样被毁了,酸溜溜地对冰若说:"你一定要慢慢找房子,不着急,不要钱的房子,不住白不住……"

小钱的眼神突然怔住,初雪顺着他的目光望向门口,一个高挑的男子步入,坐在靠窗的位子,声音淡雅出尘:"一碗豆花冰。"

那张脸她曾在梦里无数次梦到,哭着笑着醒来,梦里不知身是客,这时见到,顿觉恍如隔世。

店内狭小,两人相隔不过几步距离,却像千山万水。

小钱面色尴尬,冰若不明就里,盛好豆花冰上桌,白子玉瞥见她手腕上的水晶手链,面露不悦:"乱把别人送的礼物转送出去很没有礼貌。"

初雪暗自设想过无数种重遇的桥段，人潮汹涌街道上的一回眸，各自牵着新的伴侣在夜店里狭路相逢，两个同样孤独的身影在电影院的 Poster 前驻足准备选择一场适合一人观看的午夜电影，异国他乡的意外重逢。浪漫的，落寞的，挑衅的，豁达的。但从未想过，竟然是这……家常的，连他数落自己的语气都和以前一模一样。

"已经送给我了就是我的东西，我爱怎么处置都行。"她气不过。一碰面就挑刺，不是应该最起码出于礼貌寒暄几句吗？

小钱端来午饭，初雪心想这个时候如果走的话就显得自己很放不开，她干脆坐在离他最远的桌吃起来，说是最远，店那么小，一抬头连他的睫毛都看得清。要不是有旁人在，她真想过去问他为什么那么多店不去非要来这里，是想来看看自己是不是如他所愿过得不好？那么抱歉让他失望了，她过得很好！

胡噜扒拉两口饭，她再也吃不下，匆匆离去，本以为再见面可以很平静，但心里还是忍不住起波澜，甚至怀着那么一丝侥幸：他是来关心自己的，他是来告诉自己之前那么做其实是有苦衷。这个念头一升起她就开始讨厌自己，事到如今竟然还存有幻想。

刚走出没多远就有人拍拍她的肩膀，她一回头，对上那张波澜不惊的脸："你落了钱包。"

她恨自己乱了阵脚，怕被他看出端倪，拿了钱包就走，那人亦步亦趋跟着她。

她没好气："你别跟着我！"

"我刚好也走这条道，路又不是你家的。"

初雪一路小跑，那人慢悠悠地走，仗着腿长，一路像是和她并肩同行。

她忍不住问:"你今天来干吗?"

"来冰店当然是吃冰啊,你以为呢?"

果然,就料到会是这种自讨没趣的答案。

他问:"那个店员是新来的吧?"

她防备:"干吗?看上人家啦?"

"才认识没多久就让人上你家住,太随便了吧。"

她惊讶:"白子玉,你偷听我们说话。"

他耸耸肩:"你们声音太大,我也不想听。"

她咬牙切齿:"卑鄙!无耻!"

"我是为你着想,就好像我,你和我认识的时间比她长吧,你还觉得我卑鄙无耻呢,更何况是你不知根不知底的人。"

"用不着你操心!"

"看你瘦了不少,最近是不是过得不太好?"

来了,他果然是来看自己笑话的,必须狠狠打击这种尖酸刻薄的心态:"我在减肥,冬天不减肥,春天徒伤悲,你没发现我身材又好了不少吗?"

"怎么把头发剪短了?"

"最近流行。"

"晚上还失眠吗?"

"睡得特别香,自从清除了某些垃圾,早睡早起身体倍儿棒。"

"那半夜那条短信是谁给我发的?"

"什么短信?"

她这才想起那晚揪着被角彻夜未眠,结果误打误撞发出"好想你"三个不要脸的字,虽然后来多此一举又补了一条,但怎么看都是此地无银，原来他都收到了，就等着羞辱自己呢。

她的脸"唰"地一下红了，又囧又迫，着急解释："那是意外！不是我发的，手机自己发出去的。"

"噢……"他故作恍然大悟状，"你的手机可真厉害，自己会编辑短信。"

她忍无可忍："够了！如果你是来观赏我的惨状，那么抱歉，我一定会让你失望的，我再低能再幼稚，也不会不争气到被你看笑话。走到沟壑里很容易，但我绝对不会进去的，我的人生再无用，也不会浪费在一个根本不喜欢我的人身上，这是我作为一个女人的底线。"

她甩甩头大步离开，就算心里还有不舍还有难过，在人前也要维持体面漂亮，眼泪只有在心疼你的人面前才是眼泪，否则只是咸咸的液体，她不想自己的感情这么廉价。

但不知是风太大听错还是怎的，她分明听到身后有一个轻微的声音在说——

"我就是担心你啊。"

当晚，袁初雪把客房腾出来让宋冰若睡，吃晚饭的时候，冰若问她："姐姐，白天那个哥哥就是之前离开你的人吧？"

她嗯了一声，低头喝汤，冰若继续说："他长得好帅啊，怪不得……不过他对你不好就是坏人，再好看也没用。"

"他不是坏人，他喜不喜欢我这是他的自由，不能因为他不喜欢我就说他人品有问题，这种事情没法强迫。"

你曾经喜欢过我，现在不喜欢了，那是我自己没本事，我不怪你。她心想。

"那……你还喜欢他吗?"冰若小心翼翼地问,小女孩心态难掩好奇。

"这已经不重要了,吃饭吧。"

两情相悦的时候,喜欢才是喜欢,自尊自傲都可以抛在一边,当另一个人收回绳索的时候,喜欢只是一场自编自演的独角戏,这种时候,请把骄傲找回来,让自己的退场保留起码的尊严。

今天初雪很早就困了,躺在床上迷迷糊糊觉得冷,睁开眼睛好像看到白子玉坐在床头,她以为自己又做梦,背过身去继续睡。"白子玉"把她扳过来,含情脉脉一脸勾搭俯下身来想亲她,她挣扎却推不开,想醒又醒不过来,快要亲到的时候床头电话铃响,她一下从梦境中惊醒。是个未知来电,那人不说话,她喂了几声之后对方把电话挂断。她有点害怕,去隔壁房间找冰若,却听见屋里有人争执的声音,她蹑手蹑脚推开门,宋冰若安安静静躺在床上熟睡,哪里有半点声音。

之后几晚断断续续都有这种情况发生,她以为是自己思虑过盛,直到有一天她起床去倒水喝,却看见地上有个小物件,是那串水晶手链。

云城郊区有个青龙湾,可以爬山游湖,风景秀美,在周围一带颇有名气,由于海拔较高,入冬的时候烟雾缭绕,尤为美丽。宋冰若几次提起想去看看,这周末初雪就开车带她去,她一路上表现得甚为雀跃,一直让初雪用手机给她拍照。

这几日一直下着小雪,漫山遍野的植被都裹着一层薄霜,别有一番风情，两人爬到山顶，整个青龙湾银装素裹，云烟环绕，仿似仙境。

初雪指着远处一朵盛开的白色花朵："那个是雪莲花吗？"

宋冰若莞尔道："雪莲花只在极寒之地生长，怎么可能生在这里？那应该就是普通的玉簪花吧？"

"你不是从小住在云城附近，从没去过别的地方吗？怎么知道雪莲长什么样？"

宋冰若笑容一滞，但镇定得很快："我在书上看过。"

初雪淡淡地哦了一声，两人又往上走了一阵，到了蹦极的地方，冰若兴致高昂地想玩，绑保护装备的时候初雪问她："你晚上是不是进过我房间？"

"没有啊，我一向都睡得比你早。"

"那这是什么？"她拿出水晶手链，这下宋冰若哑口无言。

"自从你来了之后，我每晚都见到白子玉，有时候会从你房间里传出奇奇怪怪的对话声，但明明只有你一个人在，我从来都不信怪力乱神那套，但又分明不是错觉。"

宋冰若瞪大眼睛一脸无辜："会不会是你太思念他了所以产生幻觉？"

"哼。"初雪冷笑一声，"那绝对不是幻觉，那个人虽然音容笑貌和白子玉一模一样，但是我印象中的白子玉从来不会流露出那种充满欲望的眼神，他或许清高自傲，但眼神永远是干净的，那种眼神太陌生了，绝对不是我主观生出的幻象，是有人故意为之。"

初雪向她逼近一步："白子玉的出现就让我觉得有点奇怪，处处透着那么一丝不寻常，我本来还只是半信半疑，直到你的出现，你到底是谁?或者说,你们到底是谁?"

宋冰若后退:"我不懂你在说什么。"

"我睡觉的时候房间门一直是锁着的,但你却可以自由进出,每当我有危险的时候白子玉总会及时出现,我以前觉得那是缘分,但哪有那么巧的事?他走了你来了,然后他又回来了,我总觉得你和他之间也有着千丝万缕的关系,你们到底是为了什么来到云城?"

宋冰若的脸上绽放出诡异的笑容,容貌不变,但因着这可怕的表情竟似变了一个人,她说:"为了你。"

初雪一惊,她脚下山石塌陷,身子往后跌,想抓树枝却没抓住,整个人向空中坠落!

她惊呼出声,宋冰若那张长发飘散美艳又可怖的脸离她越来越远,她在空中扑腾,极大的恐惧在内心中蔓延开来,难道她要就这样死去?不!她才刚刚想明白自己该怎么活!绝不能就这样死了!

惊慌中有灵光从脑中闪过,她闭上眼睛,大喊:"白子玉!"

这个名字响彻山谷,除了回音,全世界的一切仿佛都凝固,她的身下生出薄冰,从半空蔓延至山腰,她沿着冰桥慢慢滑向那个人。

一着陆她就死死抓住他的肩膀:"别再告诉我是幻觉,你到底是谁?神仙吗?妖怪吗?超人吗?不会是鬼吧?"

白子玉不回答,抱着她凌空踩踏上去,凡是他落脚之处就生出一块坚冰,变成一道悬空的冰梯。

上头的宋冰若冷笑:"终于逼你现身了,我得不到的,你也休想得到。"

白子玉抱着初雪跃上山顶,初雪一站稳就推开他:"别碰我,你俩根本是一伙的。"

"你看看,你把最宝贵的东西都给了她,但是人家好像不领情。"宋冰若一脸嘲讽。

"什么最宝贵的东西?你给了我什么?"袁初雪一头雾水。

白子玉警告宋冰若道:"我非常负责任地告诉你,你想要的东西,你永远也得不到,别白费心机。"

"得不到那我就毁了她!"

"你试试!"白子玉掐着她的脖子拎起来,眼神中第一次流露出杀气,"我一定让你灰飞烟灭!"

"雪族不能自残,我虽然只是一只小小雪妖,但你要让我消失自己也得大伤元气,就不怕重蹈三年前的覆辙?就为了这个女人?"

雪族?雪妖?三年前?初雪越听越糊涂。

白子玉放下宋冰若:"你走吧。"

"你就不怕我又来找这个女人麻烦?"

"有我在。"

"就怕你自身难保。"宋冰若愤愤起身,躲到一棵松树后。松树明明很细,她一点一点挪过去竟似隐身进了树干,瞬间消失不见。

情景太奇异,但经历过刚才死里逃生的袁初雪已经见怪不怪,她捏着白子玉的脸,问:"你还没回答我,你到底是个什么东西啊?大白天的能现身应该不是鬼吧,不过是厉鬼也有可能。"

白子玉一把拍掉她的手,走下山去,山顶上被定格的游人瞬间恢复正常,爬山的爬山蹦极的蹦极,好像刚才那一幕根本不曾发生。

袁初雪恍然大悟,追在他屁股后面问:"噢!所以那晚你踩着车顶出现也是真的,怪不得只有我一个人记得,你是把别的人都点穴了吗?还有我差点被邹林非礼那次,也是你吧?喂,说话呀!"

"烦死了！"白子玉咕哝一句，快速从山石处拐弯，初雪飞奔过去，哪里还有人？看来宋冰若那招他也会。

2

袁初雪彻夜未眠，在维基百科和网络图书馆上搜索关于"雪妖""雪族"的词条。"雪妖"又叫"雪女""雪姬"，是在冰雪天出现的精怪，冰肌玉骨，貌美绝伦却心如蛇蝎，以美色诱惑男子，使他们在风雪天失足坠崖，擅幻术，迷人心智。也有野史记载，雪妖一旦看上喜欢的男子就制造幻觉色诱，在接吻的同时将其冰冻，好让他永远只属于自己。唯一的罩门就是怕热，一遇到热水或是高温就会融化，但来年下雪天又会卷土重来。至于雪族，则找不到半点相关资讯。

初雪心想，宋冰若自称雪妖，难道她看上自己所以借机接近并在夜晚幻化成白子玉来色诱？可自己又不是男人。那么说白子玉也有可能是雪妖，怪不得每次只要他一出现就下雪，他一离开云城气温就回升，他碰过的热水杯瞬间变凉，他能令人身体冻结，所以让高东东在和初晖打架时动弹不得，他能够随时说出现就出现说消失就消失，看他能抵御宋冰若，应该是比她法力更高端的妖精，怪不得长成这个祸水的样子。

纵使从来不信怪力乱神，但摆在面前的一切让她不得不承认，自己或许早被卷进了一个未知的神秘世界。可她一点也不觉得害怕，因为开启那个大门的主人会在她每次遇到危难时现身救她,会在同族想害她时挺身而出说"有我在",不管出于什么原因,他一定会护她周全。女人的直觉很准,尤其当她喜欢一个人的时候。

但是他们为什么要找上她呢?接近她到底有什么目的?宋冰若说三年前,难道和自己三年前在K2峰遇险那次经历有关?白子玉也曾说过三年前遇见过一个奄奄一息的女人,还拿走了他最重要的东西,这中间一定有一个巨大的秘密,她感觉千丝万缕的线索在自己脑中汇聚,仿佛整理出了头绪,却又还是一筹莫展。

天蒙蒙亮的时候她太困了,迷糊糊睡去,睡前只确定了一个想法:要知道答案就得从白子玉下手,至于怎么逼他现身?相信没有人比她更有把握。

傍晚车流高峰期,一个女人颤颤巍巍走到十字路口中央,车来车往,纷纷对她鸣起喇叭警告,更有司机从车窗探出头来咒骂她,这种行为实在是阻挠交通加找死。

没有办法呀,袁初雪也害怕,但是这种大庭广众之下找死的行径应该最容易引起某人注意吧,每回不是只要她有危险他就出现吗?所以只好拼了。不过她也怕死,所以走得小心翼翼,眼观八方,她站在路中央,非常打眼,往来车辆对她急速避让,虽然有一两次颇为危急,但也没出事。站了大概半小时,已经有人报警,再不走可能就要被请去派出所喝茶,也许白子玉今天开小差了吧,她只得偃旗息鼓,往人行横道走去。

猛然间强光一闪,横地冲出一辆重型机车,她被晃得刺眼,闪避不及,快将撞上的时候,被一股极快极强的力道拉进一个熟悉的怀抱。机车驾驶者扔下一句"十三点",绝尘而去,她却被骂得很高兴,伏在对方胸脯上抬头看着他。那人没好气地把她甩开,扭头就走。

"喂,你怎么翻脸跟翻书一样?"她追上去抗议。

"别跟着我。"

"凭什么,我刚好也走这条道,路又不是你家的。"她把那天白子玉的话原封不动还给他。

她问:"你要去哪儿?"

"关你屁事。"

"噢,那我就只好一直跟着你喽。"

"你有病吧?"

"我是有病啊,'太特么爱你综合征'听过吗?"

"不要脸。"

"你关心一个不要脸又有病的人,你更有病。"

"我什么时候关心你?"

"你每次在我有危险的时候就出现,还不叫关心?刚才就被我抓现行啦。"

"别自作多情,哪怕是一条流浪狗我也会救,虽然你脑子有问题,但好歹也是一条生命。"

"你就继续死鸭子嘴硬吧,宋冰若说她是雪妖,那么你就是男雪妖?史料上说雪妖生性冷酷,喜欢害人,可是为什么你一而再再而三地救我?难道是像白蛇娘娘那样为了报恩?我可不记得我救过什么人,噢不对,救过什么妖啊。"

一向淡定的白子玉都开始没好气地说:"你有完没完,到底想干吗?"

"你为什么接近我?为什么保护我?你说来云城要找的那个女人,其实就是我吧?你要从我这里拿回什么东西?三年前又发生了什么?还有,你到底是谁?是人是妖是魔?我要知道真相。"

白子玉看了她一会儿,目光开始四处搜索遮蔽物,初雪早料到他会来这招:"不用找了,你那个突然消失不见的隐身法在这里不适用的,我早就勘察过,这条马路宽大开阔,视野明朗一目了然,而且——"她指指上头的监控,"因为地处繁华,四处都有摄像头,你要是突然不见,会被录下来的,到时候怎么解释?你还能在云城待下去吗?"

白子玉一脸黑线:"这种时候智商倒是在线了。"

"对付非常人,得用非常手段。"

"你也知道我是非常人。"

他微微一笑,初雪暗叫不好,但见瞬时间云升雾绕,烟雾弥漫,监控镜头也被薄雾盖住。她四处抓拉,却抓不到人,待得烟雾散尽,哪里还有白子玉的影子?初雪暗暗咒骂,又被这厮跑了。

所谓道高一尺魔高一丈,自从袁初雪确定了两件事后,她就一发不可收拾地作死:第一,白子玉的本事可能比自己想象中大;第二,他绝不会放任自己见死不救。

溺水、跳楼、上吊、开煤气,她以这四种自杀方式成功逼得白子玉现身,其实她一开始只是想做做样子,但发现只要是假装的他就不上当,非得动真格他才出现。

她对他说:"看,又被我抓到了吧,你看你多紧张我。"

终于，在她准备实行割脉、吞安眠药、烧炭、卧轨之前，他忍无可忍把她冰冻起来，她手脚不能动，嘴皮子还很利索："你终于要对我下手了吗？把我冰冻起来据为己有。"

他懒洋洋地跷起二郎腿坐在卧室沙发上，喝一口她刚泡好的咖啡："我还不至于这么饥不择食。"

原本在客厅睡觉的肉肉闻风而来，初雪如见救星："养狗千日用在一时，肉肉，咬他！"

肉肉见主人保持奇怪的姿势不动，歪了歪脖子动了动耳朵觉得奇怪，白子玉揉揉它的头："没事肉肉，你主人在练瑜伽呢。"

肉肉轻吠一声，好像在说听懂了，随即乖巧地在他脚边趴下，还摇了摇尾巴。

这下袁初雪傻眼了，大骂："傻狗！认贼作父！我才是你主人啊！你真是吃里爬外，忠奸不分，狼心狗肺，忘恩负义，白养你这么大了！等我能动了就把你宰了做成狗肉煲！"

肉肉"嗷"了一声似表示不满，而后绝尘而去，再也不回头看它主人一眼。

白子玉拿小勺搅拌咖啡："你可以改名狗不理了，连你们家狗都不理你。"

初雪已经了解他刀子嘴豆腐心的作风，完全不以为意："狗都不理我你理我，你比狗都不如，赖在一个想死的女人家里不走怕她有事。"

"你大可以去死，但不能因我而死，那样会坏我修行。"

"哟，你们雪妖不是专以美色害人吗？怎么你这只公雪妖这么有良知？"

他微微皱眉:"谁告诉你我是雪妖了?"

"原来你不是啊,那你是什么?"

"我是……关你屁事!"他竟然翻了个白眼。

"你现在讲话越来越粗俗,竟然还学我翻白眼。"

"近墨者黑。"

"你也承认和我很近啊,刚才不是嫌弃我来着?"

"你以为我愿意?"

"那你是为什么接近我?"

"我那是因为……关你屁事!"他差点又上当,干脆转过身去不理她,"人类真狡猾。"

"到底是谁狡猾啦,我好端端的与世无争,是谁主动接近我?招惹了我又一声不吭地走掉,害得我伤心难过,好不容易痊愈了又在我面前出现,还不告诉我原因,到底是谁的问题?"

白子玉有点心虚,憋了半晌说了一句:"那是个意外。"

"意外?你把我的人生搅得天翻地覆你跟我说纯属意外?"她冷哼一声,"我告诉你最大的意外是什么,那就是我从没想过会遇见你,但我遇见了,我从没想过会爱你,但是我爱了,你就是我最大的意外,你给过我选择的余地吗?"

白子玉待不下去了,欠欠身道:"我先走了,你慢慢生气。"

"你就不怕我再寻死觅活啊?"

"你不累吗?要不要歇会儿?先把饭吃了再继续?"

初雪想了想,确实腹中饥饿:"也行,成交!"

白子玉吁了一口气,终于可以休息了,不料她说:"不过得你做!"

"我给你五十块钱你自己叫外卖。"

"不行！你要是不做，我就活活饿死自己！"

半个小时后，袁初雪成功地看着白子玉围着围裙在厨房里忙上忙下，灵巧的手打鸡蛋、切菜、翻炒、调味，动作像钢琴家弹奏乐曲一样优雅，而她只需要从旁指挥，下达命令她想吃什么即可。好看的人做什么都好看，连厨房这种大妈感甚强的地方都被他映衬成了时尚大片现场。

袁初雪突来灵感，拿起相机，将他的一举一动摄入镜中。

他抗议："你干吗？"

"你做你的菜！别分心管我的闲事，一会儿菜不好吃我绝食给你看。"

"大姐什么叫管你的闲事，你在拍我啊。"

"摄影师也是创作者，灵感就是创作者的生命，身为一个创作者灵感匮乏是会死的你懂吗，你想逼死我吗？"

他满脸黑线："你不要动不动就用死要挟我，很没有创意。"

她继续强词夺理："况且这里是我家，在我自己家里，我爱干嘛就干嘛。"

白子玉懒得理她，以风驰电掣的速度做好三菜一汤：土豆焖鸡，滑蛋虾仁，空心菜炒腊肉，海带排骨汤。色泽鲜嫩，香味怡人，光是卖相就赢了。

初雪尝了味道，连连赞叹："这些菜你真的是第一次做？"

"你觉得像我这种'非常人'，有动手做菜的需要吗？"

"所以你无论学什么都很快，也是因为种族的问题？"

"在我们那个世界，所有人的相貌和领悟力都比人类要优秀，当然，我在那里也算出众的。"

她啃着鸡翅膀，面露鄙夷地说："真是干什么都不忘夸自己，你们那里的人也都很自恋吧？"

白子玉保持微笑："实事求是而已，菜吃得还满意吗？"

"嗯，相当不错。"

"那你慢慢吃，我先走了，没什么事别联络。"

"等会儿！"她拿鸡骨头指着他，"坐下，陪我吃饭，我不喜欢一个人吃饭。"

"你以前不是经常一个人吃饭吗？"

"那是以前，现在有你在，干吗不用？又不要钱。"

白子玉脸色微愠，她马上喊："不许生气，生气我就死给你看。"

白子玉愣愣地看了她一会儿道："你现在就是拿这个吃定我就对了？"

她凑近和他对视："白子玉先生，我为了见你，可是冒着生命的危险。"

虽然袁初雪并没有得到自己想要的答案，白子玉也没找到阻挠她作死的方法，两人可算势均力敌，僵持不下。袁初雪掌握了对他呼之即来的技巧，竟然食髓知味，从中找到乐趣，没事就玩个自杀召唤神龙，让他陪自己解闷或差使他做各种事。这种心态就像学生时期总有男同学喜欢欺负女同学，扯她的马尾辫或是弹她的文胸肩带，恶作剧的原因并不是因为讨厌，恰恰是因为喜欢，喜欢她却不知如何表达，只好用这种幼稚的手段引起对方注意，希望在她心里留下特别的印象,提醒她不要忘记自己。

袁初雪自从确信白子玉对自己的疏远是有隐情后,想靠近而不得其法,只好用这种小男孩般的拙劣手段强调自己的存在。但有句话她自己都不好意思承认:现在这种相处,竟让她有种甜蜜的半同居感。她一边为自己这种一厢情愿的想法感到羞耻,一边欲罢不能,只希望这种日子可以一直过下去。

周末有一件尴尬的事发生,她例假来早了,可家里的卫生巾刚好用完。她鬼哭狼嚎地把白子玉召来使唤他去买,并细心嘱咐他买哪个牌子哪种型号,顺便让他把家里快用完的生活用品一并添置。白子玉一脸郁闷地买回来给她验收,她嫌弃白子玉把日用买成了夜用。白子玉拿着一包卫生巾正和她斗嘴,这典型小两口居家斗嘴的一幕被刚进家门的初晖撞个正着,他惊得合不上嘴。白子玉见到他也有点讪讪,愣了半晌,初晖把他姐拉进小房间私聊。

"怎么回事?"

"他去帮我买卫生巾啊,你不是看到了吗?"

"我是问为什么他会在这儿?"

"我叫他来的,我卫生巾用完了让他去帮我买啊。"

初晖简直要被他姐气死:"我是问你和他什么情况?你之前不是被甩了吗?上周末你还跟我说和这个贱人老死不相往来,现在竟然主动让他到家里来,情节反转太大了,这都什么情况?"

初雪一时半会儿也很难和弟弟解释清楚,这中间的原委太过离奇,就算她说了,初晖也不会信。说白子玉不是人类,是妖?是仙?估计他弟直接把她当精神病送进医院。她只能随意找个看似成立的理由搪塞:"再见亦是朋友嘛,大家成年人,成熟点。"

"朋友？"初晖表情夸张，"一个普通男性朋友会帮你买卫生巾？你好意思让一个普通男性朋友帮你买卫生巾？这不科学！你别欺负我年纪小不懂啊。"

"江湖救急嘛，谁没有点三长两短需要朋友帮忙呢？你还好意思说，你经常不在家，一有空就陪你的小女友玩变装，你姐有事都找不着人，前男友都比你靠谱，你是怎么当人弟弟的？"

她把罪责引导到初晖头上，企图转移视线，初晖面色不善地盯着他姐看了一会儿，下了结论："以我对你智商情商双低加好色的了解，肯定是人家对你假以辞色，你就觉得还有戏，巴巴往上贴，甚至不惜找出各种拙劣的借口制造和他相处的机会，连帮忙买卫生巾这种恬不知耻的事情你都干得出来，你说，我没看着你这段时间，你已经丢人多久了？"

"你就把你老姐想得这么不堪？"

"不是想，是基于对你长时间的深刻观察做出的合理推测，你这就是在自讨苦吃，同一个坑里掉进去两次，蠢死了！"

初雪一拍她弟后脑勺："懒得跟你解释，随便你爱怎么想。"

可像初晖这种年龄的男孩子，处在青涩和成人的边缘，又第一次谈恋爱，总爱把自己当大人，觉得很多事情都懂，都跃跃欲试想掺一脚，所以在袁初雪上洗手间的时候，把白子玉叫去外面私聊。

天气很冷，呵出的气都成了白雾，树枝上还残留着前两天下的积雪，小区的长凳上，两个男人并排而坐，袁初晖摆出一副老成持重的样子："你以前帮我解过围，我欠你一个人情，但这跟你和我姐的事是两回事，一码归一码……"

"你冷不冷？"白子玉突然问他。

他搓搓手："有点。"

白子玉脱下外套披在他身上，外套款式是今年最流行的飞行员夹克，还是时髦的亮蓝色，初晖问："这件衣服我之前在杂志上看到过，这个牌子很贵吧？"

"你喜欢就送你喽。"

"谢谢小白哥！"

初晖笑逐颜开，随即意识到自己竟然这么容易被收买，咳嗽两声以稳住军心："其实我找你出来是想和你说，我不知道你和我姐之间具体发生了什么，我直觉你不是坏人，但我看到的就是她因为你而受伤。以前她失恋，猛吃一顿再疯狂购物一天发泄完就好了，这是我第一次见她为了男人这么难过，她有时候连自己在流眼泪都不知道。她把一颗心掏出来给了你，你才能伤她那么深，我不知道你们因为什么又凑在一起，但是如果你对她没有那方面的意思，请你不要给她希望，她聪明的地方很聪明，蠢的地方真是蠢得一塌糊涂，绝对是你给点阳光就灿烂，给点海水就泛滥。成年人之间那种好来好往的暧昧游戏她玩不起的，我不希望我姐再受到不必要的伤害，请你放过她。"

一个为人弟的如此诚心剖白，护姐情切，换了任何一个人的回答肯定都是好言好语答应，不料白子玉来一句："我不会放过她的。"

初晖惊住了，白子玉接下来的阐述更让他目瞪口呆："今天你可以来找我，但你确保以后有任何人欺负你姐了，你都能像这样找他说理吗？这个世界上坏人很多，我也不能保证我就是百分之百的好人，答应了也可以反悔，想要你姐不受伤害，只有靠你自己，像上次为了韩梦瑶和高东东单挑那样，靠你自己的力量去守护你想守护的人。"

初晖有点心虚："上次那是意外……"

"但起码你跨出了第一步，你是你们家唯一的男人吧，现在你姐又嫁不出去，你不管她谁管她？你得像个爷们儿一样，去保护你的家人，你姐如果连你都靠不上，她还能指望谁？"

初晖本来想和他辩论，但越听越觉得有道理，点头说："她人缘一般，也确实没人能指望。"

"所以你不应该求我，应该求你自己，我不过是个过客，你才是那个会一直在你姐身边，陪她经历风风雨雨的人。"

初晖点点头，突然反应过来："你要走吗？又要离开吗？这次去哪？"

白子玉一脸黑线，心想这姐弟俩的关注点真是一样奇葩，果然是一家人，他拍拍初晖的肩膀："恋人、朋友、同事，这些都是生命中随机遇到的人，他们和你没有血缘关系，即便不认识你，也会认识别的人，同样的，你不和他们在一起，也会和别的人在一起。任何人都不是唯一，任何人都是可以被替代的，除了家人。"

初晖认栽："所以我这辈子是休想甩掉我姐这个包袱了。"

"所以你要尽快成长起来，担起一家之主的责任，尤其是你姐有时候智商又有点问题，需要你多担待。以后不要让你姐操心，不要让你姐哭，谁欺负她你要替她出头，吃饭的时候记得帮她把葱花挑出来，看电视剧的时候要耐心听她吐槽，别让她喝醉，她不开心的时候要带她去游乐场坐摩天轮，她寂寞的时候不要扔她一个人在家里，要陪着她别让她胡思乱想，哪怕和她吵吵架斗斗嘴也好，就算她嫁不出去也要鼓励她是一个美好的女人，不要将就把自己对付掉，她根本不知道自己有多好。"

初晖一边默默记着一边觉得有点不太对劲："小白哥，我怎么觉得你有一种交代后事的感觉。"

白子玉叹口气，他这两天总有种不好的预感："谁知道明天会发生什么呢。"

天空飘落点点雪花，这已经是今年第四场雪了，因为某个人的到来把温暖的云城变成了雪国。

但是没有人知道，那颗冰雪尘封千年的心也因为某个人的出现而裂开了小缝，第一次照进了阳光。

和白子玉聊完之后的初晖，只要一有空就回家看着他姐，有时候还带着韩梦瑶一起来蹭饭，恋爱家人两不误。这么一来，袁初雪失去了很多单独见到白子玉的机会，她抗议："你们登堂入室秀恩爱虐狗这样好吗？"

初晖毫不客气地把最后一块红烧肉夹进韩梦瑶碗里："我们是关爱单身狗，怕你一个人在家觉得寂寞。"

"并！不！会！"她指着桌上几个空空如也的盘子，"本来我烧一次菜可以吃两天，你们来了一顿都不够吃还要加菜，伙食费呢？买菜不要钱啊！"

"姐，你动不动提钱真的很庸俗，爱心是无价的。"

韩梦瑶叹息："是不是女人到了一定年纪就会计较钱啊，变得很现实，柴米油盐都挂在嘴边。我妈也是这样，真可怕，我以后老了一定不要变成她们这样。等我三十岁了，我就躲起来隐居，这样你就不会看到我老的样子了，记得的永远是我最年轻最美好的时候。"

她后面半截话是对着初晖说的，两个人含情脉脉对视，初晖说："你在我心目中永远都是最年轻最美好的。"

袁初雪筷子都掉地上了，太肉麻，她忍无可忍："什么叫三十岁就躲起来，三十岁很老吗？三十岁的女人心理生理都处于巅峰，花样年华刚刚开始，然后，你们两个秀恩爱也有个限度，我现在正在吃饭，你们这样很影响我胃口。"

韩梦瑶把红烧肉放进嘴里："袁姐，你脾气这么暴躁是不是因为还没从小白的后遗症中走出来啊？我早就和你说过，那种小鲜肉不过是贪图新鲜，没试过姐姐类型，试完很快腻的。"她皱皱眉，"嗯，这个红烧肉有点老，做得不嫩。"

这个韩梦瑶其实人不坏，就是没头脑的花瓶，还特别没有眼力见儿，哪壶不开提哪壶。本来初雪见她年纪小，懒得计较，但他们妨碍她办正事这她就忍不了了："够了，嫌我老还嫌我做的肉老，别吃了，赶紧走，我明天锁门了，不让你们进来。"

"姐，我有钥匙。"初晖好心提醒她。

袁初雪干脆撂下筷子："袁初晖你什么情况？存心和我找碴是不是？那天白子玉到底和你说了什么？自从你俩鬼鬼祟祟在外面私聊完之后，你就整天往家跑，到底有什么阴谋？"

"你怎么能这么想我们呢？我就是想多关心关心我姐，好心当成驴肝肺。"

"你们？你叛变啦？这么快就和他站在同一阵线？你这个汉奸！"

"什么汉奸，叛变，说得真难听。"

"那你们到底聊了什么？要不是阴谋有什么不能说的。"

"反正是为你好，小白哥也真是个好人，明明不喜欢你还对你那么好。"

袁初雪已经猜到了八九："他是不是让你看着我，他自己好置身事外。"

初晖据理力争："他本来就是个外人啊，而且你们又分手了，你总不能以后什么事情都麻烦人家吧。"

然后他再说什么袁初雪都听不下去了，敢情白子玉把她当球一样踢来踢去，避之唯恐不及。本来这几天的相处下来，她以为他心里至少是有自己的，至少是担心自己安危的，只是嘴硬不肯承认而已，现在看来，她的纠缠对他无疑是一种困扰，那他干吗关心自己死活？干吗还要给自己希望？当乐子耍着玩吗？

晚上她躺在床上越想越气，根本睡不着，一骨碌起身，穿着睡衣跑到小区的人工湖边，大喊白子玉全名，半天没人理她，干脆把心一横，纵身跳进湖里。湖面上已结了冰碴，零度的湖水冰冷刺骨，浑身像被刀割，她越沉越深，感觉呼吸困难的瞬间，终于一双手托着她往上顶，跃出水面的那刻，她回身抱住那人："这次出现得有点慢啊，你知道这水有多冷吗？"

白子玉把她抱上岸后，一把扔在草丛里。

她不满道："喂！能不能温柔一点？我又不是包裹。"

他不理她，拍拍手离去，她爬起来一把拉住他说："你到底什么意思？"

白子玉回头看着她说："这话应该我问你吧，这种寻死觅活的游戏你到底要玩到什么时候？你不腻吗？"

"是啊,我玩这种幼稚的游戏你还一直奉陪,你不腻吗?"

她浑身湿透,头发上还沾着树叶,冻得连连打喷嚏,模样真是有够狼狈,可手还是紧紧拽着他衣袖。

白子玉看看她,不说话。

"你一边容忍我的无理取闹,在我一哭二闹三上吊的时候每次都及时出现,一边表现得对我百般嫌弃,还巧言令色让我弟替你看着我;一边让我对你心存幻想,一边又把我往外推,在我将要对你死心的时候给我一点希望,然后又一脚把人踢到地狱。你的手段真是太高了,你把人的心一收一放甩着玩,让我琢磨不透你的用意,你觉得这样很有意思吗?"

"我听不懂你在说什么,但如果你愿意这么想,随便你。"

"随便你"绝对是袁初雪在男女关系中最厌恶听到的三个字,它代表一种已经无所谓的态度,你爱怎么做怎么想与我无关,冷漠往往比拒绝更伤人。

"我就问你一句话。"她也觉得自己这样苟延残喘太没出息,说是为了得知真相,但你看他哪里有半点会告诉你的意思?与其继续让自己沉溺在无果的幻想里,不如当断则断,长痛不如短痛:"你有没有可能和我在一起?哪怕是一点点可能呢?"

白子玉像是听到了什么可笑的话,忍俊不禁:"我和你根本来自不同的世界,就算你言情小说看多了一厢情愿抱着浪漫幻想,觉得这是缘分,但是人鬼殊途你总听过吧,物种都不同,怎么结合?如果说我的友善让你造成不切实际的幻想,那算我错好了,现在我明确地告诉你,我们之间根本没可能,半点都没有。"

好了,一把刀戳进心脏,但心还在跳,要死就死透,她又问:

"你到底有没有喜欢过我?"

"这是第二个问题,不是说只问一句吗?"

"回答我!"她尽量控制面部表情让自己看起来平静,但死死握拳到几乎掐进肉里的指甲却出卖了她的紧张。

白子玉看了她一会儿,斩钉截铁说出两个字:"没有。"

"从来都没有?哪怕是一瞬间都没有?"

他的眼神清澈如水,说出口的话却绝情至极:"我从来都没有喜欢过你,一天、一瞬间、一秒都没有。"

她点点头,语气很平静:"你走吧。"

对于她反常的平静他感到有点意外,依言离去,才走出几步就被叫住:"等等。"

他以为她终于还是不死心,又要作妖,不耐烦地转身,她上前两步,把一个物件塞进他手里:"还给你,谢谢你留给我的回忆。"

她走了,这次,再也没有回头。

他松开手,是那条水晶手链。

3

翌日,袁初雪去找冯菁吃早餐,她们杂志社楼下有全云城最好吃的 Brunch,玻璃顶棚的房间里面种满鲜花,清晨晒着太阳闻着花香享受一顿丰盛的早餐,着实惬意。看到袁初雪的时候,冯菁愣了一下,面前的女子妆容精致,穿着当季最流行的鲜嫩鹅黄色洋装,踩着尖头细高跟,笑得春风拂面,活脱脱一个都会时髦女郎,和以往黑白灰三色走天下的性冷淡风格判若两人。

袁初雪朝服务员挥挥手:"一份英式早餐,鸡蛋要单面煎温泉蛋,咖啡要香草摩卡,所有食材少盐少油,谢谢。"

她的微笑如有魔力,连服务员小哥都忍不住羞涩地多看几眼。

"你发春啊?"冯菁咬一口薯饼。

"不好看吗?"

"好看是好看,就是不太适应,你已经多少年没有穿过这种少女系的衣服了。"

"我还有半个月才满三十周岁,年轻着呢,人生刚刚开始。"

"你又遇着什么好事了?新桃花?"

"没有。"她喝一口咖啡,"非要有男人才可以高兴吗?你真肤浅。"

"喂。"冯菁犹犹豫豫,还是开口了,"我昨天见丁琛了。"

听到这个名字,袁初雪微微怔了一下,心里泛起一丝愧疚:"他怎么样?"

"他辞职了,现在准备自己开餐厅,忙里忙外,整个人瘦得脱了相。"

初雪点点头:"早就觉得他有商业头脑,早点创业也好,有什么帮得上忙的地方你告诉我。"

"你干吗不自己问他。"

"我不确定他想不想再见到我。"

两个人安静了一会儿,冯菁率先打破沉默:"大方点,大家这么多年同学,买卖不成仁义在,有什么事情你们自己联络,别把我横在中间跟信鸽似的。"

"真希望丁琛可以早一点认清谁是最适合他的人。"

冯菁恍若未闻,低头仔细切着培根,把肥瘦肉分离开来。

袁初雪用很认真的语气说:"他和你相处,比和我在一起舒服自在多了。其实,如果你们两个最后能成,我会很高兴……"

"打住!"冯菁打断她,"我这纯属出于江湖道义,绝不是乘人之危,你可千万别这么想我。"

"不是,我是说真的,你俩真的挺合适……"

"Stop!够了!此事休要再提。"冯菁点一根烟,"什么时候轮到你操心我的感情生活了?我又不缺,你还是多担心担心你自己吧,即将满三十岁的姑娘哎,找到下家了吗?女人到了这个岁数如狼似虎,你别荷尔蒙失调。"

这就是冯菁,一旦被触摸到心里最柔软的点,就竖起浑身利刺先行攻击,用难听的语言武装自己,宁可让别人觉得自己张牙舞爪,也不要让人看见自己脆弱的一面。这种女孩要强、好面子、不肯示弱,打落牙齿和血吞,注定吃的苦会比别人多。

袁初雪笑了笑,不再提这茬,她太了解她了,若不是真的在意,怎么会介意你说的?她在香肠和鸡蛋上洒上起司粉,准备安心享用早餐,余光发现好像有人一直在看自己。

那个男人独自坐在角落里,穿一身剪裁得体的黑西装,好像还挺英俊,对着袁初雪举举杯。

书里怎么说来着?上帝给你关上一扇门,必然给你打开一扇窗。既然桃花运来得这么快,那她就却之不恭了。

男人叫薛墨,做投行的,来云城做一个并购企业的风险评估,三十出头的样子，眼神锋利、气质高贵，不说话的时候薄唇紧抿，给人冷峻邪魅之感。不同于白子玉那种如玉的纯净美少年气质，薛墨浑身上下散发着成熟男子的魅力，神秘又性感。

薛墨倒也坦荡，开门见山表示对袁初雪一见钟情，直接问她要了号码，这让一向自诩男人缘比她好的冯菁扼腕，觉得一定是自己那天轻敌，穿得太随意，才会输给失心疯突然打扮得花枝招展的袁初雪。

他俩前前后后约会了三次，一次在餐厅，一次在艺廊，第三次约在电影院，因为初雪之前提到过想看这部新上映的爱情片。

有别于丁琛的暖，白子玉的温柔，薛墨对女人的好是带着霸道的，比如第一次吃饭的时候他就包起了整个场，怪不得平时生意不错的西餐厅那晚只有他们一桌客人，还是中途初雪上洗手间的时候服务员和她说的，连连艳羡："你男朋友真好。"初雪尴尬地说："他不是我男朋友。""不是男朋友都这么大方，那就更好了！"

第二次去艺廊看画展，结果他第二天竟然把她驻足夸赞过的所有画都买了下来，直接让快递送家里。初晖见这阵仗，为之动容，怂恿他姐赶紧献身，这种人傻钱多还帅的凯子死一个少一个，这要是他姐夫，以后可以天天敲诈勒索。他的猥琐言行引来他姐一顿暴揍。

第三次看电影之前，初雪连连叮嘱薛墨，千万不要做出包场包戏院之类的土豪行径，她想好好欣赏一个电影，想和别的观众一起笑一起哭，薛墨点头。这回果然一切正常，他们买的是情侣雅座的票，一个可以半躺的双人小沙发，又买了可乐和爆米花，像别的情侣一样依偎在一起。薛墨很自然地把手搭在椅背上，这是一个信号，一般刚开始约会的男女还不算太熟，如果男方对女方有好感，就会把手搭在她身后的椅背上，虽然没有肢体接触，视觉上却像搂着女方一样，也像是在提早宣誓主权。中途薛墨拿起初雪喝过的可乐喝了一口，这个小动作他做得行云流水，丝毫没有拘泥，说到底两人也约会了三次，要是彼此无意，早就该止步了，毕竟这对也都是大龄男女，应该都不愿意浪费时间。但袁初雪总觉得哪里怪怪的，不是反感，而是这个人让她看不透，那杯可乐，她再没有拿起过。

电影演到一直靠书信联系的男女主角差点因为意外错过对方，初雪偷偷抹眼泪，世界那么大，两个对的人要遇上有多难，爱情到头来拼的就是天时地利的运气。旁边递过来一张纸巾，看来薛墨并没有认真看电影，他还顺势搂住了初雪的肩膀。爱情片和恐怖片简直是泡妞的神助攻，女生看到伤感动人处你可以搂着她或是握住她的小手，一般在这种浪漫氛围下都不会反抗，看到恐怖的镜头她甚至会主动扑入你怀里，这两种片型实是约会最佳选择。

电影的结局，素未谋面的男女主角在街角的书店因缘际会相逢，老朋友般相视一笑，大有千帆过尽后"原来你也在这里"的默契感。片尾曲响起，初雪的笑容舒展，她侧过头，见到薛墨也在对着她笑，这个时候这种笑容对女性是有杀伤力的，证明他感受着和你一样的感受。薛墨的脸逐渐凑近，很明显，他想在黑暗的电影院进行两人的第一次接吻。

上一场荒唐恋爱留下的空缺，实在很需要下一个人来填补，况且这个薛墨的颜值又令人无法拒绝。

时光正好，你我都在，怎可辜负？

袁初雪闭上眼……

两人嘴唇即将碰触之际，一杯冰水泼将过来，溅湿他们一身！身后的人拿着空可乐杯，嘴上连连说着"不好意思"，脸上却哪里有半点不好意思的样子。

袁初雪在心里愤愤骂娘，面上却装作不认识他，拉起薛墨就走。

身后的人还不嫌事大地说："衣服全湿了，要不要我赔钱啊？或者送干洗后还给你们？"

她飞过去一个眼刀："不用！"

薛墨看他们的表情，问："你俩认识？"

"认识。"

"不认识！"

他俩同时回答，答案截然相反，愣是傻子也知道肯定有前史，更何况薛墨这么聪明。

袁初雪心里那个气啊，白子玉真是上帝派来考验她的傻×吗？

事实证明，是的。

之后她和薛墨每次约会，进展到即将接吻的时候，他总能不偏不倚地出现给他们搅黄，袁初雪杀了他的心都有了，自己不和我好，还不许别人和我好了？这是什么扭曲的心态？她上辈子欠他的吗？

连薛墨都忍不住调侃："看来你前男友对你耿耿于怀，不死心。"

"狗屁前男友，根本就是一条搅屎棍！"她在心里咒骂。

周末两人一起吃晚餐，约在一家台式中餐厅，冯菁推荐的，店里的麻油鸡很有名，来帮衬的都是老主顾。老板娘穿着一身大红色雪纺长裙来回招呼客人，裙摆飘飘，薛墨看着她出神。这很奇怪，他平时就算见到年轻漂亮的姑娘也目不斜视,这个老板娘虽然风骚,但已入中年,再浓的妆容也难掩老态,但薛墨竟然几次看着她出神。他见袁初雪目露疑惑,笑着说他以前喜欢的一个姑娘也喜着红装,想起故人而已。

初雪莞尔,原来也是有故事的深情人,既然念念不忘,那为何没在一起呢?他说姑娘喜欢的另有其人,说的时候他正喝着鸡汤,表情淡然,但谁不是经历了隐痛方能云淡风轻?

初雪多嘴说了句俏皮话:"她现在看到你这么优秀应该后悔了吧。"

"没有,不过总有一天我会让她知道,我比她喜欢的人强。"

晚饭结束后薛墨送她回家,他开新款的 Benz 轿车,车还没有上牌,看来是新买的。刚到一个城市就购置新座驾,薛墨的财力不容小觑。

到家门口后,薛墨让她下车开一下后备厢,初雪觉得奇怪,他干吗自己不开,但也没多问。一打开她就呆了:几簇粉白双色气球飘向空中,气球掩映下,是满满一个后备厢的粉色洋牡丹,还有白色桔梗花。

"白色桔梗代表真诚、永恒,五十六朵洋牡丹代表吾爱。"他拉起袁初雪的手,"我对你的爱,你感受到了吗?"

他目光灼灼,四目相对,你侬我侬,距离越来越近。

四唇即将碰上之际,薛墨眼中精光一闪,动作突然停滞,初雪低头一看,他从头到脚,都已经被薄冰冻住。

她咬牙切齿,怒吼:"白子玉,你给我滚出来!出来我们单挑!老娘今天要灭了你!"

一声女子的娇笑从上方传来:"姐姐,是我。"

红袖飘飘,面如桃花,宋冰若穿着一袭红衣倚在树上,真真像极了聊斋中狐媚娇艳的女鬼。

这种场景换了其他人一般都会害怕,可袁初雪着实被烦得够呛,恶向胆边生,破口大骂:"够了!我真不知哪里得罪你们,要这么缠着不放,能不能请你们红白双煞滚出我的生活!"

宋冰若捋捋长发说:"红白双煞,是指我和白哥哥吗?这个组合名字倒是不错。我们也是担心你啊,才认识多久就跟人这么亲热,你也太不检点了。"

被各种搞破坏之余还要被说不检点,忍不了!袁初雪拿起脚边的石头就砸过去:"我检不检点关你屁事!滚!"

她轻拂水袖挡住,初雪搬起一块更大的石头砸过去,宋冰若嫌弃地努嘴:"真粗鲁。"石头触到她如遇无物,穿身而过,卡在树枝上,她的身体也渐渐变得透明,消失在夜色中。

袁初雪扶起冻僵在地上的薛墨,他恍恍惚惚如梦初醒。这时头顶树梢响动,那块原本卡在树枝上的石头摇摇欲坠,初雪抬头,正巧砸在她脑门。

袁初雪头顶鼓个大包,像个犄角,被冯菁和小钱使劲笑话,笑她约会美男却成小龙人。她总不能如实告诉他们发生了什么,只得说自己不小心摔的,任由他们笑去。

晚上薛墨买了鲜花水果来看她,两个人在小区里散步遛狗,天气很冷,薛墨牵起她的手,他的手掌大而厚,把她的手紧紧包裹。到了无人的暗处,他想吻她,她已经杯弓蛇影,四处观察有无可疑人等,薛墨稳住她肩膀,让她专心。

进展到关键处,她手机响,铃声在幽静的夜里显得尤为刺耳,来电显示是"傻×",她直接挂断,没一会儿又打来,非常执着。

她没好气地接起:"你是不是有病啊?到底想怎样?"

对方不说话,她快挂断时,手机里传来两个字:"有过。"

她愣了一下,他接着说:"我喜欢过你,但是我不可以。"

她那天问他:"你到底有没有喜欢过我?"所以这个才是真正的答案吗?

她挂断电话,神色有点恍惚,原来只是他的一句话,就足以让她死灰复燃。

薛墨问她:"没事吧?你前男友又来骚扰你?"

"没事,打错了。"

薛墨扶正她的肩,继续适才未完的吻,被她躲开。他不解:"怎么了?"

"我今天有点不太舒服。"

"是因为上次的意外令你不愉快吗?"

她惊了一下,尽量不让他发现自己眼神中的闪躲:"不早了,你回去吧,我也要休息了。"

他握着她的手不放,感觉到她明显的颤抖:"你之前还让我亲,为什么现在不让呢?你们女人怎么这么麻烦。"

她的手被捏得生疼,抗议:"好痛!"

薛墨不管不顾,按着她亲了下来,她挣扎不过,慌乱中指甲划破他的脸,流出来的血竟然是黑色的!

她惊恐得拔腿就跑,但无论她跑到哪个角落,薛墨都堵在路口。

她精疲力竭，再也跑不动，薛墨倚着树干好整以暇："之前不是好好的吗？你怎么了袁初雪？"

她气喘吁吁："你是不是和白子玉他们是一伙的？"

"我要是和他一伙，你就不会活到现在了，不过我想知道，你是什么时候看出破绽的？难道我的伪装不够好？你们女人不都喜欢这种事业有成又多金大方的男人吗？"

"你刚才问我上次的意外，证明你是有记忆的，但一般被冻结的人，那段时间的记忆是缺失的。"

薛墨摸摸脸，脸颊上被初雪划出口子的皮肤瞬间痊愈如新，他叹惋："看来是我大意了，巧取不行，只能豪夺。"

"你们到底想从我身上得到什么？"

薛墨倒显得有点惊讶："白子玉把身家性命都给了你，他竟然没告诉你吗？"

袁初雪在脑子里使劲回忆他到底给过自己什么，却毫无头绪，晃神间薛墨已经移动到她眼前，掐着她的脖子拎将起来。她无法呼吸，被迫张口，脸逐渐涨得通红，四肢胡乱扑腾，薛墨对着她的嘴亲了下来。她也不知哪来的力气，用适才在手里偷藏的一块尖锐的石片朝着薛墨的脸狠狠划去！

薛墨半张脸皮都掉了。里面不是血肉，黝黑的熔浆一样的物质流出来，碧油油地闪着光，还有一颗眼珠挂在外面，空洞的眼球像阴森森的洞，不见底。

他被激怒了，用空出来的一只手把眼球塞回去，叹口气："我最讨厌人家弄坏我的脸，你找死！"

一股强大的蛮力冲击过来，她虎口生疼，石片落手，下一秒薛墨就张开桌面大的血盆大口似要把她吞噬。

生与死的瞬间,一道白光亮起,一个白色人影以光速冲过来,把薛墨撞开。

她如获救星:"白子玉!"

白子玉把她护在身后,薛墨站了起来,语气非常不屑:"白子玉,你没了雪灵珠,打不过我的。"

"你大可以试试。"

薛墨大笑,笑声如狂风呼啸,瞬时间风卷残云,飞沙走石,漫天烟尘,他的身量也似比刚才更高大了些,在夜色中俨如邪魅的黑暗使者。

袁初雪被狂风吹得睁不开眼,死死抱着树干以防被刮走,龙卷风随着薛墨的笑声越来越肆虐,几乎连树根都要拔起。

白子玉挥手在他头顶落下鹅毛大雪,薛墨渐渐被雪花淹没,终于没了动静。袁初雪刚刚松开抱着树干的手,却平地一声惊雷,薛墨从雪堆中破体而出!爆破的力道震得白子玉连连后退。

两个人以风和雪为武器,一狂一冷,缠斗得势均力敌,难解难分。

袁初雪紧张万分在后观战,完全没留意到人影走近。红光闪过,她被卷入一个长长的水袖里,是宋冰若。她原来一直隐匿在初雪身边伺机而动,无奈白子玉一直暗中保护,她无法下手,现下白子玉被薛墨缠住,她正好渔翁得利。

水袖越缠越紧,她葱管般细长的手指探到初雪胸前,红色尖利的蔻丹刺破她胸口皮肤,正要再往里掏,被飞速击来的雪片打中,缩手,水袖撤离,初雪摔在地上。

白子玉吼:"放开她!"

白子玉这一分神，被薛墨寻到空子，击中要害倒地，袁初雪过来扶起他，他浑身颤抖似是受了重伤。

白子玉在她耳边轻轻说："记得我唱过的那首歌吗？"

她想这都什么时候了怎么问这种话，不过他这么说一定有他的道理，点头应道："歌词不会，旋律记得。"

"你哼唱。"

"啊？你让我现在唱歌？"

薛墨和宋冰若步步逼近，宋冰若抚摩着刚才被白子玉击断的半截指甲，娇嗔："白哥哥你和人类打交道多了，怎么这么不怜香惜玉呢，指甲都被你弄断了，你再这样我就不喜欢你了，不过只要你把雪灵珠交出来，我就原谅你。"

白子玉哼一声："做梦。"

薛墨没这么好耐心："和他废什么话，不听话就死！"

他掌中酝酿气流，要一击置他于死地，宋冰若想阻止已经来不及了。

白子玉催促初雪："快唱呀。"

她只得凭着记忆哼起那首优美奇异的曲子，声音回荡在夜空，奇怪的事发生了：目力所及的范围全都渐渐结冰，树木变成冰柱、房屋变成山崖，所处之地竟在慢慢变成雪原，山崖上的积雪向薛墨和宋冰若砸落，二人伸手挡格。

白子玉发令："快走！"

袁初雪赶紧扶起他逃之夭夭。二人跑出一段距离，她好奇心驱使下回头一看，哪里有什么雪原，还是原来的地方，那二人却像着了魔一样在空中乱扑腾。她不敢再停留，这种情况下当然也不能回家，便冲出小区打了一辆车。

司机问："去哪儿？"

"我也不知道，您就随便开吧。"

司机大叔从后视镜里看着这对男女，女方穿着睡衣头上裹着纱布还衣衫凌乱，男方昏昏沉沉晕倒在女方怀里，一看就形迹可疑。

司机说："那可不行，我一会儿就交班了，你们连去哪儿都不知道那怎么弄。"

初雪怕薛墨他们追上来，气急败坏："您赶紧往前开啊！"

白子玉气若游丝说出三个字："去宾馆。"

司机笑了，年轻人开房就开房还有什么好遮掩的。

4

白子玉躺在宾馆床上狂冒冷汗，全身像在水里泡过一样，连被褥都湿透了，袁初雪按他的吩咐在浴缸里放满冷水，又让酒店服务员送来满满两桶冰块，全倒进浴缸里，慢慢扶着他坐进去。

白子玉的面色已经白到近乎透明，嘴唇和脸一样白，模样吓人，他浑身散着寒气，表情抽搐似在忍受极大的痛苦，浴缸里的水慢慢结冰。

初雪一摸他的额头，不禁缩手："天啊！你冷得像冰块一样！"再探他鼻息，"妈呀，呼出来的气都是冰的，你这样会不会死啊？白子玉？你回答我啊！你别吓我！"

白子玉艰难地从嘴里吐出俩字："闭嘴。"

她依旧喋喋不休:"真的不用去医院吗?哦对了,你又不是人,那我要怎样才可以帮你?你们种族一定有什么特殊的疗伤方法吧。"

白子玉睁开眼睛,瞳孔已经变成彻底的浅灰色,像是异族精灵,他说:"有。"

下一秒,他伸手按住她的后脑勺,紧接着吻了上去。

冰冷的感觉从袁初雪的嘴唇蔓延至四肢百骸,然后像有什么东西从她灵魂中抽离,沿着唇部往外送,眼前的景象慢慢变得模糊,她像进入一个虚空的幻象世界:山林边的小洋楼,和煦的阳光,松树上的白雪,屋子里是成套的米色家居,埃及棉的纯白床单,白子玉躺在她身边对她轻轻哼唱,她舒服得闭起眼睛……

等她醒来的时候,当然是躺在宾馆的床上,身上裹着酒店的浴袍,白子玉正对着镜子整理衣服。

"白子玉,你耍流氓!"她嘶吼着裹紧浴袍。

他用看智障的眼神瞄她一眼,她掀开浴袍一看,衣服都好好的在里面呢。

"那你干嘛给我穿浴袍?"

"床都弄湿了,我总不能直接把你扔在上面吧。"

这话前半句听起来有点污,真是让人浮想联翩,她微微红了脸。

白子玉的脸色已恢复如常,嘴唇也有了血色,看来伤愈了。她一看时间,距离刚才不过十分钟,但在梦里明明像过了很久。

"说我流氓,你才流氓呢,你刚才都梦见什么了。"他身体一好嘴巴就不饶人。

"你用妖法潜进我梦里看了?卑鄙!"

"你未经我同意擅自把我放进你的梦里,谁卑鄙啊,你这就叫意淫。"

她竟然无法反驳，没办法，谁叫人家身负异能总能抓住她把柄，她一个平凡的人类没法比。

"你的伤这么快就好啦。"

他点点头："因为你给我疗伤了呀。"

这一刻，袁初雪小时候看过的精怪狐仙故事火速从她脑中一一闪过，该不会是什么双修、采阴补阳之类的香艳疗伤方式吧？可是才十分钟，那白子玉也太快了……

"你怎么脸红了？又在想什么见不得人的事吗？"

她一个枕头砸过去："神经病！老是调戏我有意思吗？我可是你的救命恩人。"

"明明是你先调戏我的。"

她不接话，正色道："白子玉，我到底是怎么帮你疗的伤？你到底是什么人？为什么来云城？宋冰若和薛墨又是谁？我身上有什么东西让你们争抢？这些你都必须一五一十告诉我，我们现在是一条船上的蚂蚱，我作为无辜被卷入其中的受害者，我有权知情。"

"你知道得越多越难脱身，对你越不利。"

"难道我现在就能脱身吗？干吗你又想故作伟大把我推开，自己怀着莫大的秘密和委屈离开？我告诉你，你这样才是非常不负责任的做法，从你接近我的时候开始，我就已经逃不掉了，而且你不是说你喜欢我吗？你懂什么是喜欢吗？喜欢不是什么事都自己扛着让对方担心，喜欢是分享，好的坏的，苦的乐的，没有隐瞒，完全的坦诚，把对方当成你祸福相依的生命共同体。"她冷笑，"对了，你又不是人，怎么会懂。"

"你这是种族歧视。"

"你不也在歧视我吗？"她毫不示弱地瞪回去。

她已经不是对他忽冷忽热的态度感到不满，而是对他不相信自己可以和他一起承担及面对接下来的一切感到愤慨，在这种节骨眼上，革命情谊比爱情大。

白子玉看到她眼里的坚持，叹了口气，掌心朝上伸出双手。初雪把手放进他掌中，他牵着她走到宾馆房间门口："准备好了吗？"

她点头。他缓缓拉开门，一阵刺骨的寒气袭来，吹得她睁不开眼，等她定睛一看，原本的酒店走廊，竟变成了一望无际的茫茫雪原！

白子玉拉着她走进雪地，一只肥硕的大白兔从远处的洞中跃出，左右瞭望一番，又跳入另一个洞里。兔子后腿很长，体格壮硕，有普通的野兔两倍大都不止，想必就是只在极寒之地生存的雪兔。袁初雪想起白子玉曾取笑属兔的她是块头比较大的雪兔，不禁觉得好笑。

两人一目千里，视野如快镜般越过层层山峦，来到一处悬崖边，袁初雪一看这景象就惊住了：辽阔雪原上，密密麻麻站满了动物，最前面的是松鼠和雪兔，中间的是银狐和貂，后面是雪狼，殿后的是雪豹，雪豹数量最少，但每一只都眼神锐利雄踞一方，俨如雪原霸主，结冰的树上星星点点停栖着数不清的雪鸟。成千上万的动物聚集在一起，从高处看犹如一盘整齐的棋局，蔚为壮观，而这些平时互为天敌的动物此刻又甚有纪律安安静静凝视着同一个方向，似在屏息等待着什么。悬崖上站出来一个人，白玉面、琉璃目，一身白衣，气质出尘如谪仙。所有动物匍匐在雪地上，做出臣服的姿势，这是它们在等待的王者，守护雪域的主人。

袁初雪顿时明白，为什么肉肉一看到白子玉就言听计从，阿拉斯加的血统里有雪狼的基因，它是听到了雪域之王的召唤。

视线又越过雪原，疾行至一处更高的山巅，暴风雪肆虐，一黑一白两个男人站在狂风中，白的负手而立，黑的捂着胸口单膝跪地，似受了伤。黑衣男假意逢迎臣服，白衣男子信以为真，拂袖离去，不料却被他自后偷袭成功。白衣男子坠崖而逃。

视野随着白衣男子坠落的方向来到崖底，突然袁初雪的心提到了嗓子眼，她看到一个穿着白色登山服的女子向这边走来，女子以树枝为杖，勉强支撑前行，看得出已经体力不支举步维艰。等她挪近了，初雪才真正敢确认，这个女子，长着一张和她一模一样的脸。

不，应该说，这就是三年前被困于K2峰的她。

三年前的袁初雪终于不支倒地，昏迷前掏出一直挂在脖子上的水晶球链坠，那是她爸爸送给她的最后一份生日礼物。

"爸爸，我马上就要见到你了。"她说。

苍茫天地间，一个身影由远及近，似疾行的星辰，转瞬到了她面前。他俯身，以嘴渡气，像把生机重新注入她体内。双唇分开后，他扯下她脖子上的项链，随即如幻影般消失在雪原上。

不知过了多久，救护队找到袁初雪，把她送去医院。冰冷的急救室里，妈妈和弟弟围着躺在病床上已经失去生命体征的她哭泣，他们没发现，她的手指动了一动。

天旋地转，雪地渐渐消失，他们依然在宾馆房间里，适才的一切好似一场梦。

袁初雪呆坐在床上，久久说不出话。白子玉递给她一杯水让她冷静，她喝了一口，问："刚才那是什么？"

"时光结界。雪族可以凝固时光,这个相信你也见过,我经历过的时光都存在我脑里,想要的时候可以提取出来,就像你们人类放映电影一样,你刚才看到的,是我记忆里的几个片段。"

"所以三年前我在乔戈里峰发生雪难的时候你也在场?"

"嗯。"

"是你救了我?"

他点头:"我见到你的时候你已经失去生命体征,正常人在极低温环境下一旦丧失心率功能就回天乏力,你能够奇迹复苏,靠你们人类目前的医学水准是无法做到的。"

"你送了什么到我嘴里?"她刚才见到有一束光在两人唇间闪了一下又隐去。

"雪灵珠。"

"雪灵珠?"这个名字她听宋冰若和薛墨都提起过。

"雪灵珠是雪域万年天地之气所汇成的精粹,只有雪山的守护神才能拥有,用在雪族身上可以增强法力,用在凡人身上可以起死回生,甚至,可以让时光倒流。"白子玉指着初雪,"现在,这件宝物就在你体内。"

原来她就是他所说的三年前见过的弥留女子,拿走了他最宝贵的东西,想必薛宋二人都是为了雪灵珠而来了,她疑惑:"你为什么要救我?"K2峰那么多遇难者,为什么偏偏是她?

"我受了伤,被薛墨偷袭,他觊觎雪灵珠,灵珠放在我身上不安全,你是凡人,我渡灵珠给你是救你性命,但别人要想从你身上拿回去,除非你心甘情愿爱上那个人,他才可以从你嘴里完好无缺地取走灵珠,如果强取,珠毁人亡。"

怪不得宋冰若要化成白子玉的模样来勾引她，怪不得薛墨费尽心思追求她，原来都是为了她体内的珠子。

"你一开始接近我也是为了拿回灵珠吧？婚礼那天我跑出来和你在火场外接吻的时候你应该就已经得手了，为什么灵珠还在我这里？"

"不然你以为你为什么还能活着？"

她那次病得奄奄一息，原来是没了灵珠续命，所以在高架桥上踩着车顶出现的白子玉不是幻觉，他来还她的命，他就是她的命。

他靠在墙上："我刚才让你哼的曲子，就是可以驱动雪灵珠能量的歌谣，虽然只发挥了一点点效力，但也够我们逃走了。"

她推测："所以你的伤能好得这么快，也是因为暂时从我体内取回灵珠用来疗伤？"

"你还不算太笨。"

"为什么不直接拿回属于你的东西？你舍不得我死？"

"我是舍不得一个活动保险箱，把东西搁你这里比在我身上安全。"

初雪"切"了一声，这家伙就是刀子嘴豆腐心，死鸭子嘴硬。

他凑近一步："而且我想用的时候随时都可以取。"

他这句话一语双关，想到取珠子时的标配动作，以及背后的含义，她啐了一口："谁爱你啦？"

"没有吗？那再取一次看看。"他作势要亲她。

这要换了以前，她一定红着脸扭扭捏捏躲避不及，但现在她却反客为主向前一步："来啊，你不就是想趁机吃豆腐吗？姐姐给你这个机会。"

见她这么坦然，他这玩笑开得反倒没趣起来："真不害臊。"

"那也是跟你学的。"她问，"你为什么要取走我脖子上的项链？"

"我把这么重要的东西给了你，总要从你这拿回点什么留个念想吧。"

"真是斤斤计较，锱铢必计！"

但她还有一个地方搞不明白："那你既然又回来了，为什么还要假装狠心，对我说那种绝情的话？还有，"她顿了顿，有点期待，"你刚才在电话里说喜欢过我，是真的吗？还是只是为了拖延薛墨的一时之计？"

他看着她，眸子亮晶晶，像一整个夜幕的星星都落入他眼里——

"是真是假都不重要。你说过，我是只争朝夕，你要的是一生一世，我给不起。"

Chapter 7
最好的时光

"只可惜，我没能在我最好的时光遇上你。"

"和我在一起的时候，才是你最好的时光。"

2016年12月20日~2017年1月4日
天气：大雪纷飞
宜：情定终身
忌：百无禁忌

1

天地山川，万物有灵，就像山有山神，树有树魂，动物受日月精华久了也沾染上灵性，人迹罕至之处藏匿了很多超乎人类想象的无法用科学常理解释的奇幻秘密。

昆仑山脉作为最古老幽远的神山，素有"万祖之山""中华龙脉"等美誉，以其幅员之辽阔，形象之神秘为人称道，由于常年覆雪，又被称为"玉山"。关于昆仑山的美丽传说无数，古人相信有仙人常居山上，故就算是那些祖祖辈辈生长于山脉下的村民，有些神秘的领地他们依然不敢擅闯，怕冒犯神灵。

现代人开疆辟土，以为征服了自然，但直到20世纪80年代依然不乏勘探队误闯昆仑山禁地而整队人马离奇失踪的诡异新闻——对自然丧失敬畏之心的结果是必然遭到反噬。

乔戈里峰国际称K2，是昆仑山最雄伟险峻的雪峰，因山势陡峭挺拔，被称为"雪山王子"，高耸入云的山川雪域受上古以来岁月洗涤幻化出精魄，修成男型，成为这片疆域的守护神。永不消融的千年冰雪也修炼出元神,化为女型,也就是俗称的雪妖。

山坳中有一处令人闻风丧胆的"死亡谷",不知何年成型,谷内邪风阵阵,阴气逼人,常年幽暗沉寂,布满动物的骨骸。附近牧民宁可牛羊没有草吃而饿死,也不敢进入野草横长的死亡谷放牧,一旦误闯就是有去无回。曾有外来者不明就里擅自进入,失踪三天后尸体在谷外一座小山坡被发现,全身衣物破裂、一脸惊恐暴毙,令人毛骨悚然的是他身上一处伤痕也无,死因无法查明,当地人相信是触怒了山中的魔鬼而遭受了诅咒。

死亡谷吸收人间戾气而成型,越扩越大,横卷妖风狂尘,贪得无厌,要吞并整座山峰,雪山之神靠修炼万年的雪灵珠镇压,却在一次暴风雪中遭其偷袭,险些灵珠易主,不得已之下将其托付于遇难的登山女客。雪域失去灵珠庇佑,风妖愈加猖獗,因其肆虐而造成的雪崩雪难暴增,死亡谷的范围也急速扩大,乔戈里被黑暗势力笼罩。直到三年后女客故地重游,山神循着她的踪迹追到云城,以人形相伴在侧,务求让她滋生爱意,以取回雪灵珠。虽功德圆满,物归原主,可人非草木,更何况在红尘之上看尽世情的山神?

一念缘生,一念缘灭。缘起必然有因,他要去结他的果。

这才有了之后他再次回归,并且引来宋冰若和薛墨争相抢夺雪灵珠的后事。

袁初雪从白子玉口中详细得知这一切的时候,他们正在从云城出发前往阳县的列车上。列车行至堆积着薄雪的山坳,下面是湍流的溪水。

千年的故事从他口中娓娓道来,像一个悠远的传说。她从来没想过自己平淡无奇的人生会卷入如此奇情的世界,更神奇的是这个世界的主人公现在就坐在她对面给她泡着方便面,如此家常的情境,倒像是外出旅行的小情侣。

云城暂时是不能回了,薛墨肯定还守在那儿,宋冰若不知是敌是友,但她女人的直觉告诉她,这个雪妖有可能会伤害自己,却绝不会伤害白子玉。为暂避风头,袁初雪决定带着白子玉混进剧组,身份是她助理。一路上听白子玉讲完来龙去脉,她像个好奇宝宝一样问题不断。

"为什么宋冰若说你们是雪族?"

白子玉往泡好的方便面里加了一颗卤蛋,递给她:"我们都是依赖千年雪原而生的精魄,相生相息,唇齿相依,某种程度上相互制衡互相依附,所以说雪族不能自残,破坏一方平衡,自己势必也遭反噬。"

"那薛墨为什么敢伤害你?"

"他依赖人间戾气而生,没有原型,只是一股越攒越大的欲念,他需要我的雪灵珠让他获得真身,然后侵占整座雪山,把整个乔戈里变成死亡谷。"

她咽下一口汤面,有点后怕:"那他会不会追过来啊?"

"暂时不会。我第二次来云城,他和宋冰若都是循着我身上雪灵珠的气息找来的。灵珠一旦在凡人体内,效力大减,没那么容易察觉,要不是你故地重游,我也找不到你。"

"那我们该不会要一直过这种逃亡的生活吧?"想到今后要和白子玉浪迹天涯,她心里竟然有点小期待。

"不会,薛墨没有真身,他不能离开乔戈里太久,顶多过完冬天,他就一定要回去,否则魂飞魄散。"

"那你呢?你能待多久?"这才是她关心的事。

"等薛墨的事一了结,我就回去。"

她有点失望,但还不打算放弃:"可是你的宝贝雪灵珠在我这儿啊。"

"无妨,薛墨拿不到雪灵珠不能有大作为,虽然我打不过他,但是他也除不掉我。回到乔戈里,我们之前怎样之后还怎样,桥归桥路归路,你也可以回到原来的生活。"

看来白子玉过完冬季就要离开,这么说来,这是他们相处的最后时光。

她突然想起来一件事:"我那次在乔戈里主峰旁看到一座特别高特别白的雪峰,明明拍了很多照,洗出来却什么也没有,还被小钱说我失忆,那座山峰是……"

"是我的真身。"

她恍然大悟:"怪不得那次从新疆回来气温骤降,原来是因为你这座冰山跟来了。"

"失礼了。"

"可如果你一直跟着我,为什么我完全没发现你?"

"我会隐形。"

她想起每次只要她有危险或突发状况,他都会及时出现,所以不是什么缘分,也不是什么心灵感应,根本是这厮一直隐形跟着她!这么说来,他根本可以偷偷观察她做任何事情,包括在家里的私密行为……

她警惕地看着他:"喂,你不会利用你的隐形术看了一些不该看的东西吧？"

他笑得一脸无邪："你觉得我会告诉你吗？"

她冲他勾勾手指，他探过头来听，她声音不大，却字字传进他耳里，撩得人心痒痒的。

"非礼勿视，看了是要负责任的。"

她勾起他的下巴，带着方便面的味道，在他唇上轻轻一啄。

如果以前是他勾引她，那么风水轮流转，现在她要连本带利地拿回来。白子玉往后轻轻一躲，没说话。

在袁初雪的连番逼问下，这一天成了白子玉来到人间后最多话的一天，从如何独自在乔戈里度过漫长岁月，到生活习性，几千年来有没有发生过什么有趣的事，除了她之外有没有见过别的人类女子。到他来云城之后平日里除了跟踪她都如何生活？不吃饭是不是也不会死？他在人类的食物中最喜欢的是冰激凌，最讨厌的是酒。就连他那几身名牌衣物原来都是在夜晚用隐形术潜入商店橱窗里扒下来的都问了出来，不过他脚上的帆布鞋却是在垃圾桶里随意捡的，所以不太合脚。不用说，薛墨那辆没上牌的车子，以及全部的行头，肯定也是这么强取豪夺来的。

她啧啧地说："你们那儿的人，噢不对，你们那儿的妖怎么都这样？妖品不行啊。"

"我用完还回去了，而且和你说了几次我不是妖。"

"不问自取就是偷。"

"还不是因为你站在橱窗前多看了几眼，我觉得你会喜欢。"

所以他是觉得初雪会喜欢男孩做这种打扮才投其所好。

她用手指戳着他的脸说："心机婊。"随即对他摊手，"把我的东西还给我。"

他眨了眨眼,反应过来,摘下颈中的水晶项链递给她。

她接过:"还有呢?"

他不明所以,她说:"我的手链!"

他从贴身衣物的兜里取出她还给他的那条白水晶手链:"之前不是说不要吗?"

"你之前还说不喜欢我呢。"她反唇相讥,"替我戴上。"

白子玉依言行事,白水晶缠绕在她细细的手腕上,阳光从车窗照进来,溢出五彩的光晕,衬得她皮肤光洁如玉。她好像很满意,勾住白子玉的脖子,列车过道人来人往,白子玉有点不好意思:"喂,公众场合,你收敛一点。"

"你想哪儿去啦,我在帮你戴项链。"

白子玉低头,那条水晶项链又回到他脖子上。

"这不是你父亲送你的最后一份礼物吗?"

"你也知道这是我父亲留给我的东西,那你也已经戴了三年,还好意思说。"

白子玉被呛得无言以对,她替他把项链摆正:"就是因为珍贵,所以留给你做个念想。"她晃晃手链,"当是礼尚往来吧。"

"而且……"她凑近他耳边,"这是我在你身上做的记号。"

"记号?"

"私有物品,非礼勿动。"

"你又不是小狗要撒尿霸占地盘。"

"你是啊,给你戴个狗圈,免得你再次犯浑认不得主人。"

她的眼神戏谑且透着自信,和以前不太一样,他吐槽:"你现在怎么这么不要脸。"

她一副"你能把我怎样"的姿态:"反正无论我要不要脸你都离不开我。"

"袁小姐,请不要自作多情,我不是离不开你,而是怕你身上的雪灵珠被薛墨取走,还有,请不要对我抱有过多幻想,等解除这次危机,我自然是要离开的,你对我的留恋越多,你的痛苦就越多,我们毕竟不是同路人。"

他说了如此绝情的话,本以为她会像以前那样黯然神伤,不料她心情丝毫未见受损,笑着说:"正是因为这样,我才要更变本加厉地对待你。"

这下白子玉愣住了,刘海垂在额前一脸呆萌。

她很自然地替他拨顺刘海:"你都说了这是你留在这里最后的日子,我必须好好利用,不能浪费,想对你做什么就做什么。有几个人能有我这样的机会遇到雪山王子?当然不能暴殄天物,我们人类都很务实的,就像进游乐场一样,游乐场一定会关门的,你有一张免费门票,难道你要因为会离开而不进去?当然趁它关门之前使劲玩,把本赚回来。"

白子玉为之气结:"游乐场?你把我当娱乐项目?"

她点头:"对啊,之前我在你面前多少还会顾及形象,不敢太放肆,怕给你留下不好的印象,现在不用了,反正你迟早都要走,我就更不用拘着了,爱干嘛就干嘛。搞不好这段时间我就把你玩腻了,物尽其用,不留遗憾,Perfect!"

他冷笑:"你觉得我会容许你对我予取予求吗?"

"你不会,可是现在的情势你不会也不行。"

他警惕地看着她。

她列举利弊:"你的宝贝在我身上,很明显,你暂时也舍不得我死,所以不会把灵珠取回去,不管是出于喜欢我的原因还是像你说的杀生会坏你修行,那么摆在你面前的路只有一条,就是死皮赖脸地跟着我。但是我要是想甩掉你的话,相信我,我一定会想到办法的,所以,现在是我在食物链的上端,你有求于我,一切都得听我的。"

他一万个不服:"这是什么歪道理,我明明是为了保护你。"

"女人需要跟你讲道理吗?女性最大的特征之一,就是可以把任何道理往她想要的方向掰,你看的那些书里没教你吗?"

白子玉算是明白了,以前的袁初雪还会为难还会害羞,有一个女孩子基本的节操,但现在经历失婚失恋又失而复得,完全撒开了。一个女人一旦不要脸起来,是很可怕的,和她作对根本讨不到一点好处。

他很聪明地选择闭嘴。

下午的时候袁初雪在座位上打了个盹,恬不知耻地拿白子玉的大腿当枕头,他面上表现得嫌弃,可还是很自觉地用手给她挡了一下午的阳光。她的嘴角勾起笑容,想必做了个很美的梦。

阳光,午后,桌上放着喝了一半的汽水,散在腿上的她蓬松的发,她睡之前还在为晚餐到底要吃水煮鱼还是锅包肉而纠结。

岁月悠长,时光静好,也许这就是尘世中人所谓的小幸福吧。他想,真的很幸福。

眼见夕阳西下,又少了一天。

他的心突然有点难过起来。

下了列车,剧组的司机来接他们,又坐了一个多小时汽车才到下榻的酒店,天已经全黑了,周围荒郊野岭,别说饭馆,连住户也无,没有水煮鱼更没有锅包肉,饭点也过了,只能在食堂里随意吃点别人吃剩的菜。吃到一半生活制片来找他们,说由于之前没说要多带一个助理,所以房间只剩一间了,另外一个人可以到一小时车程外的另一间酒店去住。

白子玉正想答应,袁初雪抢先一步回绝:"不用了,他跟我住,多给我们准备一个床位就行。"

生活制片一脸"我懂了"的表情,把房卡扔给她就走了。

白子玉扶额:"你这样好吗?一个女孩子家,就不怕被人说闲话。"

"你想哪里去了,你是我的助手,住得近方便工作也方便你照顾我,我带着你个拖油瓶本来就给剧组添麻烦了,怎么好又让他们多出一间房费的钱,人情世故你懂不懂?"

她吃完了自己那份粉条,盯着白子玉碗里的,白子玉把碗推到她面前,她继续开动,一边吸粉条一边念叨:"而且身正不怕影子歪,除非你对我有想法。"

白子玉翻了个白眼:"你想得美。"

剧组房间布置得很简陋,除了床、一个写字台、一张躺椅和热水壶外,几乎没有别的物件,空间倒是很大。这种乡郊地方不像城市里寸土寸金,一个标间足有普通单人间的两倍那么大。

制片差人给他们送来折叠床，白子玉进去洗澡之前明明把折叠床安置在靠窗位置，等他擦着头发出来，两张床已经挨在一起。袁初雪敷着面膜啃着苹果看着剧本，屁股坐在自己床上，一条腿却大大咧咧地搭在另一张床上。

白子玉把她的腿搬开，把床挪走，才挪开一点，被她一只手抓住床杆："陪我默剧本。"

"你又不是演员，默什么剧本。"

"我不清楚情节和感情，怎么捕捉好照片？灵感是需要准备的。"

"你就吹吧。"

"你过不过来？小心我玩失踪噢。"

白子玉只得默默在她边上坐下，见她用马克笔在剧本上密密麻麻做了记号，好像真的很认真的样子，问她："这个短片讲什么的？"

"女主角独自旅行的时候意外被困于一片迷雾森林，森林里有一个受诅咒的王子，王子白天被锁在魔法瓶里，到了晚上才能化成人形来陪伴女主角，直到遇到一个甘心替代他受困于瓶中的人，他才能重获自由。他一边想用女主角来解开诅咒，一边又怕伤害她，陷入纠结。"

白子玉不假思索地说："作为一个男人，他不能因为自己的自私剥夺别人的自由，肯定要忍痛割爱离开她，让各自的生活回到正常轨道。"

"你又不是女主角，你怎么知道她怎么想的？"

"这是人之常情，而且他们根本就来自不同的世界。"

"肤浅！爱情哪里分世界。"她嗤之以鼻地说，"你这种就是典型的迂腐派，就是因为有你这种人，才会有梁祝和罗密欧朱丽叶那样的爱情悲剧。"

袁初雪站在女主角的角度继续阐述："如果两个人已经产生了感情，你强迫她离开反而更残忍，你以为是为她好，但你怎么知道她不愿意留下来陪伴王子呢？你之地狱，彼之天堂，真正公平的做法是把一切真相告诉她，让她自己选择。"

他不服，和她争论："这是一个已经受到诅咒的王子，他是没有资格谈爱的，就算他真的爱上了女主角，也是在害她。多拉一个人下水，是不负责任的做法。"

"恋爱还谈资格呀？有残缺的人就没法恋爱了是吗？白子玉，你这种人在我们这里就叫老顽固，看着年纪轻轻的，怎么思想完全不懂变通，哦对，忘了你是活了几千年的老妖精。"

他冷冷地哼了一声："我要是死，一定让你活，因为我不想造孽。"

她直直地盯着他："我要是死，一定拉着你一起死，因为我不想有遗憾。"

她的话一语双关，白子玉装作听不懂的样子，扯开话题："所以故事的结局如何？"

"一个可能是交错的两条平行线各自回到轨道，相忘于江湖，如你所愿。一个可能是男主角自由了，女主角代替他被锁在瓶中，开始寻找下一个替代对象。还有一个可能是女主角不走了，男主角也不再纠结于诅咒，两个人在森林里从此快乐地生活，开启了白天各自思念，入夜来相会的甜蜜模式。三个开放式结局，最后由观众投票选择，很有意思吧。"

白子玉觉得很无聊："所以拍这种东西的目的是什么？"

"宣传产品啊，现在的广告大片如果没有情感共鸣，怎么达到效果？"

"宣传什么产品？"

她翻到剧本最后一页的产品图："高端情趣用品，不然女主角和王子每晚干什么？"

白子玉显然不懂什么是情趣用品，但以他的智力，看了几眼介绍图立马心领神会，表情秀逗了几秒钟，木然地说："我困了。"然后大被蒙头再也不理她。

袁初雪还是第一次见他这样，觉得有趣，戳戳他背脊："你是在害羞吗？"

他不理她。

她自己玩了一会儿手机也熄灯睡了。她睡觉认床，翻来覆去睡不着。夜里特别安静，连老鼠在房梁上走动都听得一清二楚，她有点害怕，呼叫白子玉："喂，小白，你睡了吗？"

他不理她。

"小白，我害怕，你听到天花板上的声音了吗？估计有老鼠。"

他不理她。

"我知道你肯定没睡，你根本就不需要睡觉，别装了。"

他不理她。

"无情无义，冷血动物。"

她嘀嘀咕咕骂了几句，只得戴上耳机隔绝声音睡觉，但这一觉始终睡得不踏实，第二天就起晚了。

2

翌日一早开工,白子玉去食堂拿完早餐回来,见她正和一个光膀子穿浴袍的混血小伙热聊,混血男是这次短片男主角,叫Tony,是个模特,先前和初雪在一次广告拍摄中合作过,算挺熟的。Tony不知在她耳边说了什么,把她逗得花枝乱颤,两个人凑得特别近,袁初雪一只手还搭在他肩膀上。

白子玉没好气地把早餐塞给她,她看了一眼问:"怎么只有白粥和馒头啊?茶叶蛋呢?小菜呢?"

"没了,谁叫你起晚了,有的吃就不错了。"

初雪瞪他一眼,Tony操一口流利的中文:"雪雪你还没吃早餐啊,我车上有吃的,中式西式都有,去我车上吃。"

"好啊!"她爽快答应。

Tony好心邀约:"叫你助理一起上来吃吧。"

白子玉正准备答应,她抢先一步替他拒绝:"不用了,他吃这份就可以,有的吃就不错了。"

眼见她拥着Tony亲昵地往车上走去,末了还不忘扔来一个挑衅的眼神,白子玉气得牙痒痒的,只得坐在路边台阶上默默吃起那份没味道的早餐,啃得那叫一个咬牙切齿。他自打来云城之后开始尝试人类的食物,出于新鲜感,吃什么都觉得美味,但这顿饭却形同嚼蜡,他本来以为是白粥馒头索然无味之故,不料这种感觉一直延续到晚饭后。

一整天的拍摄中,只要拍完一条开始换光换景,Tony就腻到初雪身边,两人勾肩搭背,吃饭喝水休息都在一起,大庭广众也不避讳。下午她犯困，Tony 还亲手给她泡咖啡，每拍完一张照，初雪都主动拿给他讨论，两个人小声咬耳朵大声笑，明明是在讨论工作照片，看在白子玉眼里却像在说什么见不得人的话。他越看越气，以前怎么从来没发觉她是这种人，公然和半裸男士勾勾搭搭，简直毫无廉耻之心！

更可耻的是 Tony 还不止一次拉扯白子玉让他一起来玩，都被他远远躲开，他堂堂真真正正的雪国王子，才不要和这种 Low 货假王子站在一起。白子玉一边装作不齿离他俩远远的，一边又忍不住偷看他们有没有做出一些更无耻的亲密举动，那叫一个煎熬。

当天结束拍摄回到酒店已经是夜里十一点，袁初雪在浴室洗澡，白子玉躺在床上假寐。她穿着睡衣敷着面膜从浴室出来，首先走到白子玉跟前确定他已经睡了，然后披上外套蹑手蹑脚竟然好像打算出去，白子玉再也无法淡定。

"你要干吗去？"

"哟，你没睡着啊，我去 Tony 屋里睡，他住的套房上面没有老鼠。"

"你一个女孩子家去别的男人屋里睡觉，成何体统？"

她不以为然地说："我不是也和你一个屋睡觉吗？"

他从床上坐起来："那不一样，我是别的男人吗？和我在一起安全。"

她敷着面膜脸上不能有太多表情，但白眼已经突破天际："你当然不是别的男人，你还不是人呢。"

他知道说不过她，决定不理论直接下结论："不行，总之我不答应。"

"神经病，我干吗要听你的。"

她去开门，发现门竟然无法开启，就算把锁拧开也不管用，不用说，一定是这位不是人的人干的。

"喂！你把门给我打开！你这个不讲理下三烂的家伙！"

白子玉蒙被过头，耍赖装透明。袁初雪和门奋斗了半小时，筋疲力尽，知道今天是休想出去了，只得愤愤不平上床睡觉，不忘朝罪魁祸首背上踢一脚。

天花板的水管里又传来老鼠走动的脚步声，深夜听着确实有点瘆人，她正打算戴起耳机隔绝响声，从那边被子里伸出来一只手，搭在床沿，正落在两张床中间的位置。

她窃喜，伸出手去挠了挠他掌心，被他握住，她不再动，两手相牵，就这样安心睡到天明。

经过昨晚的牵手而睡，白子玉满心以为她一定会消停，不料袁初雪今天和 Tony 的亲密程度比昨日有过之而无不及，两个人竟然不时手拉手密聊，有时还朝他这边看过来像在故意挑衅。他的胸腔像有一团暗火堵住，又愤怒又郁闷，茶饭不思，做什么都提不起劲来，连有人请他吃平日最爱的冰激凌他都食之无味，这种感觉是从未有过的。不过这时的他当然不懂，这叫嫉妒。

好不容易熬到拍摄结束，白子玉主动拿过袁初雪手中的相机，催促她回酒店，不料她来一句："你先回去吧，我晚上约了 Tony 唱歌。"

什么？还要和那个 Low 货去唱歌？肯定还要喝酒吧。他怒从中来。

Tony风骚地露着两点飘过,白子玉和他打招呼:"Tony,你们晚上要去唱歌吗?"

白子玉破天荒主动和他说话,Tony很兴奋:"对啊,小白你要来吗?"

"他不会去的……"

"好啊我去。"

她奇怪地看他一眼:"你去干吗?你不是不喜欢喝酒吗?"

"你能去我就不能去?你管得着吗?"

白子玉一脸不高兴的表情,袁初雪觉得莫名其妙,真不知哪又得罪这位爷了。

晚上白子玉到的时候K房里已经坐满了人,Tony清一色叫的都是组里的男人,全场只有袁初雪一个女的。白子玉一进去就看到两个小男孩正围着她玩骰子,他想坐过去,被Tony一把拉过来喝酒。Tony相当热情,他只能趁Tony唱歌的空隙潜去袁初雪身边,她输了正要罚酒,他一把接过:"我替她喝。"

结果袁初雪把把输,白子玉虽然之前也喝过酒,但都是浅尝辄止,从未喝过这么多,顿觉天旋地转,瘫在沙发上晕得不行。他醉眼迷离间见Tony搂着初雪,两颗脑袋挨在一起不知在聊什么,很是开心的样子,真是气不打一处来。两个人还要对唱情歌,看着他们手牵手眉来眼去,Tony更一度把头靠在她肩上,白子玉实在忍无可忍,加上又喝醉了,没平时那么冷静,走过去一屁股挤进他们中间。

袁初雪推搡他:"干吗啊你?"

"唱歌就唱歌,搂搂抱抱干吗?"

"Tony 喝多了，我照顾他一下。"

"我也喝多了，你怎么不照顾我？"

"你走开！"

白子玉怒了："我帮你挡了那么多酒，你让我走开？你良心被狗吃啦？"

"我又没让你帮我挡酒，又不能喝又要充英雄，你看看你都醉成什么样子？"

墙壁上贴了一片一片不规则形状的镜子做装饰，他看着镜子里自己的脸，红彤彤的，连眼圈都红了，哪里还有半点平日里冰雪无尘的样子？活脱脱一个醉鬼，原来自己喝醉了也会和凡人一样这么不雅。

袁初雪还要火上浇油："你唯一的优点就是长得还算好看，现在眼睛红红的像个大兔子，连唯一的优点也没了。"

白子玉指着醉成一摊泥的 Tony："对，我不好看他好看，你去和他好啊，喜新厌旧的家伙！品质低劣的人类！"

她凑近对他吹口气："白子玉，你是不是吃醋了？"

他嫌恶地躲开她："神经病！别乱调戏我！谁要吃你的醋！"

她点点头，一副了然于胸的表情："也对，横竖你都是要离开的人，我爱跟谁好和你有什么关系，像你这种在冰天雪地长大的，心也一定跟冰天雪地一样冷，和一个冷血动物有什么感情好谈的，你让开，我要和 Tony 玩。"

Tony 听到有人喊他名字，原地苏醒，举起酒杯："喝，雪雪我们来喝交杯酒，小白也一起喝。"

"不要！"白子玉果断拒绝。

初雪呵斥他:"不要就走开!"

"不走开!"他顽强地挡在中间,固执地当一根占着茅坑不拉屎的搅屎棍。

Tony 捏着他的脸颊:"小白,你是不是喜欢雪雪?"

"不喜欢!她素质低下,品位恶劣!"

"噢,那雪雪今晚跟我睡。"

"不行!"

"小白,你喜欢雪雪还不肯承认,好幼稚。"

白子玉一把甩开他的手:"你敢说我幼稚?你知道我多大岁数吗?我活了七千五百八十一年,我比你祖宗都大!"

Tony 根本没在听,他趴在白子玉胸口睡着了,却被白子玉嫌弃地一把推开,袁初雪责备小白道:"你能不能对人家温柔一点,真粗鲁!"

"你能不能对我温柔一点?就知道对别人好,我不是人啊?"

袁初雪安静地点点头,他醉归醉,思路还算清晰,知道说错话,硬掰:"就算我不是人,但哪怕是小猫小狗,你也会善待它们吧,你不是口口声声说来自任何世界的人都要公平对待吗?那你这两天什么态度?白天不跟我一起吃饭晚上还不想跟我一起睡觉,认识了新朋友就把我丢一边,你就是种族歧视!"

K 房里原本音乐嘈杂,他说话的时候刚好轮到换歌,比较安静,他说话已经有点大舌头,声音还很大,顿时屋子里所有人都看过来,脸上是大写的八卦。不用说,他说的每一个字大家都听见了。

初雪尴尬赔笑:"他喝多了,不用理他,大家继续唱,继续玩。"

Tony 再度苏醒趴在白子玉身上,笑嘻嘻地说:"原来你们晚上一起睡觉啊，怪不得你不让我跟她睡。"

白子玉傻笑："对啊，因为她要跟我睡。"

这下真是跳进黄河都洗不清，初雪辩解得很无力："因为没房了我们住同一间房，但是两张床分开睡，呵呵。"

并没有用，而且越描越黑，所有人依旧用"原来你俩有一腿"，"你果然把这帅小伙潜了"的表情看着她。

她恼羞成怒对白子玉咆哮："都是你！你不要脸我还要脸呢！这下我水都洗不清了，我还是单身我还没嫁人呢！白子玉！你别给我装睡！"

白子玉酒气攻心，打了个哈欠："吵死了。"

他话音刚落，全场人身上都逐渐结了冰，静止不动，他伸个懒腰，转过身去睡觉。

初雪张了张嘴，发现自己能动，现在整个屋子里只剩下她一个人是清醒的，她企图弄醒白子玉无果，走出去一看，连外面的服务员都定格了。看来整间KTV的人都被冻住，她想自己坐车回去都不行，没想到这小子喝醉之后这么不节制，酒品真差。

她骑虎难下，走也不是，不走也不是，只能使劲推搡他，扯他头发捏他鼻子挠他痒痒，他一脸不耐烦用手赶苍蝇似的赶她，最后索性把她压在身下。她无法动弹，在他耳边咒骂："起开！你别借酒行凶装疯卖傻，散播谣言滥用法术，你这个坏妖精！"

他拍拍她的头："嘘，睡觉，乖。"

她不吃这套，掐着他的脸："你看看这里是睡觉的地儿吗？你捅出篓子就不管了，还好意思睡觉？你要睡觉你自己睡，我要走了。"

她挣扎着想起身,却被他紧紧搂住:"不要走,我不想你走。"

他这句话说得嘤嘤呜呜,像小朋友在撒娇一样,她还是第一次见他这样,心不由得酥了一半,但是口中强硬依旧:"不行!你这个闯祸精,平时给我摆臭脸,现在喝醉了需要人照顾就装可怜,天下哪有那么便宜的事?给我起开!"

他好像什么都没听到,只是兀自喃喃自语:"我不想你和别的男孩玩,看到你和 Tony 那么亲密,我好生气,好想杀了他……但是我也想杀了我自己,为什么这些我都不敢告诉你,我怕我会心软,已经打定主意要走,要对你无情一点,为什么做不到……"

他稀里糊涂说着胡话。对于他刻意保持距离的原因,袁初雪心里其实也多少料到,但此刻酒后吐真言,听他亲口承认对自己的情愫,还是禁不住喜上眉梢,世界上有什么比你喜欢的人也一样喜欢你更令人快乐呢?

白子玉猛地转头正对着她:"你不是说喜欢我吗?怎么转眼又喜欢别人?我也好想杀了你,你这个朝三暮四水性杨花的女人!"

她严厉地瞪着他:"要不是你对我那么冷淡我会喜欢别人吗?"

"那你还会继续喜欢别人吗?"

"会,只要你对我的态度一天不改我就继续移情别恋。"

那一刻白子玉的眼神好复杂,愤怒、伤心、委屈、嫉妒,袁初雪几乎都以为他要动手揍她,可是下一秒,他就在她唇上啄了一下:"好,我改。"然后很乖巧地把头枕在她肩窝里。

温顺如小绵羊般的白子玉让她受宠若惊,可是她还没来得及享受此刻的特权对他发号施令,就意识到另一个问题。

"喂,别睡啊,现在这算怎样?你看看你弄的烂摊子,你不打算解决吗？而且就算我们要睡觉也得回酒店吧，这里根本躺不平，那么多人呢，虽然他们都不会动，但感觉都在看我们，好奇怪。"

白子玉咂巴嘴，窝在她怀里好像睡着了，她粗暴地扯他耳朵，对着他耳朵大叫："别睡啦！我要回酒店！"

他抗议地皱眉，随即起身，拉着袁初雪歪歪扭扭往门外走。

"喂，你干吗？"

他揉揉眼睛："不是回酒店吗？"

"这里离酒店好远，你不把司机解冻我们怎么回去？"

但她说完这句话就后悔了，她忘了自己不是在跟一个普通的男孩说话，门后面哪里还是KTV大堂，是他们的酒店房间。白子玉倒在床上直接呼呼大睡，袁初雪不忍叫醒他，躺在他身边，他像小动物本能地往温暖的地方靠，钻进她怀里。

昏黄床头灯下，他白得近乎透明的皮肤染上一丝红晕，薄唇紧抿，羽翼一般的长睫毛在眼下投映成扇形的倒影，偶尔在睡梦中轻轻抖动两下，似蝴蝶的翅膀泛起涟漪，平日里冷傲自持的冰山王子，此刻倒像个人畜无害的小兽。

袁初雪抱着怀中的少年，只愿时光停驻此刻，能这样一直下去，到天涯海角都好。

3

袁初雪在凌晨四点多把白子玉弄醒，让他赶紧去解决还在K房里那些人。小白酒还没醒全，法术不太灵光，把门开烂了都依然是酒店走廊，无奈，两个人只能披着外套顶着寒风在一天中最冷的时候步行去KTV。袁初雪冻得鼻涕直流，一路骂骂咧咧，白子玉一把搂着她，问："这样好点吗？"

她强掩喜色装作勉强："总比没有强。"

朝阳从远处的天边冒出一点头，预示一天的希望，像一切都有可能。袁初雪觉得她此刻的人生也一样，遇到了对的人，披荆斩棘都不怕，天堂地狱跳下去，去做她不敢做的梦，追她不敢追的爱。她的心里像有一只猛兽在悄悄生长，强大又天真，凶猛又温柔，和她一起守护着来之不易的秘密。

她问："你昨晚说的话算数吗？"

"我昨晚说什么了？"

她用手肘撞他胸，佯怒。他替她捋捋被风吹乱的头发："你说话算数我就算数。"

"我说什么了？"

"不再朝三暮四见一个爱一个啊。"

"我从来就不是这种人好吗？"

"嚄。"他一脸不信，"那你和Tony是怎么回事？"

她没忍住扑哧一声笑了出来："你没看出来啊？"

他纳闷："看出什么？"

"Tony是这个。"她伸出一根手指，比了比弯。

白子玉还是不懂："什么意思？"

"他是弯的，他只喜欢男人。"

白子玉只在书上看到过这种词汇，他记得是叫同性恋者，真正接触还是第一次。

"所以我和他就是姐妹，从心理上来说是同性，他还一直问我你是不是呢，对你明显比对我感兴趣好吗？"

"怪不得每次他喊我一起吃饭啥的你都急着帮我推掉，原来是怕他对我下手。"

袁初雪但笑不语，她会告诉白子玉她串通了Tony帮她演这场戏，就为了试出他对自己有没有真心吗？恋爱中的女人有千百种方法去试出她想知道的答案，虽然白子玉活了这么多年，但论到男女间的心机，他还是个雏儿，怎么斗得过在红尘里打滚的凡夫俗子？

白子玉把KTV里的人解冻后又消除了他们脑里有关于他俩昨晚也在的记忆，等他们醒来就会以为大家都喝多了醉倒在包厢，幸好今天倒夜班上午不开工，也没耽误工作。

晚上拍摄杀青的部分，女主角心甘情愿替王子受困瓶中，王子于心不忍，于是和女主商议两人轮班，一人一天，倒把施法的巫婆气得团团转。影像剧作往往把原本两难的事处理得皆大欢喜，让人相信这个世界的本质还是美好，不过，生活的本质不就应该是美好吗？

白子玉表情神往："要真能这样就好了。"

袁初雪开解他："为什么不可以呢？所思即所受，你只有先去相信，才有可能实现，别老这么悲观。"

"你为什么总这么乐观呢？"

"我也不是一直这样，遇到你之前我也很悲观，觉得余生大概也就不过如此了吧。"

白子玉定定地看着她，她牵起他的手说："你看你多厉害，能

把一个悲观的人变得乐观,你有什么做不到呢?"

他笑:"你是在拍我马屁吗?"

她故作惊讶:"被你看出来了,我表现得这么明显吗?"

他点评:"技术拙劣,演技浮夸。"

她欠身做谦虚状:"好的,小女子争取改正。"

半夜杀青后全组人去吃消夜,白子玉不再避忌Tony反而主动敬酒。Tony心花怒放贴着他,心知他是直男,但能吃的豆腐绝不浪费,更何况他撮合他俩有功,这就当福利了。袁初雪看到白子玉这样被揩油,和Tony争抢了起来,白子玉夹在两人中间,啼笑皆非。

回到酒店洗漱完,两个人躺在各自的床上,却都无睡意。然后袁初雪说出了大概是她这辈子说过最不要脸的话。

"我能过去和你睡吗?我就躺着绝对不动你。"

那边久久无反应,她脸红得跟煮熟的虾子似的,幸好灯光很暗,替她遮了羞。

大概又过了十来分钟,传来轻轻的一声:"好。"

她麻溜儿地钻进他被窝,呼吸着他身上清冷的雪松香气,只坚持了三秒,就按捺不住搂着他脖子。

白子玉语带鄙夷:"你不是说绝对不动我吗?"

"女人说的话你也信啊,女人都是骗子,越好看的女人骗人越高明。"

"怪不得你骗术一般。"

她没有怒,反而嬉皮笑脸地说:"没关系,我技术再差能骗你就行啦。"

"你现在已经百毒不侵了,脸皮厚到刀枪不入,你是什么时候把节操喂狗的?"

她笑嘻嘻的,不回答。他猜:"是你和薛墨在一起,我打电话承认喜欢你那次吗?"

"不对,还要更早,就是你在面馆当着所有人面狠狠拒绝我,我难过得死去活来那次。"

这让他很意外,受到伤害的时候开启自我防御系统是人类的本能反应,像她这样被拒绝了反而敞开心扉倒是很反常。

她把脸贴在他肩膀上:"我从来没有真正喜欢过一个人,那种倾其所有毫无保留的喜欢,等我真正尝试过了,虽然很短暂,但我明白这种感觉原来是真实存在的,就像你一直在找一条你梦寐以求的裙子,找到你都绝望了,找到你开始怀疑这个世上是不是真的有这样的裙子,然后你眼前一亮,它出现了,但是很遗憾你只能穿一个晚上……但你明白你的坚持是有意义的,至于能不能再次找到,全凭运气。我只懊恼自己顾虑太多,因为不够笃定不够自信,没能在拥有它的时候好好享受,这是我唯一遗憾的。"

她的眼睛在黑暗中闪着水光:"谢谢你,在我自己都动摇的时候,你像一个天降神兵,坚定我的信念,让我不要这么将就地把自己下半生打发掉,你功德无量。"

白子玉伸手搂过她:"只穿一个晚上,也没关系吗?"

她摇头道:"与其一辈子穿你不喜欢的衣服,不如穿着你喜欢的裙子跳舞到天亮,重质不重量,你说的。"

"值得吗?我会走的,你投入的感情我没法回报,你不是说你要的是一生一世?我给不了。"

她笑道:"你知道吗?我们人类很矛盾的,在我小时候,我觉得将来长大了要面临好多难题,升学就业赚钱养家,每一个都足够我苦恼犯愁,但等我真的长大了,才知道这些原来都不难,找到自己真正喜欢的人,并且能够和他在一起,才是这个世上最难的事,你多努力都没用。未来我会遇见谁,你会在哪里,都不重要,遇见已经这么难,一生一世太长,我只要朝夕,就现在。"

她的眼泪掉下来,却绽放出微笑,他替她拭去泪水,紧紧拥抱她:"好,就现在。"

4

从剧组离开后他们并没有回云城,这里离阳县不远,临近元旦,袁初雪想回去看望母亲。他们坐了五个小时长途汽车,以前她最讨厌耗在路上的时间,又颠簸又累,一来一回下来一天就没了,觉得特别浪费,但有了白子玉之后连等待都变成一件甜美的事情。一路上她对他诉说自己从小的经历,其实她是那种最平凡的女孩子,有着最平凡的童年,但白子玉听得津津有味,好像她说的是一个举世无双的传奇故事。

和喜欢的人在一起,再无聊的琐事都变得生趣盎然,连天空都是粉红色的,寒冷的气温只是为了让你我更靠近的助攻,车厢内难闻的气味不再那么讨厌,简陋的餐点在你一口我一口的分享下也变得美味起来,就连窗外看过千百次的风景也因为多了一个人而与众不同。

你的触觉重新敏锐,你的眼神再度焕发光彩,你麻木已久的心重新打开,你对这个世界的好奇心又回来了。你像回到最青春茂盛的少女时代,会哭会笑,会因为一点小事高兴不已,也会因为一些微不足道的话而产生小情绪,仿佛一个崭新的大门为你打开,让你相信这世上最美好的剧本,都是为你我而写。

女孩长到一定年纪,就会有很多过来人或者所谓的鸡汤书籍和影视作品,教你如何挑选合适的伴侣,但其实恋爱是一种本能,根本不需要学习,你的心大多数时候都是关着的,那个对的人拿着钥匙出现,吧嗒一声,就打开了。

他们到家的时候已经是傍晚,母亲不在,袁初雪从院子里的水仙花坛下摸出一把钥匙。她以前还在家住的时候就经常忘记带钥匙,所以母亲常备一把备用钥匙在门口花坛下。阳县小地方,民风淳朴,街坊邻里都认识,基本没有治安问题,女儿离家多年,这个习惯她一直保留到了现在。

袁家祖宅不算大,却干净雅致,屋里摆放着水仙和君子兰,还有几盆吊兰和三色堇,植物的清香在冬日里分外沁鼻。起居室后面是三间卧室,她和弟弟的房间空置已久,却打扫得一尘不染,摆设也都是原来的样子,甚至他们小时候的玩具和物件都整整齐齐罗列在柜子上,两个孩子都不在身边,母亲的思念大致也只能寄托于此。有趣的是,初雪儿时的玩具尽是望远镜、万花筒、小汽车或乐高模型,相当男孩子气,反观初晖屋里,主要以洋娃娃或卡通人物手办为主,阴阳颠倒,两姐弟的个性由此可见一斑。

厨房里的烤红薯还冒着热气,袁初雪拿过一个掰成两半,分一半给白子玉。夕阳正好懒懒地晒在这对小情侣脸上,她吃得满嘴都是,白子玉帮她擦拭,但他手上沾了红薯皮上的灰,越擦越黑,直把她擦成脏脸猫。他取笑她,被她横起反击压倒在沙发上,两个人互相哈对方痒痒,这一幕被买菜回家的袁妈妈撞个正着。

袁妈妈相当淡定,在初雪开口介绍之前就猜到这是传说中的小白,害得女儿失婚又失恋然后没事人般回来的传奇人物。她问了白子玉的饮食喜好,晚饭多加了两个菜,吃饭的时候问的不过也就是这次回来住多久,想去哪玩,最近工作如何之类。一问到白子玉的家庭背景等问题,袁初雪就迫不及待替他挡,草草回答了事,生怕母亲难为他。

见女儿那个护崽的没出息样儿,袁妈妈面上保持微笑,却在桌子底下拿脚踹她,还有几次不小心踩到白子玉。他默默缩回脚,想起以前看的电视剧里,女主角但凡谈婚论嫁或者结交新男朋友都要过家长那关,这在人类婚恋文化里好像是默认的规则。他接过初雪夹给他的鸡腿,决定主动坦白。

"袁阿姨,我没有父亲也没有母亲,可以说是个孤儿吧。"

初雪愣了一下,袁妈妈也愣了一下,然后说:"噢,孤儿的个性一般都比较孤僻古怪,难怪。"

"妈!"初雪嗔怪,她妈才不理她。

"婚礼上你把初雪拐跑了,可之后怎么又不见了呢?"

"妈,他没拐我,是我自己走的,他那次因为家里有点事必须回去一趟。"

袁妈妈点点头:"哦,他无父无母,可家里却有事……"这漏洞根本兜不圆,妈妈调侃:"那家里的事解决了吗?"

初雪抢先替他回答："解决了。"

妈妈语气戏谑："我猜也是，事情没解决人怎么会回来呢。"

袁初雪捂着额头，她妈的个性她清楚，比别的家长开明，但脑子也比别的家长清楚，这关不过休想糊弄过去。

白子玉放下碗筷，表情郑重："我那个时候还没想清楚要不要和您女儿一起，所以跑了，后来我想清楚了，就回来找她了。她刚才这么说是在维护我，但我知道是我不对，我那么做很不负责任，也很自私，用现在流行的话说，就是渣男，所以如果您不能原谅我，我也无话可说。"

妈妈瞟一眼一直紧张护着他的女儿："我不原谅你有用吗？那位同志已经原谅你了，还把你带回家，你的地位火速得到认可，看来你们关系发展得相当迅猛，到哪一步啦？"

"妈，不是你想的这样，都是我主动追他，他很矜持的，他就是因为对待感情太认真才会选择离开，不想清楚之前绝不乱答应我，现在的年轻人很少有这么靠谱的，我们才刚好上没多久，你别瞎问把人家吓到。"

袁妈妈摇了摇头，叹息家门不幸，怎么出了这么个倒贴的货。白子玉在桌子底下握住初雪的手，这一举动没逃过妈妈的眼睛。

晚饭后，初雪在厨房刷碗，袁妈妈在客厅弯着腰修剪枝叶，白子玉默默递了把椅子给妈妈坐下，她指着刚洒完水娇艳欲滴的海棠问："漂亮吧？"

"嗯。"白子玉点点头。

"你要花心思养它，给它浇水施肥晒太阳，修剪多出来的枝叶，

它才会越长越好看。有的人只图一时新鲜,把花摘下来插在瓶子里,就算放了阿司匹林,再好养的花不过一周就谢了。"

白子玉知道她在指桑骂槐,说:"阿姨对不起,我也许不能永远陪着你女儿。"

袁妈妈其实也没有为难他的意思,无非是想替女儿唱一把黑脸,初雪现在护着他,她就以母亲的角度给他施加一点压力,但他会这么坦白地回答倒是出乎她意料。

"原因我现在没法跟您说清楚,我那时候选择离开,因为比起从未拥有过,得到之后再失去往往更残忍,我不想让她喜欢我,可是我却喜欢上了她,我忘了我自己也有感情,她说这是她第一次真正喜欢一个人,其实这也是我的第一次。

"虽然我不知道能在她身边多久,但只要我在的一天,我就会像您对待这株花一样,好好对待她,这是我唯一可以承诺的。"

人世间的所谓承诺,他活了几千年也是第一次给,从来赤条条来去,不拖不欠,他不知道这一步迈出去,他的生命因多了一些东西而从此不同,那种东西,叫牵挂。

袁妈妈看了他一会儿,初雪刷完碗跑过来,问:"你们在聊什么?"

"没事。"妈妈说,"我去帮你们收拾一下房间。"她走了几步又回头,"小白,海棠花我可以交给你养一阵子,但你要完好无缺地把它还给我。"

明白这个话意味着什么,白子玉一怔,妈妈拐进房间,袁初雪丈二和尚摸不着头脑:"什么海棠花?你们在说什么呢?"

"这是我和阿姨的秘密。"

"你和我妈还能有秘密？你俩能聊到一起去？"

"能啊。"

"得了吧，我和我妈都聊不到一起去，一起生活了那么多年，我有时候都觉得她根本不了解我。"

"你错了。"他说，"阿姨绝对比你想象中的更了解你。"

晚上袁初雪自然是回自己房睡，妈妈安排白子玉睡在初晖的房间，可第二天早上她却看到女儿从白子玉屋里出来。袁妈妈没说话，中午吃完饭，她偷偷塞了一包东西给她，初雪一看，嘴里的酸奶差点喷出来，是避孕套。任她连连解释她和白子玉之间什么也没发生，她妈根本不信，虽然她很想当外婆，但不希望女儿未婚怀孕，叮嘱她四个字：注意安全。初雪哭笑不得。

妈妈的生活非常规律，晨起买菜浇花，中午吃完饭去和街坊邻里唠嗑打麻将，晚上在家里看书看电视，周末约老姐妹逛街跳舞。两姐弟不止一次劝过母亲，她还年轻，颜值也尚在线，可以再找个伴儿照顾自己，但妈妈果断否决这个提案，她人生中最美好的回忆，最值得铭记的一切都是过世的丈夫给的，那是她最好的时光，她不是要把心关起来，而是很清楚那种感觉也许这辈子都不会再有了。你拥有过最好的，就不会愿意退而求其次，那些说着感情可以培养婚姻可以将就的人，都是没有真正爱过的人。

他们有时候陪妈妈去买菜，或是带妈妈下馆子改善伙食。白子玉在袁妈妈的指导下初次尝试做当地农家菜，被风卷残云血洗一空，美味胜过做了三十年菜的袁妈妈。自打那次起，他就承包了做饭的任务。初雪平时帮着干点家务，陪妈妈说些体己话，这几天家里的植物已经全归白子玉管了，水仙和兰花都开得越来越好，清香一室。他们院里的花是整条街开得最美的，引来邻居艳羡。不过邻居们更艳羡的是袁初雪带回来一个漂亮的小男友。本来她每次回来都有点怕见到这些街坊邻里，一个大龄未嫁的闺女，被老一辈催婚是避无可避的指定动作，这回再加上失婚，轰炸肯定更猛烈，幸好她带了白子玉，所有的注意力都转移到他那张好看到人神共愤的脸上。邻居们议论纷纷，怪不得逃婚了，原来捞到个小鲜肉，但小鲜肉为什么要找比自己大这么多的呢？一定不是认真的。语气谴责中带着嫉妒，看笑话中带着眼红。

袁妈妈却没有受到风言风语的影响，她说会做菜还对花草这么有爱心的男人，坏不到哪里去，她相信相由心生，白子玉的眼神也许冷漠，但绝对没有害人之心，而且他这么机灵，想害你你早就渣都不剩。初雪埋怨妈妈才没几天就被收买，掉转枪头和白子玉同一阵营。袁妈妈私底下打趣说她是老牛吃嫩草，说白了占便宜的是自己家。经过她这几天的观察，白子玉聪明却单纯，为人诚恳勤劳，虽然有时候有点摸不透，但是个不错的孩子，妈妈唯一担心的只有一点，他说过他必须离开，是不是身患绝症？初雪乍一听哭笑不得，但竟然找不到理由向母亲解释，只得扯开话题顾左右而言他。

一个人过得快不快乐，眼睛会说话，当你沉浸在幸福里，眼神温暖明亮，就像这几日的袁初雪，妈妈看见她眼里的光，明白她爱对了人，才放心由得她去，而感情的长短谁能控制呢？遇上即是幸运。

这段时间的相处就像一段天赐的真空期，袁初雪甚至有一种新婚小两口偕母同居的感觉。幸福得太完美，就有一种不真实感，她心里隐约感觉到离别的日子越来越近，只是两个人都很有默契地绝口不提，仿佛这样就能把日子自欺欺人地过下去。

5

跨年那天，妈妈带着他俩去走亲戚，小姨的女儿比袁初雪还小两岁，儿子已经骑着小车满街跑了。小姨追问她和小白打算什么时候办正事，他俩还没想好怎么应对，袁妈妈就先挡了回去："我女儿难得带男朋友回来一趟，第一次见面就问这问那，有你这么八卦的吗？我还不想这么年轻就当外婆，你要闲得没事做就过来帮我择菜。"

晚上吃饭的时候大伙喝了点酒，白子玉自然成了围攻对象，初雪又挡又护才没让他喝多，她可不想重蹈上次在KTV的覆辙。酒是自家酿的米酒，甜津津的，白子玉咂巴嘴，意犹未尽。初雪摸摸他染上粉红的脸："喝多了吗？要不要给你泡杯蜂蜜水解酒？"

他摇头："我开心，从来没有想过我也可以有家人。"

这句话说完，两个人都觉得有点心酸，因着这点心酸，更加珍惜眼前。

饭后女眷们打麻将，旁边的邻居也来了，开了两桌，麻将声震天响好不热闹。小姨硬是拉着白子玉下场，说牌品见人品，小白不会打，几个大妈开始教他规矩，初雪在一边笑，心想她们自讨苦吃。结果一圈下来，他不是清一色对碰就是豪七小对，最后一把竟然打出大满贯十三幺。袁妈妈数钱数得不亦乐乎，其余大妈们一脸懵逼，一番检查后确定他没有作弊，才不情不愿地掏钱。

大妈们一边摸牌一边不忘盘问白子玉,从哪里人到做什么工作到一个月收入多少,初雪还怕他招架不住,不料才一天工夫他就跟袁妈妈学得一手好太极,并且青出于蓝——一直笑眯眯地跟人说话非常有礼貌,回答的问题看似滴水不漏实则说了等于没说。这手功夫就是去当明星面对媒体也绰绰有余啊,看来小白要是铁了心在人间混,肯定混得风生水起制霸一方。

这麻将看来是要打通宵,白子玉赢了钱,大家不放他走,还是袁妈妈出面喝责,让她们这群老的不要妨碍年轻人二人世界,小白这才得以脱身。

两人手牵手散步回去,冬夜的林荫小道格外僻静,天空是湛蓝的,像幽深的海,看不见月亮,只有东一颗西一颗的细碎星光,是海里的珍珠。路两侧的高大梧桐树落光了叶子,光秃秃的枝干像一只只大手,深深举向空中。远处的人家从窗户里透出点点灯火,是夜航灯塔的启明灯。空气中到处弥漫着寒冷干燥的树木味道,呵出的气都成了白雾。

从来没有这样一刻,连安静都是美好,像有千言万语,但什么都不必说,她想说的,他都知道,他在想的,也是她在想的。与你无缘的人,与他说再多也是废话,与你有缘的人,你的存在就能惊醒他的所有感觉。她只盼这条小路蔓延到永远、永远,没有尽头。

"白子玉,你给我唱个歌吧。"

他很听话,唱起那首空灵的歌谣,歌声回荡在静谧的夜空,陌生的语言,像精灵在说话。

"歌词是什么意思?"

"这是雪族的语言,意思是飘雪飘雪不要带走我的爱人,我的思恋可以跨越皑皑雪山，追溯到时光的尽头。"

这首诞生于乔戈里峰下喀什地区的民谣，歌颂因为雪难而阴阳永隔的爱人，凄美动人，但袁初今天不想这么伤感。

"白子玉，你给我变个法术吧。"

"什么？"

"让我不冷。"她的鼻尖冻到微微发红。

"不会。"

"你堂堂一个雪山王子，连这点小事都做不到？"

"我只会这样。"

他把身上的围巾衣服都脱下来，层层裹在她身上，把她包得像个大粽子，只剩一双眼睛露在外面扑闪扑闪。

她不屑地说："完全没有技术含量，你跟我们这些平庸的人类有什么分别？"

"我会这个。"

他拉下罩着她口鼻的围巾，一个香吻送了上去。

"以色事人，妖媚惑主，还有别的招吗？"

他笑道："我只会这个。"

"那好吧，再来点。"

他们在夜空下接吻，踏进深夜十二点，远处的住家开始放烟火。他们抬头，见大团大团五颜六色的烟花闪耀在半空，拖拽着金色银色的尾巴，久久不散，照亮了彼此的脸。只有在爱的人才知道，漫天的星辰和绽放的烟火，都比不上对方眼睛里流动的光彩。

她说："新年快乐。"

"新年快乐。"

这是他们一起度过的第一个新年,也许也是最后一个。天地都渺小,苍茫宇宙间只剩下他和她,两个小点,却是对方眼中比世界还大的惊喜。

白子玉的衣服全在袁初雪身上,自己就穿了一件衬衫,他应该是不怕冷的,但她怀疑自己眼花,好像看到他搓了搓手。

6

元旦当晚,袁妈妈打发女儿去亲戚家送腊肉,她要白子玉陪她去,妈妈不让,要小白留下来陪她看电视剧。这一老一少近日找到共同爱好,就是都对国产爱情剧趋之若鹜,两人常在吃完晚饭后嗑着瓜子一边看一边热议,气氛和谐,画风诡异,初雪抱着iPad戴着耳机在一旁看美剧,恍惚间会以为坐着两个大婶。

胳膊拗不过大腿,无奈下初雪只得自己去跑腿。没了白子玉,乡间小路不再优美,黑黝黝地透着阴森,旷野上吹来的风声也变得恐怖起来,没有月亮的天幕像巨大的阴影笼罩着她,不知是心理作用还是什么,身后总好像有个诡异的身影,她不禁越走越快,呼吸也跟着急促起来,这一来一回的两趟路好像永远也走不完。

好不容易把腊肉送给亲戚回到家,家里却乌漆麻黑的,她呼唤妈妈和白子玉,哪里有人应她?她感到害怕,想打开客厅的灯,一双手从身后蒙住她的眼,她只挣扎了一下就顺从地任由那人把她带到后院。双手落下,她眼前豁然明亮,院里放满了蜡烛,树枝上缠满了小灯泡,小小的院子像个发光的小星球。

妈妈端着蛋糕:"宝贝,生日快乐。"

对哦,今天是她三十周岁生日,因为生在1月1日这个特殊的日子,同学同事们每年这个时候几乎都放假回家,她已经有好多年没过过生日,连她自己都忘了,今天是她的特殊日子。迈入三字头,对于很多女人来说,是大限,意味着青春的逝去,意味着要变成一个淹没于滚滚红尘的平凡妇人,但对她而言,仿佛人生刚刚开始。她抛开迷思不再人云亦云,找到属于自己的坐标,而脸蛋还依然年轻。

三十年的孤单岁月像全部找到了着落,吃过的苦真的不会白费,如果没到,不是缺席,它只是需要时间抵达,就像星星的光芒需要跨越几光年才能落入你我眼里。

晚上她和白子玉和衣躺在床上,袁妈妈已经不再收拾另外一间房,默许了他俩睡在一起的事实。

他问她:"我用手蒙你眼睛的时候,你为什么没有挣扎?"

"我闻到你身上的雪松味道,知道是你。"

"不公平,你闭上眼就能认出我,但你身上都没有好认的记号。"

她撇嘴:"对啊,我这么平庸,你应该会很快把我忘记。"

"你哪里平庸了?你不要脸的本事一点都不平庸。"

她佯装愤怒地跳到他身上:"好啊,你敢嘲笑我,我今天可是寿星我最大,你死定了!"

他被她挠得直痒痒,笑着讨饶:"我错了我错了。"

"一句错了就算了?礼物呢?寿星的礼物呢?你不会一个蛋糕就想搪塞我吧?"

"你想要什么?"

"房子，车子，大钻石，名牌包包。"

"我没钱。"

"穷鬼，那你有什么？"

他拉着她到窗边，伸出手，一片雪花落入他掌心，天空不知何时开始飘雪。

他说："这个城市不下雪，每一片飘落的雪花，都是我给你的礼物，都是我在对你说，我爱你。"

窗外的雪越下越大，树木很快覆上一层白霜，天地安静得只剩下雪落的声音。

有时候爱情不是因为看到才相信，而是因为相信才看到。

她吸吸鼻子，偏过头去免得让他看见她眼眶发红："你真抠，这个礼物一点钱都不用花。"

"你真肤浅，这个世界上最好的礼物都是用钱买不到的。"

"你知道你给我最好的礼物是什么吗？"她拥他入怀，把下巴搁在他肩膀上，"就是和你有关的回忆……可遇不可求，可求不可留，可留不可有，只可惜，我没能在我最好的时光遇上你。"

但凡女子，哪个不希望在自己最美的年华遇上那个他？有梦可追，有人可爱，好时光才不枉费，不然再美的青春也是孤芳自赏。

他回抱她，摩挲她的发丝："和我在一起的时候，才是你最好的时光。"

二十岁才拥有心爱的玩具，三十岁第一次遇到喜欢的人，也许四十岁才过上自己想要的生活，晚吗？永远不晚。不要为了苟且而接受送到眼前的馈赠，你在时光里咬紧牙关苦苦支撑，为了不被别人的声音淹没，为了不辜负自己最初的期许，这些年复一年的坚持，就像孕育花开的养分，人的青春一定不止一次，岁月会赋予你额外的惊喜，这是独属于勇敢者的礼物。

飘雪窗前，天地无言，只余他眼中的她，和她眼中的他。

现在的他们，就是最好的他们。

在一起的时光，才是最好的时光。

天也欢喜，地也欢喜，你也欢喜，我也欢喜。

Chapter 8
末日之前

袁初雪搂着白子玉的肩膀:"小白啊,你已经是我的人了,放心吧,老板娘会对你负责的。"

他配合地伏在她身旁:"谢谢老板娘,我该怎么报答你呢?"

"你一穷二白,身无长物,也只能以身相许了。"

"谁说我身无长物?"

他眼里露出危险的信号,一个翻身就把她压在身下。

> 2017年1月5日～2017年1月12日
> 天气：妖风四起，天象大异
> 宜：诸事不宜
> 忌：生离死别

1

欢喜的时光永远是短暂的，但谁也没想到结束得这么早，噩耗从一场席卷全城的疫病开始。

元旦过后云城开始出现一种怪病，患者会突然间陷入长期昏睡，表面上无任何伤痕，也查不出昏迷原因，但体温一天比一天低，生命体征一天比一天弱，只能靠输送营养液勉强维持生命，任何医学手段都无法令之苏醒，这种怪病闻所未闻见所未见，群医束手无策。新闻未免引起恐慌，对外封锁了消息，但随着受病人群越来越多，范围越来越大，纸也包不住火，消息蔓延了开来。每日患者仍在数以百计地增加，一时间全城人心惶惶，风声鹤唳，俨如2003年那场世纪疫病重演。

袁初雪在接到初晖系主任电话后，带着妈妈和白子玉风驰电掣赶回云城。一出火车站，阴风阵阵，飞沙走石，天暗得不见阳光。街上鲜有行人，难得见到三两不得已而出行的人，也是口罩帽子冲锋衣全副武装，整个城市似笼罩在一片巨大阴影下，令人生怖。

他们连家都没回直接赶到市立医院,这种叫不出名堂的怪病短时间内火速蔓延,各个医院住满了病患,初晖只得睡在住院部临时增加的床位上。他们学校已经有好几起病例,老师和韩梦瑶守在病床前都熬出了黑眼圈,高东东去给他们买饭了,白子玉临走前曾叮嘱他多关照初晖,没想到这小子竟然很讲义气。

"是薛墨。"白子玉悄悄把初雪拉到走廊里说,"他施了迷魂术,和死亡谷的状况一样,把误入其中的人困住,再一点一点吸食他们的精魄,每吸食多一个人,他的力量就越壮大。"

论单打独斗薛墨和白子玉势均力敌,上次是白子玉为救初雪分神他才偷袭成功,要真打起来,恐怕两败俱伤,谁也讨不了好处。薛墨这么做一来可以增强自己的力量,二来可以逼白子玉露出马脚,这种关头,谁先沉不住气就露了怯,他知道白子玉没法眼睁睁置这些凡人的死活于不顾,可谓用心险恶。

袁初雪不是没有想到薛墨这么做必有其目的,但事情一牵扯到自己弟弟,亲者乱,她着急追问:"就没有破解的方法吗?"

"患者们昏迷不醒的时候,就是薛墨用梦魇在蚕食他们的精魄,如果能醒过来,或许可以幸免于难……"

她迫不及待:"那还等什么,赶紧想办法把他们弄醒啊。"

"怕就怕,这些人不愿意醒来。"

她一脸不解,白子玉解释:"你刚才有没有发现,那些昏迷的患者大都面带微笑?这就是薛墨下作的地方,他用梦境窥视人心,世人痴迷而不得实现的欲望,让他们在梦里实现,所以一般定力差的人进了梦魇就不愿出来。现实残酷而梦境美妙,所谓醉生梦死,颠倒世界。"

怪不得她见初晖在昏睡中嘴角上扬，一脸愉悦，不知在做什么美梦呢。

"那醒不过来会怎样？"

他表情凝重："如果七天之内找不到破解方法，就会在梦里魂魄散尽而死。"

她几乎站不稳，白子玉扶住她："别担心，我有破解之法。"

他们轮流在医院陪房，晚上白子玉守夜，妈妈担心了一天在沙发上眯了一会儿，袁初雪就去超市采购一些用品。

她在挑选水果的时候，听到后面传来两个熟悉的声音，她不动声色藏在货架后，看到冯菁正在帮丁琛选购生活用品。冯菁一反平日里花枝招展的时髦打扮，穿着朴素的羽绒服和球鞋仔裤，头发全部往后拢，扎成一个马尾，素面朝天，倒像个清纯的女学生。丁琛比上次见面更瘦了，颧骨突出，双颊深陷，下巴上胡茬泛青，沉默寡言的样子看起来有点忧郁。

丁琛辞职后和关系最好的同事赵旭合伙开了餐厅，就是之前打小报告害得他俩吵架的那个赵旭。赵旭平时有做些外汇期货的投资，亏了钱就擅自挪用餐厅的款项去填平，不料窟窿越来越大，干脆携款私逃，剩下丁琛应付残局。开餐厅的钱本来就有一部分是跟银行贷款的，丁琛只得花光所有积蓄又把房子卖了才填平窟窿，但这么一来经济状况堪忧。新娘逃婚，又被最好的朋友欺骗，婚姻创业双失败，可说是对一个男人最致命的双重打击。人在谷底的时候，弱者被打倒从此一蹶不振，强者卧薪尝胆绝地反击，幸运者遇到可以拉他一把的贵人。丁琛无疑是那个幸运者，他的身边有冯菁。

后来袁初雪听小钱说,冯菁反对丁琛认输把餐厅盘出去,为了不让丁琛过意不去,她以投资入股的方式注入资金,自己也成了股东,还辞掉了杂志社的金领职位,亲自下场帮他做经营管理,利用自己多年积累的人脉打开知名度。餐厅在女主外男主内的合理分工下,生意渐见起色,丁琛的人生也从低谷爬了出来,他开始明白有一种感情的分量不亚于对一个人的钟爱,那叫患难与共。他俩最终能否在一起已经不是最重要的,对于冯菁来说,能和自己喜欢的人共同向着一个目标奋斗,她的理想就是实现他的理想,也许不是情人,却在他心中有着比情人更重要更不可替代的地位,也许这才是她想要的。当然,这是后话。

结账的时候,袁初雪在排队人龙的后面,他们没见着她。她看见冯菁以想找开零钱为由,抢先拿出百元钞票买单。她总是以这种看似漫不经心的方式给予丁琛关心,她理解他的自尊心,守护他的傲气,看似大大咧咧实则用情极深,如果说这世上真有不动声色却触目惊心的爱,这应该能算一种。

初雪本来想上前和他们打招呼,但想了想还是没有迈出那步,也许此刻的他们并不需要旁人打搅,别人以为的困境在当事人来讲或许是天堂。我之砒霜,彼之蜜糖,看冯菁返璞归真的打扮,你怎知此刻的她何尝不是快乐的?

她等丁冯二人离开一会儿才步出超市,见白子玉已经等在门口。

"你怎么来啦?"

"阿姨醒了,我见你这么久都不回来,过来接你。"

他拎过她手中的购物袋,另一只手很自然地牵起她,她看到他手掌上缠着绷带。

"你的手受伤了？"

"刚才切水果的时候不小心割到手。"

"要不要紧？"

"没事，我问护士要了消毒水和纱布，已经处理过了。"

她没再多问，他因为体质特殊，以前受伤要不了半天就好，她以为这次也会这样。

2

这几日初晖的病情似有好转，一天中会有短暂的苏醒，虽然说不了两句话又昏迷，但总算是好转了。其余患者的生命体征也暂且维持住，城中也没有新增患病案例，疫病似乎得到控制。

袁初雪不止问过白子玉一次他到底做了什么手脚，他只是笑笑告诉她这是秘密，雪山王子的最高机密怎可轻易泄露？总之薛墨没有真身，熬过冬天他就不得不离开，一切危机就解除了。一触到离别这个话题，她就不再问了。

近来白子玉也有些怪怪的，按理说他没有凡人那些身体上的限制，穿衣吃饭应该只为了乐趣，可这几天降温他却天天裹着厚外套，到点了也会饿，有时甚至会犯困打盹。袁初雪白天的时候见他除下手上纱布洗手，那日切水果割破的伤口，竟仍未愈合。

她原本并未多虑，以为就像白子玉说的，只要过了冬天，一切就会恢复如常，可直到宋冰若的再次出现，她才知道自己想得太简单。

这段时间白子玉对袁初雪母女几乎寸步不离，也许是怕薛墨突然出现加害于她们。今晚轮到他和初雪守夜，半夜的时候袁初雪想上洗手间，看白子玉趴在沙发上睡着，不忍心叫醒他，就自己去了。她和一个护士一起进去，等她出来在洗手台洗手的时候，镜子里护士的脸已经换成了宋冰若。

袁初雪想喊白子玉求救，却被她的一句话镇住了："你要是想害死白子玉，你就喊吧。"

她怔住了，女人的直觉有时候准得惊人，她从以前就确定，这个宋冰若或许会加害于她，但绝不会害白子玉，情敌某些时候就是朋友，因为她们爱着同一个人。

宋冰若字字句句说在她心尖上："他一定告诉你，等冬天过后薛墨不得不离开，一切就尘埃落定，你继续过你的生活，他回去守护他的雪山。你是不是还想着可以时不时去乔戈里看他，像去看望身在远方的男朋友？"

这确实是袁初雪心里打的算盘，白子玉必须回去属于他的地方，但不代表她不能离开云城。

"你见不到他的！你不可能再见到他！"

她不接茬，先听听她怎么说，她要冷静分辨对方是巧言令色还是语出真心。

"他最近是不是越来越像一个正常人，会冷会饿会困会累，现在连我出现他都察觉不了，你以为薛墨的迷魂术是怎么控制住的，那是白子玉在损耗他的修为替那些凡人续命，他把雪灵珠放在你身上，就等于猛虎被拔掉利齿，雄鹰被折断羽翼，现在再折损修行，就会连和薛墨抗衡的能力都失去。是，薛墨没有真身，冬天结束确实不得不离开，如果我没有猜错，他是想拖到那时候找机会和薛墨同归于尽。"

袁初雪惊得说不出话来，原来他所谓的生离，竟是死别。

宋冰若面带嘲讽："你太天真了，不，简直是愚蠢！虽然我横看竖看都不明白你有什么过人之处值得他为你这么做，但我不想他为了一个什么都不知道的人死得不明不白。"

她的眼里有蔑视，有不忿，有嫉妒，但是，还有出于真正关心一个人而生的担忧。

袁初雪很快调整好心态，反问："所以呢？你应该不只是来和我说这些吧，如果你没有想好对策，为什么要来找我？"

宋冰若冷笑："你就不怕我是在骗你？"

她笑得笃定："也许你会骗我，但你不会害白子玉，因为你舍不得他死。"

宋冰若直视着她的眼睛，没说话，算是默认了对白子玉的情感，过了一会儿，她问："你真的想救他？"

"是。"

"如果是以你的生命为代价呢？"

云城的气候越来越吓人，狂风肆虐，黄沙漫天，室外能见度极低，街道上很多路牌和摆设都被吹走，有些小树甚至被连根拔起。单位和学校为了避开这可怕的风沙纷纷停工停学，加上这隐秘的病疫，流言四起，家家户户闭门不出，街上空无一人，原本温暖秀美的小城，变成一座荒凉的空城。

最近他们都轮流睡在病房，休息得不好。这晚袁初雪想回去洗个澡，白子玉陪她回家，她在浴室内洗澡，他就守在外面。她裹着浴袍出来，神神秘秘地说："我给你看样东西。"

浴室的蒸汽熏得她皮肤白里透红，像初生的芍药花瓣，头发上还滴着水，眼睛也是湿漉漉的，白子玉咽了咽口水，心里痒痒的，他不懂为什么会有这种感觉，这种感觉好陌生。

袁初雪解开浴袍腰带："准备好了吗？"

他紧张地按住她正要掀开衣服的手："你先把衣服穿好，会着凉的。"

她一脸认真地说："穿好了就看不到了。"

"你别这样，别这么心急。"

她一把掀开衣服，白子玉闭上眼睛不敢看。

"你想什么呢？是文身。"

他睁开眼，她穿着贴身背心短裤，右边锁骨上一朵小小的雪花绽放，旁边有一串文字，细细镶嵌在她的锁骨上：我的思恋可以追溯到时光的尽头。是那首神秘歌谣里的歌词。

"你不是说我太平庸，身上没有好认的记号吗？现在有了，就算我们失散了，你也可以把我找回来。"

她锁骨纤细，刚做的文身还泛着点血丝，白皙瘦削的身体和新生的烙印，鲜明对比下有一种残酷庄严的美。

"你怎么脸红了？"她指着他。

他不说话，近日来身体上奇怪的变化连他自己都感到不解，如果说会冷会饿会困是由于损耗修为的缘故，那么开始有喜怒哀乐，会期待会害怕会不舍，会想要待在某个人身边，这些第一次出现的情绪连他自己都找不到答案。

那天他重新看《恋恋笔记本》，守候一生的爱恋，在耄耋之年才终成眷属，曾经的少男少女垂垂老矣，但爱是永恒。他不老不死，孤孤单单在世上几千年，还有未来无穷尽的清冷岁月，哪比得上凡人有血有肉的数十载？

片尾曲演奏完，他退出影碟的时候，发现自己脸上湿了，冷冷的、咸咸的，不知何时从眼角流下，这种陌生的液体，叫眼泪。上一次看电影的时候，他还疑惑为什么戏里的男女主角明明痛苦还不放弃，袁初雪告诉他等有一天他遇到为她泪流的女孩他就懂了。

现在，他懂了。

他轻轻抚摩她的锁骨，那印有他家乡歌谣的记号，为他而设的记号，然后细细密密的吻就印了下去。她泛起异样的痒，皮肤微微发颤。他的吻自下而上，终于寻到了她的唇，深情、细腻、深入、缠绵。难解难分的一个吻，这个吻和以前的不太一样，亲密之余夹杂着欲望，像是蜜糖一般令人融化，又像毒品一样危险却上瘾。他将她抱得太紧，仿佛要嵌进自己身体里，她感觉自己胸腔里的空气都被挤了出来，几乎没有思考的余地。

不老不死又如何？大罗神仙居于天，不生不灭，无忧无怖。红尘凡俗居于世，生老病死，繁衍生息，忧于生计，困于得失，受六欲七情八苦。可离合悲喜，爱恨交织，才是活着，可以的话，他甘愿用永生不灭，换取这短短一世。

战地从客厅移到浴室，又从浴室移到床上，他们像两尾鱼，在水中交融，终于合为一体，终于寻觅到对方，如鸟投林，如鲸入海，像是自盘古开天辟地以来就该如此。

结束之后，两个人一身汗躺在凌乱的床上，呼呼喘气，像死过

去又活过来。

袁初雪搂着白子玉的肩膀:"小白啊,你已经是我的人了,放心吧,老板娘会对你负责的。"

他配合地伏在她身旁:"谢谢老板娘,我该怎么报答你呢?"

"你一穷二白,身无长物,也只能以身相许了。"

"谁说我身无长物?"

他眼里放射出危险的信号,一个翻身就把她压在身下。

她在他手中被捏皱了、揉碎了,像从他指缝中溢出的流沙,散落一地,烧熟成水滴,又蒸发成雾气,经历不可言说的一番折腾后,又从气态到液态再变回固态,终于找回人形,像褪去一层老皮,长出新肉。

极乐伴随痛苦,甜蜜伴随忧伤,一切都空,一切都有,生死无间。

黑暗中,他没有看到她落下了一滴泪。

3

白子玉做了一个很长很长的美梦,梦里他和袁初雪恋爱结婚生子,做了一对平凡的人间夫妻。平日里她上班赚钱,他在家做饭做家务带孩子,吵得最凶的架无非是因为晚上看电视的时候抢遥控器,周末一起去散步看电影听音乐会,偶尔到某个纪念日的时候也会盛装打扮像刚恋爱那样去有格调的餐厅吃饭。他埋怨自己堂堂一个雪山王子沦为家庭妇男,她更凶,吼着自己一个弱女子竟然要养两个孩子,他吵不过她,只好改用"武力"征服。

这个梦好像有一世那么长，在她年老弥留的时候，他依然是那张不老的脸守在床前。她说，真不公平啊，你连一条皱纹都没有。他说，答应过你的事我做到了，一生一世我做到了，我没有食言而肥。

他最后一次小心翼翼地亲吻她，突然睁大眼睛把她推开。

"你不是袁初雪。"

眼前的梦境渐渐消散，他躺在断壁残垣上，放眼望去，尽是大战后的残骸，整座城市俨如废墟，在他面前，是奄奄一息的宋冰若。

……

到底发生了什么？让我们回到六个小时前。

宋冰若向袁初雪献计，要她假装被白子玉再度抛弃怀恨在心而倒戈薛墨，这个理由很充分，因为白子玉无论如何是要离开的，而陷入爱里的女人心眼窄得容不下一根头发。再以白子玉为诱饵把薛墨骗去核电站附近，风无形无相，在五行之外，唯雷电可克之，再加上她体内的雪灵珠，可与他同归于尽。但这个计划当然得在白子玉不知情的前提下执行，是以袁初雪当晚在他的水杯里下了足以撂倒一头牛剂量的安眠药，他现在身体机能愈见退化，本来七情六欲就会毁修行，他又损耗修为替中了迷魂术的人续命，人类的体能弱点在他身上出现得越来越频繁，原本对他无效的药物也开始产生作用。就像严丝合缝的容器，一旦裂开一条小口子，就越扯越大，一发不可收拾。

原本一切都按计划进行，但到核电站后袁初雪才赫然惊觉这是一场局中局。宋薛两人联合把她骗来这，就是因为只有天上之火才可以引出她体内的雪灵珠，但强行取珠的后果是易遭反噬，且袁初雪会当场死亡。两人商议好了，雪灵珠归宋冰若，乔戈里的地盘分薛墨一半。可薛墨也有自己的小算盘，他趁宋冰若吞噬雪灵珠的时候，折回去攻击昏迷的白子玉，他的目标根本不是什么灵珠也不是地盘，而是杀了这个眼中钉肉中刺。宋冰若来不及把灵珠化为己用就急中折返替白子玉挡了致命一击，再用仅存的力量施隐身术把他带去安全的地方，嘴对嘴想把灵珠还给他，却被梦中的他识破。

白子玉抱起宋冰若："为什么？为什么要救我？"

怀里的人儿好像散架的娃娃，红衣下面如若无物，身体也越来越轻，她说："白哥哥，你真的很不了解女人，我和你作对，是因为，我喜欢你啊。我以为你喜欢袁初雪，是因为雪灵珠在她身上，所以我想抢过来。"

他怒斥："笨蛋！"

"作茧自缚了。"她笑，笑得如春花灿烂，笑得冰雪都为之消融，"我和你相处了几千年，可是你不知我，我不知你，你怪我吗？"

他鼻子一酸，把她抱得紧了些："不怪。"

"可是我怪你，你直到现在才抱我，你能再亲我一下吗？"

他点点头，双唇印下，这等了千年的吻。她想起自己初次领略雪域之王风采，当时她还是一个初有人形的小妖，仰望着他，从此心里便有了挂碍。

光晕从两人分开的唇间消散，她笑："将功补过，物归原主。"

薛墨赶到时就正好目睹了这一幕，他不敢相信自己竟然亲手杀了宋冰若。

宋冰若和身上的衣服一起消散在空中，化作红絮飘舞漫天，像一片一片染了血的雪花，她连最后一刻的落幕都凄艳绝美。

Chapter 8

　　薛墨想起当年他刚修得元神,在山崖边借风梭巡,见一红衣女子坐在崖边梳理长发,唱着从未听过的美妙歌谣,谪仙一般,而他像个渺小的幽魂,只能吸取误入领地的牛羊之魄赖以为生,像个见不得光的小丑,自惭形秽。就算多年后他逐渐壮大,可以变幻人形,宋冰若也从未多看他一眼,她像一个他永远无法企及的仙女,而这一切的源头就是白子玉,如果没有他,世界就清静了。

　　薛墨在空中使劲扑腾却什么也抓不住,只抓住一片衣角,他的眼泪滴在红衣上,又像沙尘一样蒸发。他从没想过自己也会有眼泪,原来人类所谓的心痛是真的,很难过的时候,胸口真的会疼,钻心的疼,像有一只手伸进去,要把你的心掏出来看一看。

　　白子玉也难掩哀伤,虽然这起祸事多少由她而起,但寂寞山中岁月相伴多年,宋冰若就像刁钻顽皮的妹妹,这突如其来的变故,饶是性子清冷如他也无法接受。

　　红絮化为点点光芒消散在天际,千年的孤寂,终是什么也没留下,如雪落无痕。薛墨悲痛欲绝,仰天长吼,声震长空,天地黯淡如黑夜,仿如末日降临。他身躯逐成昂藏七尺,身上的衣帛和人皮伪装破裂,变成一只巨大的黄沙怪兽,状如麒麟,要吞天噬地以平心中之痛。

　　白子玉站起,自他脚下,冰雪蔓延开来,黄沙尽数散去,雪过之处天地白茫茫一片干净,一丝微风也无,被飓风侵袭残败的城,变成了冰雪之城。地上的残垣败壁、死去的树木化成飘雪,雪越下越大,平地变成高原,道路变成山坡,河流变成断崖。

　　乔戈里。

　　这里是乔戈里。

灵珠还于正主，万般神通归位，魑魅魍魉无处遁形。而白子玉不会像三年前那样对他心慈手软，因为他的身上背着袁初雪和宋冰若的命。

薛墨的元神被打散，他的躯体渐渐透明，像刚才宋冰若那样消散在半空中。巨大的咆哮声从山崖上传来，地动山摇，白雪和山石落下，淹没了黑漆漆的死亡谷。

雪崩停止后，阳光从山峰泻下，白子玉抱着袁初雪冷冰冰的身体站在白色的废墟上，这具身体的主人，再也不能像以前那样会说会笑，会和自己斗嘴会作么蛾子，他们的一生一世，终是只能在梦里相见了。

万里孤清，像这绵长望不到尽头的永生。一切像回到最初，他一个人从虚空中来，又回虚空中去。

一个人要是一直寂寞，就不怕寂寞。

最怕有人来过，又走了，回忆像深不见底的空谷，连回音都是铿锵的孤独声。

他突然想起，雪灵珠还有另外一种用途。

Chapter 9
他从雪中来

　　她好像记得有个人和她说过:"这个城市不下雪,每一片落下的雪花,都是我给你的礼物,都是我在对你说,我爱你。"

> 2016年9月15日
> 天气：晴天飘雪
> 宜：重逢故友
> 忌：单身一人

1

袁初雪在飞机上又做了那个梦，梦里她独自一人在一望无际的雪原上走啊走啊，不知道走了多久，好像永远也走不出去。她又冷又饿又困又累，快支撑不下去的时候，见到不远处有个低谷，黑黝黝的透着点点灯火。这种荒僻的地方如何会有人住？她想起山脚下当地的老人讲过死亡谷的传说，靠近的人能看到任何心里想的东西，一旦受蛊惑入内就是有去无回。可此刻的她横竖都是死，管不了那么多。正要靠近的时候，山崖上传来巨响，地面开始摇晃，大片大片的雪堆从高空落下，地动山摇，是雪崩！她躲避不及，心想自己这回真的完了。

不知过了多久，大地重回清静，她趴在雪中抬头，见硕大的死亡谷被积雪填平，阳光穿过山谷照在她脸上。她看见一双穿着白布鞋的脚，站在不远处，她想自己一定是回光返照，这里哪会有人出现？但就算是幻觉也看看最后这个人长什么样吧。她顺着脚往上望，没来得及看清来人长相，就彻底昏死过去。

她被空乘广播叫醒，点了一杯茉莉香片，拿出日记本开始记录这周在昆仑山采风的游记。

梦里反复出现的场景是在2013年11月3日，她和登山队在攀登乔戈里峰的过程中迷路，和大队失去联系，搜救队伍过了三天才找到她，又经历了一场雪崩，原本以为肯定只能找到尸体，没想到失去生命体征的她在医院昏迷了三天三夜后奇迹般苏醒。妈妈和弟弟守候在病床前，妈妈一直念着阿弥陀佛，觉得一定是爸爸在天之灵保佑。自那次死里逃生后，她就养成了写日记的习惯，日记本上密密麻麻记录着她这几年来的遭遇。

三年前回到云城后，袁妈妈和老朋友去酒店吃饭的时候认识了丁琛，才知道是女儿的老同学，两个大龄男女都单身，丁琛性子稳重会做菜又一表人才，遂积极撮合。袁初雪和丁琛的第一次约会地点在西餐厅，像所有相亲的人一样，表面的寒暄客气试探，隐藏着心知肚明的共同目的，与其说是尝试恋爱，更像是有所预谋的同谋者。在袁初雪这种年龄还没有男朋友确实是一件令人着急的事，丁琛的条件确实不错，对她也好，妈妈也满意，她似乎没有理由拒绝，但雪难后大难不死的她，看似和以前没什么不同，却好像总有哪里不一样，只有她自己知道。

于是当丁琛和她表白，她拒绝了，他是她的老同学、值得交往的友人，但不是爱人。她不能骗自己，也不能辜负他。

她征求他的谅解并请求两人可以继续做朋友。而之后的事实证明，她确实是一个很称职的好朋友，尽了一个朋友应尽的所有义务。她看见丁琛在做生意及管理上的天赋，劝他与其被体制的天花板困住最多当一个行政总厨，不如出去自立门户，她还拉来闺蜜冯菁出谋划策。三个老同学一拍即合,决定一起入股餐厅,丁琛负责内容和采购,冯菁负责管理和营销,袁初雪负责创意和设计。

餐厅经营起初也遇到过困难,后来凭借扎实的食品质量和贴心服务越做越好,第二年就扩充了,除了堂食还开始做外送健康简餐,食材坚持采用有机的,每份食物都标上卡路里,深受白领欢迎。"冰雪缘"也被合并入旗下成为甜食冰品副线。丁琛还打算把他念书时在国外认识的面包师傅聘过来,再开一个面包工坊,做一个全线饮食王国。

三个人的感情在并肩作战中越来越深厚,成熟男女在职场上积累的革命情谊,往往比卿卿我我的男欢女爱更牢靠也更珍贵。在此过程中,也有一些微妙的改变发生。一开始袁初雪是中心人物,把两个人攒起来,后来这个中心渐渐转移到冯菁身上,丁冯二人的互动多起来,她反而成了落单那个。冯菁后来干脆把杂志社的工作辞了,专心向着厨界女强人发展。看着两人虽然还未挑明,却越走越靠近,她心里为他们高兴,也乐观其成,而且他们两个越来越合拍,她正好可以名正言顺地偷懒。

为了让妈妈搬来云城和她一起住,她把家里重新装修得和阳县的老屋一模一样,妈妈第一次见都惊呆了。她答应妈妈会多抽空陪她回老家,但只求妈妈答应留在云城方便照顾她的病,如果爸爸在,一定也会这么做,妈妈含泪答应。

袁初雪作为家长出席初晖家长会的时候,察觉到弟弟有可能被那个叫高东东的小霸王欺负,以暴易暴,拉上冯菁小钱偷偷教训了高东东一顿,又带到餐厅用终身免费试吃的美食条件诱惑。软硬兼施下,高东东和初晖握手言和,不再欺负他。对弟弟的关心多了之后，初雪发现他好像暗恋校花韩梦瑶，初晖本来还以为老姐会教训他早恋，不料她竟然鼓励弟弟勇敢上，只要在不严重影响学习的前提下，早点恋爱早点懂事，反正这关迟早得过。因为姐姐的明事理，初晖有什么心事也都愿意主动和她分享，两姐弟感情比以前更好。

自打开了餐厅后，由于变得忙碌，袁初雪也很少再接以前那种命题作业的摄影工作，小钱的身份从摄影助理变为餐厅分店主管，他嘴巴甜身段软，笼络了一堆回头客，俨然餐厅的交际大使。现在初雪就算有时间也是自己背着相机开车出去拍一些自己真正喜欢的东西，而且她越来越享受这种一个人的旅行。餐厅上了轨道之后，她从半年出去一次，到后来每季都出去采风，当兴趣真正成为兴趣而非一种谋生手段，它才会对你闪光。袁初雪在藏区拍摄的一组人像摄影获得摄影杂志当年的大奖，她正着手准备举办属于自己的第一次摄影展。

原来当你学会和自己相处，你会发现孤独并不可怕，真正可怕的是为了不孤独而和一个让你感到孤独的人共度余生。

袁初雪灵光一闪，终于明白那次从乔戈里回来之后哪里不一样，每当她要服从现实，心里就好像有一个声音在冲她呐喊，告诉她不可以，陷落泥潭很容易，但你要为了这个容易去将就你的人生吗？

空乘广播飞机开始降落的消息，她看着窗外白云飘飘，提笔在日记上写下：真正好的感情，不应该是雪中送炭，而是锦上添花。

就算花不开，你也已经是锦缎了。

2

袁初雪一下飞机就直奔餐厅，今天云城着魔似的特别冷，气象报告说清晨还下了雨夹雪。她还穿着初秋单薄的衣服，但也顾不得回家换装了，这两年她都是孤家寡人，但今年开始不同，她捡了一条阿拉斯加，取名肉肉，和小时候爸爸养的那条一模一样，就也起了一样的名字。

本来她打算出差期间把狗托付给冯菁的，小钱特别鸡贼，主动请缨替她养，结果把肉肉拴在店里当成他搭讪美女的利器，但凡女孩见到这些毛茸茸的小猫小狗那是完全没有抵抗力，这几天他手机上的女性号码以二次方的程度递增。

袁初雪杀进餐厅解救沦为景点的肉肉，小钱正拽着狗绳把它从花园往里拖，它百般不愿被摆布，死命不肯进去，一人一狗僵持。

她一看就来气，直捣黄龙一脚踹在小钱屁股上："好你个小钱，趁我不在欺负肉肉把它当把妹撩机！你还把不把我放眼里了？"

小钱吃痛松手，肉肉在店内狂奔，撞坏了不少东西，似就这段时间受到的待遇对主人抗议，幸好现在是下午，客人不算多，但也弄得乱七八糟。半岁的阿拉斯加灵敏有力，袁初雪和小钱都抓不住它，冯菁和丁琛也加入，所有人手忙脚乱，肉肉觑着空飞奔出餐厅，大家赶紧追出去。

穿过花园就是大马路，车流湍急，又下雨导致路面湿滑，交通情况很差，袁初雪喊肉肉停下来，平日里还算听话的狗狗今天却不知怎么，不管不顾地往路对面冲去！一辆大卡车飞驰而来，虽然已经踩了刹车，但是车速太快根本闪避不及！

冯菁尖叫，丁琛捂住她的眼睛，所有人屏息静气，不敢面对这血腥的场面……

大卡车停了几秒后开走，地上干干净净，想象中的残忍画面并未出现。街对面一个高挑男子冲他们走过来，肉肉安然无恙在他怀里。大家见肉肉没事，都松了一口气，只有袁初雪，她的目光似被钉在某一点，再也无法挪开。

天上开始飘落点点白茫茫的东西，很小很细，但确实是雪花，九月份的晴天竟然下了雪，天降异象，大家啧啧称奇。

男子走向袁初雪，像宿命，像潮水，像不可逆转的注定，无论重来多少次，结果都一样。

他走得近了，她闻到他身上清冷的雪松味，久违又亲密，只一下，就苏醒了她全部细胞。

她好像记得有个人和她说过："这个城市不下雪，每一片落下的雪花，都是我给你的礼物，都是我在对你说，我爱你。"

他灰色半透明的眸子看过来，天地洪荒，万语千言，都在这一眼里了。

小钱接过肉肉，刮刮它鼻子："臭小子你吓死我了！"见初雪和来者面面相觑，忙介绍，"这是新来的服务员小白，白子玉。这就是我和你提过的，我们其中一个老板娘，袁初雪。"

他伸出手，笑得波澜不惊，笑得早有预谋："你好，老板娘。"